赵锦铭◎著

中国纺织出版社有限公司 | 国家一级出版社
全国百佳图书出版单位

图书在版编目（CIP）数据

闲人小文 / 赵锦铭著 . -- 北京：中国纺织出版社有限公司，2019. 12（2023. 10重印）

ISBN 978-7-5180-6893-7

Ⅰ . ①闲… Ⅱ . ①赵… Ⅲ . ①散文集—中国—当代 Ⅳ . ① I267

中国版本图书馆 CIP 数据核字（2019）第 237387 号

策划编辑：陈　芳　　　　责任印制：储志伟

中国纺织出版社有限公司出版发行
地址：北京市朝阳区百子湾东里 A407 号楼
邮政编码：100124
销售电话：010—67004422　传真：010—87155801
中国纺织出版社天猫旗舰店
官方微博 http://weibo.com/2119887771
永清县晔盛亚胶印有限公司印刷　各地新华书店经销
2019年12月第1版　2023年10月第5次印刷
开本：148×210　1/32　印张：13.5
字数：263 千字　定价：78.00元

前 言

很高兴文集终于与读者见面。我的名字是父亲起的。母亲生我前后，父亲常在那时家边的锦江钓鱼，父亲希望我永远铭记锦江是我的故乡。随父亲，我的籍贯是内蒙古赤峰市。1971 年，母亲在江西上高“五七干校”生下我。1972 年，举家回到北京。我庆幸自己成长在一个充满爱的家庭，父母、奶奶给了我无忧无虑的童年。

我曾就读于北京市方家胡同小学、新源里第三小学、朝阳中学、五十五中、中国人民大学、新加坡国立大学。在求学路上，我遇到无数认真负责、对学生充满爱的好老师，令我感动至今。

我曾供职于外交部、联合国驻利比里亚维和特派团、联合国驻北京办事处、绿色和平组织驻北京办事处。在工作中，我积累了阅历，得益于不少领导和同事的引导和帮助。大恩难谢。当然，要感谢我的信仰、家人、朋友。我曾迷失困惑、跌倒哭泣，却都雨过天晴、云开日出。

本文集收录作者 2014—2018 年所写小文约 180 篇。其中近一半曾刊于《世界日报》家园版。凡文章末尾标明某年某月某日，系当日曾刊于《世界日报》家园版。因投稿和刊用稿可能有点滴出入，特抱歉。文中绝大多数用假名。如冒犯真人，请原谅。文集中有几篇文章曾刊于人大 90 级毕业 20 周年文集。

最后，特别感谢《世界日报》家园版编辑和中国纺织出版社编辑陈芳。此文集是《闲人小诗》的姊妹篇。

赵锦铭

2019 年 3 月

目录

女儿

老公

家人

朋友

自我

美食

纽约感想

其他

后记

女儿

地球人

女儿出生在北京，在北京上了两年幼儿园、六年小学，照理说是北京小妞。可她老爸、爷爷奶奶总说她按父亲籍贯，是江西人。女儿在纽约上过三年幼儿园，中学、大学也要在纽约读。她岂不又是半个纽约佬？想一想，周围的人，有几个百分百纯种的某个地方的人呢？于是，我告诉女儿，我们都是地球人。

地球人的故乡是整个地球，而不是地球的某个、某几个地方。我曾在国际组织工作一段时间，天天面对全球性问题，也有意培养女儿的全球观。女儿很小就喜欢看国际新闻，世界各地人文、地理、动物的纪录片。一天，电视正播放全球气候变化会议。女儿语出惊人："房顶都要塌了，还在争床。"台词来自一位要被蒋介石夺去兵权的地方军阀。女儿把始终争吵、达不成一致的各国代表比喻成争宠的姨太太；把两极和各地高山冰川融化比喻成房顶要塌了。小小年纪，她已意识到气候变化是人类面临的重要危机。

一天，女儿在电视上看到，热带岛屿五颜六色拇指大小的蛙类因为气候变化有的已经灭绝，有的濒临灭绝。她拿出张纸，写个标题：行动。接着，一项项列出要做的事情。

首先，把我家的小轿车卖掉。我和老公坐地铁上班。她平时还坐校车，周末上补习班也坐地铁。

其次，想尽办法节约用水。每天每人淋浴时间不许超过五分钟。女儿执行起来很严格。她会掐表计算，到五分钟就敲浴室的门。她还在卫生间马桶水箱里放瓶矿泉水，每次冲马桶都节约一矿泉水瓶的水。到美国，女儿也准备了一瓶矿泉水，打开马桶水箱盖，发现里面是一个密封的黑罐，才作罢。女儿还让我用淘米水浇花，把洗菜水存好冲马桶。衣服不要天天洗，攒到一大桶才洗。

最后，拒绝使用一次性的东西。女儿有个保温杯，走到哪里拿到哪里。她从不喝任何一次性纸杯或塑料杯的饮料。她也要求我带布袋子去超市和菜场买东西，不用塑料袋。她从不忘记提醒我全家外出就餐自带筷子，不用餐馆的一次性筷子。

当然，女儿的行动单子还不止这些。节电、节纸、每年春天植树、用压岁钱（零花钱）给环保和动物保护组织捐款、监督我坚持垃圾分类回收等。

在北京，女儿房间有个装满奖状的抽屉。其中，有“地球小卫士”“环保小标兵”，还有“倡导绿色生活”全国征文大赛三等奖。又回美国，女儿当初幼儿园的英语早忘了。初来乍到，她英语基本听不懂。科学课讲气候变化，她却没有太多困难，课题作业还得了高分。

喜见女儿的成长，我多盼望，更多人做有责任的地球人。从身边做起，爱护地球、保护地球、拯救地球。

2014 年7 月20 日

合作竞争

女儿小时候，带她去公司玩。有调皮的同事会问女儿："爸爸和妈妈哪个更好？"女儿老老实实回答："都好。"但同事们会逼着她只选择一个。她只有看着我，犹豫地讲："妈妈好。"她到老公单位玩，又被问到同样的问题。她最后说："爸爸好。"

女儿知道老公和我都很在意她对这个问题的答案。她希望谁都不得罪，难为她了。我和老公都很爱女儿，即使没有好事的同事，也难免在暗中较劲，看女儿更喜欢谁。在女儿成长的过程中，我俩是既合作又竞争的关系。

老公一直是工作狂和书呆子。成天加班，以前回家除了看书别的基本不干。有了女儿，他还是加班。但回家后，女儿没睡，他哄她玩、给她读故事书、给她洗澡。女儿睡了，他总要用温水洗洗脸、擦干，再亲亲她的小脸，而且总是亲不够。即使这样，女儿小时候还是和我更亲。毕竟我和她在一起的时间更长。

女儿上小学了，老公每天起早送她上校车。晚上，老公加班回得晚，也还尽力抽空在女儿睡前给她打个电话。周末，我家的日程安排完全围着女儿转。一天是钢琴课、奥数课、击剑课；一天去博物馆或郊外。也许是异性相吸的原因吧，女儿开始和她爸爸越来越亲近。

小学高年级，女儿从乖乖女变得很叛逆，有自己的想法，不听大人话。我难免有时对她比较严厉。谁知，总适得其反，她也变得和我生疏了。她的姥姥、姥爷都给我出主意，让老公出面批评她。我应该多给她家庭温暖、多鼓励表扬。我以为老公不愿唱白脸。没想到，他答应了，只是要求我与他的立场保持一致。

老公用他无限的耐心和老练的说服力一次次征服了女儿的任性和蛮横。女儿不仅没有对老公有一丝一毫的记恨，还开始对她老爸更加崇拜。老公在女儿心目中建立了不可动摇的威信。这下，我彻底输给老公了。

女儿度过叛逆期，把父母、家庭看得最为重要。老公和我都是女儿最好的朋友。在对待女儿问题上，老公更讲原则，规定她每天看几十页英文书、弹一小时钢琴，一周刷三次碗等；我多些溺爱，偷偷塞给她零花钱，帮她打扫房间，她多喝几次咖啡也不告诉她爸爸等。

女儿马上是高中生了。老公和我这种合作竞争关系还要持续几年。不过，还是合作为最主要方面。而且我俩的目的是一致的：女儿的健康成长。

女儿长大的烦恼

很多人盼着孩子早日成熟，我却希望女儿慢些长大。

女儿婴儿时胃口壮，喂啥吃啥，浑身肉滚滚的，坐起来像个弥勒佛。幼儿期，她吃饭也一点不让人发愁，长得胖嘟嘟的。上小学，伙食不好，圆脸变成瓜子脸，身材也瘦下来。我看在眼里，急在心上。问能否早上在家吃点，她说吃不下；问能否带点去学校，她说不让带。我真拿她没办法。女儿还开始迷恋洋快餐，每周末都要去吃。她甚至动辄不吃饭，拿饼干或泡面代替。她不愿时，如强迫她吃我精心准备、色香味俱全的营养餐，她会吧嗒吧嗒掉眼泪。

女儿大了闹独立。去年来纽约前，她和一同学约好去游园会。我不放心两个十二岁女孩逛公园。苦口婆心讲了半天，她同意我去，但不许现身。于是，我只有远远地跟着她俩，像个盯梢的特务。结果，不一会儿就把她俩搞丢了。我像无头苍蝇到处乱找，打她手机也不接。后来，她终于给我发了条短信，说俩人去南锣鼓巷了，手机快没电了，自此关机。被甩了的我，在熙熙攘攘的人流中，欲哭无泪。唯一能做的，就是在心中默默祈祷，希望她俩平安。

女儿在北京上了好几年奥数，考试排名比较靠前。突然有一天她说不想上了，也没原因。她爸和我尊重她，就同意了。过几天，她说钢琴课也不想上了。我对她做出最大让步，说不考级，只弹练她喜欢的曲子。让她坚持练钢琴完全不是出于我的虚荣，就是希望她以后有个爱好，排解心中的情绪。谢天谢地，她终于又勉强继续弹琴了。刚来美国，她英语不过关，上课听不懂。我给她报补习班，她不要。我亲自给她上课，她又很排斥，总有借口不上课。我稍微对她严格要求，她就抱怨我提前更年期。

女儿长大了，那个喜欢穿公主裙的乖乖女消失了，变成一头我认不出的小怪兽。我好烦恼呀。和女儿的女同学妈妈们一交流，才发现这是个普遍问题。女孩们进入叛逆期，都变得很不听大人话，有自己的主见。作为母亲，只能尽力抛开烦恼，适应，忍耐，宽容，时刻准备和女儿进行具艺术性、有章法的交锋。

2014 年2月17日

女儿又长大了

我的脑海至今还常常浮现女儿仰着肉嘟嘟的脸，在地板上爬来爬去的可爱样；不停地蹒跚学走路的执着劲儿；穿着漂亮的公主裙在学校汇报演出上弹琴；等等。其实，现在，她已经出落成大姑娘了，甚至度过叛逆期，越来越懂事了。

女儿以前只跟比自己大，或和自己同岁的小孩玩，完全不理会比自己小的孩子。小孩子到我家找姐姐玩，她要么躲进房间，要么溜出门，说："妈，交给你了。"不知从哪天起，在小公园，她居然主动给松了鞋带的小孩子系鞋带，给掉了头花的小孩子梳头发。个子矮的小孩子够不到喷水嘴，她会轻轻把小孩子抱起来。

女儿在家也开始做更多家务。我做三餐饭，刷早、午的碗，她和她爸分担刷晚上的碗。她时常会想起学做简单的饭菜，应她要求，我已教会她泡面、炒饭等。她也打扫自己的房间、卫生间。她自己洗游泳衣、帽，自己搓洗衣裤，自己整理衣柜。

我们一家在超市购物，女儿不再只关注买什么牌子的冰激凌、巧克力蛋糕。她心里开始有了父母。一会儿说："爸爸，您的蔬菜汁好像快没了，来一箱吧。"一会儿说："爸爸，您爱吃的牛肉热狗肠今天打折，买两袋便宜，买吧？"一会儿又说："妈妈，您喜欢喝的椰子汁，这里有种牌子，您没喝过，买箱尝尝吧？"

女儿早学会自己坐公共汽车、地铁。从此，她就像只翅膀长硬的小鸟，到处勇敢乱闯，四处自由飞翔。有一次，她要从六号线换乘七号线，换乘站出问题，车不停。她一点不慌乱，找到地铁里的工作人员请教怎么办。最后，顺利坐到其他线，从别的换乘站上了七号线。她只是轻描淡写地说这件事，却让我佩服得不行。因为换作是我，遇到这种突发事件，肯定傻眼了。

女儿越来越"臭美"，她天天不知照多少次镜子。体重也要一天称几次，饭前一次，饭后一次。不管什么吃的、喝的，她都认真读上面标注的有多少卡路里。她总说，又胖了。我和她爸就回应："你一点不胖，很苗条。"

女儿学会涂指甲油了。她开始只在同学、朋友家涂，回家前洗掉。放暑假，她非常想买指甲油，自己在家涂。作为女人，我记得自己在成长期间有过的经历。征求她爸的同意，就带她去买指甲油和洗甲水。我想给女儿买红色、粉色的指甲油。她却要灰蓝色、淡紫色和鲜绿色的。不过，她耐心地解释，她更适合蓝、紫、绿色，恳请我同意。我还能说什么呢?

女儿越来越有主意。当意见不统一时，我们总禁不住她无数次可怜巴巴的央求，终于会让步。她长大了，知道用以柔克刚的手段说服父母。我还在心里默默祈祷："好孩子，慢点长大吧。"

2014年8月27日

领养钢琴记

女儿在北京学习了六七年钢琴。来到美国，家里没有钢琴。她的手时不时有些痒痒。邻居家有时传出弹钢琴的声音。女儿竟几次冒昧地敲门，借人家的钢琴弹。我决定给女儿弄架钢琴。

刚在美国落地，家里财政紧张，没有这项预算。新钢琴就不考虑了。网上搜出一个二手货的网站。上面的旧钢琴居然动辄五、六千一架。网站上当然也有五六百的，但总是要么几个键根本不响，要么有各种毛病需要修理。我担心，把钢琴拿回家，又要花几百美元才能修好。总价也要上千了。

正在发愁的时候，朋友给了我一个网站，叫钢琴领养。上面列出美国各个州的等待被人领养的旧钢琴，所有琴都免费、分文不要。大多数琴上载有照片。主人也会告知琴的牌子、生产年份、琴的状况是非常好、好还是一般。

从此，上钢琴领养的网站是我每天必修的功课。网站上的钢琴状况好的凤毛麟角。很多琴是一八几几年的，所有键都响的也少。终于看到一架好琴，谷歌琴主人的地址，发现离我家好远。好不容易找到琴好又离得近的，一联系，结果被人捷足先登。

于是，我每天一有时间就上钢琴领养网站。功夫不负有心人。我找到一架离家不远的好琴。主人也痛快地同意周末我们去拿琴。我赶紧查《世界日报》分类版，标出搬家公司和钢琴调音师的联系电话。

周末，我和老公先到了钢琴主人家。她坦称，受够了纽约漫长寒冷的冬天，将搬去洒满阳光的佛罗里达，钢琴带不走。这时，搬家公司来了，专业地拆掉琴的几个重板子。把琴从二楼搬下来，又装到货车上。很快，钢琴站在了我家客厅为它预留的位置。

我花了二个多小时，又吸尘、又用抹布擦。尘土吸了一大团。抹布也洗了几次，最后洗不出来，扔掉了。

联系的第一位调琴师听说我的琴是免费来的，把我训了一通，说旧钢琴市场就是被我这样的人搞得很混乱。说我的琴没有价值云云。老公说，这人也卖二手钢琴。旧钢琴主人给他二百美元请他把钢琴拉走。他稍作修理，把琴再卖出去。一架旧琴他至少能赚几百美元。有了领养钢琴网站，他的很多生意没了。

我联系了另一位调琴师。他态度认真、经验丰富，诚恳地说是架老琴，但是好琴。因为是老琴，多年未调音，他一刻不停调了三个多小时。但他只按正常调音收钱，没多收一分。

女儿回到家，高兴地弹起琴。听到这熟悉的乐声，我感到多日来的辛苦得到了最好的回报。

2014年3月26日

防水靴

前一阵，纽约总下雪。雪落在地上，经常化成冰水。天天要走路上学放学的女儿在雪水地上一天来回跋涉一小时，很辛苦。她的棉皮靴终于有一天漏水了，袜子和脚都湿了。“妈妈明天就给你买双防水防滑的雪地靴。”我果断地说。

鞋子、袜子、脚都湿透的感觉我小时候有过无数次，非常难受。人说寒从脚起，一点不假。鞋子湿透会浑身发冷，很容易感冒。每次还要费力地把湿鞋子、湿袜子洗干净，放在火炉边烤干。我当时梦想有一双防水靴。还因为有防水靴的小朋友可以在雨雪天得意尽情地踩水踏雪。我真的好羡慕他们。但是，那时家里经济条件不允许，我也只有望靴兴叹了。

小时受过的苦，我不想女儿再受一遍。第二天，我就离家向购物区走去。积雪还没怎么化，十字路口全是积水，无法下脚。没多久，我的鞋袜就湿了。但我顾不得许多。我只逛鞋店，进去就向店员打听有没有防水靴。店员总是遗憾地说:“卖完了。”我也碰到好几个人都在找防水靴。

终于，在一家小店里，还剩下两双防水靴。一双是我的号，一双是女儿的号。我毫不犹豫地买下来。我那双穿得很合适。谁知，女儿那双又肥又大。我给她垫两个鞋垫，让她穿两双袜子，还是不行。没办法，只有把女儿那双退掉。我则穿着新防水靴继续为给女儿买双合适的靴子四处奔波。

几天里，我都快变成神经质了。出门就盯着别人的鞋看。看防水靴都有什么类型、款式。找到合适的，就厚着脸皮冲上去，问防水靴是从哪儿买的。我搜索防水靴的半径也不断扩大。每天大部分时间在外面。寻找防水靴是重中之重，其他的家务事都给它让位。

我的新防水靴的后跟都磨掉了一块。踏破铁鞋无觅处。终于给女儿买到一双合适的。我带了她的鞋垫，放进去正好。高度也合适，在膝盖和小腿肚之间。颜色花纹是棕色豹纹，青春而有活力。外层是防水的人造橡胶。鞋底和跟做了防滑处理。里层是羊毛卷似的化纤材料，应该很保暖。

回到家，果然得到女儿的肯定。我拉着她去楼下的小公园，教她穿着防水靴在水坑里踩水玩。女儿和我分享着涉水而不湿脚的快乐。我小时候的心愿此刻也得以实现。两双防水靴，让我心里充满幸福。

2014年3月25日

小女击剑

小女十三，在北京学习击剑四年。她对击剑非常感兴趣，刮风下雨，雷打不动，让她不去练习都不行。她进步得很快。教练带她和她的队友去上海、烟台、唐山参加了几次全国比赛。虽然没拿到什么名次，但是也玩得很开心。

人们都说击剑是贵族运动，一点不假。从装备到课时费再到外地比赛的费用，在北京时，一年大约要两万人民币，三千多美元。到了纽约，就更贵些。首先，参加曼哈顿击剑俱乐部，每年要交一千多美元的会费，才能取得参加练剑班的资格。一对一的课二十分钟，要四十五美元。二十人的大课，两小时，要五十美元。

本来不想让女儿在纽约继续练剑了，可看到她望着别人击剑，满脸羡慕，可怜巴巴的样子，真不忍心。于是，带女儿去购置装备，从手套、佩剑、头盔、几件防护服、剑裤、剑袜，还有可以通电的线、带轮子、有拉杆，却比普通拉杆箱长很多的剑包。店主人是俄罗斯人，年纪有八十多了。但头脑清楚，反应不慢。他很有经验，一看我女儿，就知道她的号码。他也很友善，给我们打了九折，也还五百多美元。

曼哈顿俱乐部的课分初级、中级、竞争级、精英级。经过教练的评估，小女被分到竞争级班。俱乐部主管与我谈话，要求小女每周上两次一对一的小课，加一次大课。我说和女儿商量过，她每周只上一次大课。主管说，不上每周两次的小课，要给我女儿降级到中级班。我心里明白主管在推销小课。于是据理力争，两周上次小课，这已突破预算。主管悻悻地答应，说小女如跟不上大班，要么加小课，要么降级。

我相信女儿的实力。果然，她没有辜负我的期望，在大班上表现出色。两个小时的大课，第一小时是准备活动。各种跑跳动作，女儿都做得很到位。第二小时是实战。有时像车轮大战，轮流和每个人打比赛。有时是淘汰赛，女儿总能战到最后。一个月大限到了。教练也是俄罗斯人，和气地对我说，女儿在课上发挥很好。他也带着我去和主管说，女儿完全可以这样继续在竞争级班上课。

俱乐部一进门的墙上有个榜，写着二十多个人名和对应的重点大学。主管告诉我，每年重点大学都到俱乐部为它们的校队挑人。进入校队后，到外地比赛都是大学出钱。像史蒂文森和几个纽约市的特殊高中也都有校队。我没对女儿谈起，不想给她太大压力。每次看到女儿练完击剑满头大汗、痛快淋漓地笑，看到她在课上交到新朋友，一起聊天，我就有无限的满足感。

2014年6月10日

女儿诗才

女儿十三岁，到纽约刚半年，居然会写英文诗了。让我们为之高兴，为之骄傲。虽然说她继承了她外公的爱写诗的基因，我和她老爸的一些文学细胞，但她诗才的培养主要靠她后天的努力。

想当年，女儿在北京上的幼儿园非常注重早教早育。她每月拿回家一本厚厚的自编教材大纲。除了认很多字，她还背诵许多古诗、成语接龙，每周末要写口头作文。记得她一天脱口而出一首小诗，把我们都惊呆了。“我是家中开心果，逗得人人哈哈笑，外公外婆说我好，爸妈把我当成宝。”

女儿上小学，她爸爸严格要求她熟背《唐诗三百首》，熟读《千家诗》。女儿自己也喜欢读徐志摩、席慕容、汪国真人的诗。她最爱读的小说是《红楼梦》，偏爱里面的诗。在一次全国公益招贴画征文大赛中，她的诗《小鹿》获得了三等奖，入选中小学生优秀作文选。那年她不到十岁。领奖时，属她个子矮，可她不怯场。评委老师疼爱地叫她小诗人。

去年年底，我们一家三口从北京来到纽约。女儿开始很不适应。她非常思念北京的老同学、好朋友，不时还会哭鼻子。那时，她的英文也不行，上课听不懂。还好，只四个月，女儿英文过关了，上课都听得懂，成绩全上了九十分。她写出了第一首英文诗：

“农夫恐惧孩子哭泣，鸟儿叽喳飞过孤独树，幽灵般的大地低沉的海，月光穿过黑夜，回荡着永久的不屈，村庄听到了所有的话，所以太阳升起再不坠落。”初看这诗，我都没懂，查了字典，才翻译过来。深深感到女儿到纽约新环境内心的孤独和挣扎。这诗的题目是《太阳升起再不坠落》，我也体会到女儿的心中还是充满希望的。

几天前，女儿又写了首英文诗，还是首谜语诗：“粉、紫、蓝、黄、橘、绿、红，组成新鲜、多彩的火炬，融化的声音越来越大，‘吃我吧，否则我会下滴和哭泣，’用手指碰一碰，软软凉凉的，闻闻不同的口味，感觉舒服和放松，最后凉快你的嘴巴，变成液体，非常甜蜜。”

谜底是彩虹冰激凌。和上首英文诗比较，女儿的心情明显明亮晴朗很多。经历了被从北京连根拔起，重新栽种到纽约的痛苦过程，女儿这棵小树迎来了暴风雨后的彩虹。

我衷心希望，以后不管女儿遇到什么坎坷，她都可以以诗抒怀，永远保持好心情。

2014年6月17日

女儿的暑假

美国学生的暑假长，从六月底到九月初。还不到六月，女儿就开始做暑假计划，安排得很满。她自立能力强，不需要我们提醒帮助。

刚放假的一周，她开启休息补觉模式。每天快一点才起床。吃了午饭继续赖在床上，直到吃晚饭，不出门。第二周，她开始和朋友们频繁出去，唐人街、韩国城、时代广场、法拉盛等等，每天和不同朋友去不同地方。她不怕热，不嫌累，玩得很开心。她知道我和她爸希望她天黑前回家，真的照做，只在外边吃中饭，晚上都回家吃饭。

一次老公的大学同学几家人聚会，其中一人和女儿提及欢迎她去做义工。女儿很有心，保存着他的名片。这个暑假女儿真的去了。那人给她找张空办公桌，每天早上在大楼门口接女儿，给她出个题目让她写报告。女儿精心写的报告受到好评，得到一封申请大学用得着的推荐信。

暑假女儿最期待的是去康奈尔大学的三周夏令营。这是女儿第一次离家这么久去夏令营。本来她想坐大巴自己去。老公不放心，坚持开车送。从纽约到大学单程四个小时。女儿每天给我们报平安，更多时候是汇报又买了什么书、衣服、化妆品等等。

夏令营结束，她一定要自己坐大巴回纽约。我们只好在大巴站接她。我想帮她拿行李，她怒目而视，坚持自己来。

夏令营彻底打消了女儿要上康奈尔的想法。她抱怨大学食堂伙食太好了。去三周她的体重就增加了，要是四年肯定吃成大胖子。尤其是冰激凌，真好吃。她根本抵不住诱惑，一天吃六个球。她是北京和纽约长大的城市妞，不适应康奈尔农村式的生活，太闷啦。我和老公认为她早点认识到这点也好，省的上了大学再后悔就来不及了。

当然，每年暑假，女儿都要回北京，看望姥姥、姥爷，见见老同学。她喜欢和朋友们逛南锣鼓巷、前门、北海。她也每年还会看牙医、洗牙、换眼镜。几年前，她从百度上搜到有个英文儿童夏令营招义工，就每年去一周。孩子们都爱她这个大姐姐。夏令营的管理者也给她写表扬信。

要开学了，女儿即将结束丰富多彩的暑假回纽约。我已经迫不及待地等着去机场接她。

2018 年9 月10 日

小女回京

今年暑假，女儿参加特殊高中考试辅导班非常辛苦。辅导班结束到开学还有十三天。女儿提出要回北京，看老同学、老朋友。我和她爸则考虑，她回去可以探望把她从小带大的姥姥、姥爷，以亲情关怀、安慰两位老人。

小女回京这件事确定得很晚。她爸赶紧给旅行社打电话订机票。还好，机票订上了。旅行社看是小女一人出行，热心建议办理空姐陪伴业务，就是在纽约机场，家长把孩子交给空姐，在北京机场，空姐把孩子亲手交给接机的孩子家长。回程亦然。老公征询女儿意见。她一听要多交二百美元，就叫:“太贵了。”还说:“我一人能行。我已经过十二岁了。”

女儿有大主意。她说一个人轻装，不带托运行李，只带一个小小的拉杆箱，背个小双肩背。她列了个礼物单，和小朋友坐地铁去逛五大道的很多旅游纪念品商店。玩了一整天才回来。兴奋地向我们展示她的收获：明信片，说是一家商店卖一美元十八张，她觉得很便宜，就买了，谁知，走几步，发现一商店卖一美元三十张，于是又买了；几个印着自由女神、帝国大厦的环保布袋；很多小袋水果软糖。当然，女儿也没少给自己买东西。

女儿早早地就收拾行李了。她最先把我给她姥姥买的两瓶骨胶原和给她姥爷买的两瓶葡萄籽精装进小拉杆箱。这就占了很大地方。不过，女儿毫无怨言。然后，她把给同学的礼物装进去。最后，叠进去一些换洗衣物。所有这一切，她不让我帮忙。我只有默默地在旁边看着。

女儿开始倒计时，终于到了她出发的时间。注意安全这样的叮嘱已说了好几遍，我不敢再提，但还忍不住说："闺女，妈会想你。"她满不在乎地回了一句："想什么，我又不是不回来。"可能觉得太生硬，女儿转过身给我一个温柔的拥抱，就头也不回地走进安检区了。我和老公继续在机场大厅等候，直到女儿打电话，说她到了登机口，等待登机，我们才离开机场。快到家，女儿又来电话，说已上飞机，电话要调成飞行模式了。

因为惦记女儿，我第二天一早七点不到就起了。老弟已发来航班抵达信息，晚了半小时。过了些时候，老弟发了张照片，正是小女拉着小箱子出关。经过十多个小时的旅途，她看上去很疲惫。过了一个多小时，我心里盘算着北京机场高速是不是很堵车。老弟又发了好几张照片：女儿和姥姥、姥爷围坐在饭桌前，丰盛的饭菜，女儿在她的小房间翘着脚玩手机。

小女回京，让我深刻体会了"儿行千里母担忧"这句话的含义。

我做错了吗

周末，朋友到家里玩。她看到客厅角落堆着成箱的各种碳酸饮料，非常惊讶，郑重地劝说不应该喝这种非常不健康的饮品。我无奈地回答，女儿坚持要喝，没办法，不想惹她不高兴。朋友真诚地批评我太惯女儿，是害了她。我不由得扪心自问，我做错了吗?

我想，如果我是个机器人，一定按照事先设置的程序，凡事都做出最佳选择。可我是个凡人，会心软，会溺爱，会束手无策听任女儿喝不健康的碳酸饮料。她也总会机器人不会的撒娇、耍赖、固执，所以女儿的任何要求基本都会在我这里得到满足。

朋友们聚会的话题基本都是育儿经。我抱怨女儿太爱吃方便面，没营养，是垃圾食品。一位朋友支招，说女儿再要吃，就让她十天不吃别的，天天、顿顿吃方便面。听罢，我不禁皱了皱眉头，觉得这办法有些狠毒，而且，女儿才不会那么听话，肯吃十天方便面，她只吃一顿，要换样，我怎么办?

女儿什么事都非常有主见。她爷爷奶奶说是我惯的。女儿不到两岁，清早起床，我就让她到小衣柜前，自己选衣服穿。穿好衣服照完镜子她又想换，我也同意。所以，早上穿衣总是要费很多时间。我觉得，凡事慢慢来，没必要天天像赶飞机忙忙叨叨的。上幼儿园迟到也不是什么天大的罪过。生活嘛，要随时从容、开心。不仅是自己穿衣，晚饭吃什么、周末去哪玩都女儿拿主意；逛商店、轧马路，也都是女儿在前面带路，我和老公跟在后面。

我在教育孩子的问题上，观点和别人有不同的地方。有人信水桶理论，说每个人都是水桶，最短的板是他人生的高度。我认为，一个人如果生来是根船上高高的桅杆，为何把他锯成个水桶？有人说，小树不修不成材。我觉得，原始森林里的大树都是自由成材，不也没人修理吗？还有人把孩子的分数看得比什么都重。我轻分数，注重女儿每天从学校回家是不是很快乐，是不是交到知心朋友，从她房间是不是传来阵阵愉悦的歌声。

一天，女儿有些焦虑地说，她朋友都确定了未来的职业理想，医生、律师、服装设计师，可她还没一点想法。我安慰她，别急，比如做只幸福的兔子就很好。在这个物欲横流、追名逐利、疲于奔命的世界，我多希望女儿有颗平常心，随遇而安，顺其自然，不要给自己太多压力。也许我这种放任的教育方法有它的弱点，但我真的不忍心强迫女儿做任何事。因为我太爱她了。

亲历纽约特殊高中考试

纽约市有七所特殊高中，就像中国的重点高中。人说，特殊高中是公立的贵族学校，学校硬件、师资都是最棒的；上了特殊高中，基本就可以保证以后跨入一所好大学深造。特殊高中入学完全不看平时成绩和任何特长，只关注一次性考试成绩。

为准备参加这次特殊高中考试，女儿在法拉盛上辅导班，暑期班加九十月的冲刺班一共一百六十多小时。如果再加上路上花的时间，做作业的时间，三百个小时都不止呀！她真的非常辛苦。我是干着急，什么也帮不上。只能多给她些零花钱，让她想吃啥买啥。我每天也精心准备她爱吃的饭菜。为给她去火，要么给她吃鲜梨、要么给她煮梨水，她都吃腻了。

终于熬到十月底，准考证发下来了。因为来美国不到一年，英语考试过了不到两年，女儿的考试日子不是十月底，而是十一月一日。可怜的孩子本想考完试趁着万圣节好好放松。结果，万圣夜，几拨小朋友叫她一起出去要糖，她都自觉地婉拒了。晚饭后在客厅里稍坐了会儿，洗漱完就睡了。

一日早上，我六点就起床了。女儿说早饭要吃糊塌子。我切葱末、刮西葫芦丝、剪碎，加鸡蛋、面粉、盐、水，搅匀。她不到七点起床，七点吃上糊塌子。经常不吃早饭的她居然吃了两张。准考证要求八点到考场。我们七点二十从家出发。外面天还微亮，淅沥沥地下着秋雨，寒气入骨。还好，我和女儿都穿着羽绒服。老公穿着呢子大衣。

我们七点四十到了史蒂文森高中，看到门口已排起两队长龙。开始，我们在外面打伞排队，突然听到有人叫这是九年级的。于是，我们又爬台阶到过街天桥上排八年级的队。天桥是封闭的，不用打伞，也暖和多了。女儿遇到几个同学，聊得很开心。她嫌我站在旁边碍事，把我赶走了。

我和老公回到家，补了一会儿觉。醒来我感觉有点六神无主。终于等到考试快结束，我们回到考场。考场外翘首等候的家长黑压压一片。此时的风雨交加，伞一会儿就被吹翻。我的羽绒服外面湿了，亮晶晶的。真是漫长而痛苦的等待呀！女儿出现了。她是那么轻松随意。告诉我考试十点才开始，可以两点交卷。她提前一个半小时就交了。

我说中午想吃什么随女儿选。她却只要吃麦当劳的家庭套餐。我和老公都不会再问她关于特殊高中考试的任何问题。这一页终于翻过去了。结果明年二三月份出，我们也不那么关心了。就像女儿说的：“我已经努力了，其余顺其自然。”

十二个志愿

女儿参加完纽约特殊高中考试，我以为会轻松了。谁知，学校发了普通高中的填报志愿表格。按规定，她可以填十二个志愿。

纽约市普通高中的名录是一本又厚又大又沉的五百页的书。我一读就头大。一家人商量，女儿只报离家近的，出曼哈顿岛的完全不考虑了。这下范围缩小不少。但也有一百所高中。每所高中的信息丰富，比如地址、交通、网站、电话、升大学比率、学生满意率、录取分数、所开课程、课外班等等。

我看到那些密密麻麻的小字就发晕。于是，想到一个取巧的办法，咨询了有孩子去年、前年考高中的曼哈顿的朋友，把他们的志愿抄来。老公问我为什么选这十二个志愿，为什么这样排序，我一问三不知，只好老实交代志愿的来源。还是老公肯卖力，他花了整整两个周末，认真研究了一百多所学校的资料。虽然他最后准备的预选志愿和我抄来的志愿基本一样，但他说这样他心里才有数，才对得起女儿。

十二所学校对孩子的各科平均分数有要求，还有不同的额外条件。有的优先选择参观过学校的学生，要在网上预约；有的要考试；有的要面试；还有的要交作文。我们三口都为此忙碌。女儿没事就上十二所学校的网站、到处参观、考试，老公当她的司机，我则做好吃、喝等后勤工作。

这还不算，老公要计算女儿上这十二所学校的时间，走路、坐公交、坐地铁、开车各多长时间。女儿开始还配合，后来搞得很不耐烦。她甚至威胁这学校离家远、那学校楼破，她不要上。这可难办了，因为虽然学校有一百多所，但从中挑出十二个志愿已经很难，再挑不出其他好的志愿了。

女儿认为，无须一定报十二个志愿，报八、九个就好。但我和老公都觉得那样冒风险。报几个兜底的志愿总是好些。我为女儿的十二个志愿制作了硬卡片，写上关键信息，随时打乱、重新排序，很方便，受到女儿和老公的赞扬。

记得多年前我在北京参加中考，一共可报三个志愿。女儿特殊高中可报七个志愿，普通高中可报十二个志愿。虽然全家因此有些累，但她的自由选择真多，羡慕她有点生在福中不知福。

辅导班

去年年底，全家从北京到纽约。以为女儿可以逃离中国的应试教育，享受美国的素质教育。没多久，发现美梦落空。在国内雨后春笋般的各种课外辅导班，在美国华人圈里早已深深扎根。如果说辅导班是一块块巨型磁铁，家长和孩子们就像一颗颗小小的铁粒，身不由己地被牢牢吸住。

女儿现在上七年级。今年十月要参加特殊高中的考试。纽约的特殊高中就是北京的重点高中。十月考试就像北京的中考。同样关系到孩子的前途，同样万分重要。我赶紧向孩子已经在特殊高中的朋友们取经。才知道，经济条件好的早给孩子请家教，一对一上课，费用可观。经济条件一般的、差点的都会给孩子报辅导班。春季班一月就开学了。女儿现在只能报暑期班和秋季班。费用加起来，小三千美元。

召开家庭会议，女儿和老公同意我的建议，给女儿报辅导班。接下来让人头疼的是，报哪个辅导班。我不厌其烦地给两个辅导中心讲国语的老师打电话，咨询上课的时间、地点、费用。两个辅导班的总费用差不多。一个离家近，但总课时少。一个离家远，但总课时多。我开始较倾向于离家远的辅导班。多上几十个小时的课，对女儿肯定是有帮助的。

我在谷歌地图搜索我家到辅导班的路线。很奇怪，每次谷歌提供的公交路线和时间都不一样。于是，我决定亲自走一下这几条线路。有的坐公交、倒火车、有的走很远、坐地铁。我还拿着小本子认真记录每一段路程的时间。又召开家庭会议，我汇报了以上调研的情况。

老公和女儿一致同意上离家远的辅导班，走路，再坐地铁。

正准备去辅导中心交款，听到新市长对特殊高中考试的批评声。他说考试对黑人和西语裔人没有包容性，对没上辅导班的孩子不公平，要研究这件事情。我心里发毛，担心孩子辛苦半天白费了，考试取消或改革了。听到我的担心，辅导班的老师笑我杞人忧天。她说黑人和西语裔人可以免费上辅导班，政府给他们出钱，所以没有不公平。

离暑期还早，想到女儿从周一到周五，连续七个星期，每天三小时上辅导班，我真的很心疼她。女儿九十月的周末两天也基本要上辅导班。我替她感到压力非常大。唉！飞了一万多公里，越过了浩瀚的太平洋，最后还是陷在了辅导班的泥潭里，难以自拔。

2014年4月1日

申请美国大学

女儿自初中二年级来纽约读书，已经四年。她现在上高二，开始准备申请美国大学。我和有相似年龄孩子的朋友聚在一起，谈论最多的就是要申请什么美国大学，怎样申请。

开始，真是满头雾水，一团乱麻，理不清头绪。我们只要有时间，就带女儿参观各个名牌大学，比如哈佛、麻省、耶鲁、康奈尔、普林斯顿等等。她对这些大学都没有特殊的喜好，甚至连选学什么专业也拿不定主意。

女儿自己其实很清楚什么时候该干什么。她主动让舅舅给她报了个新东方的辅导班，回北京探亲时，她辛辛苦苦上了二十多天的课。回到纽约，她的SAT第一次考试就考了一千五百多的高分。

女儿所在的高中给她们配置了申请大学的顾问老师，给她们提建议，也与家长见面、沟通。她们的成绩在网上都有。女儿成绩优秀，大学邀请她去参观的信件如雪片飞来。

有朋友的孩子刚刚申请美国大学成功，我就虚心向她们请教。明白了到哪里找到大学的排名，各个专业的排名；写申请信要注意什么。女儿很独立，不希望我干涉她的事情。我只有在她心情好时，分享我得到的信息、我的想法、我的建议。

在了解申请美国大学的过程中，我深深体会到大学是美国经济的支柱产业之一。大学的学费很贵，通常国际生是申请不到奖学金的。美国孩子的家长要拿出多年积蓄，或者孩子申请贷款，经年甚至终身偿还。据说有的大学是公立，州政府拿不出钱，就要宣布倒闭，却被蜂拥而至的中国留学生救活了。国内的留学中介公司，也如雨后春笋般层出不穷、一片兴盛之象。

女儿终于对所学专业有点想法，公共关系。我对此并不了解。征求友人意见，都说这个专业很难找工作。不过，我并不以为然，上大学并不是去进行职业培训。我希望女儿学一个她感兴趣的专业，在大学里获得求知的快乐。

为了保证被一所理想大学录取，女儿要申请约十二所大学。这真是个烦琐、耗费心力的过程。作为母亲，我别的帮不上她，只有轻轻对她说，对于大学的排名、最后的录取结果不妨都看得淡一些、放松。无论怎样，我们都爱她。

美国大学录取通知书

二零一九年一开年，女儿就有好消息传来，接到三所美国大学录取通知书。分别是纽约州宾汉布顿、宾夕法尼亚州州立、东北大学。其中，东北大学还表示可以给她每年一万五千美元奖学金。我上网查，都是优秀大学。我和老公祝贺女儿，她却满不在乎地讲，这只是她的保底。她心中最理想的大学还未给她发录取通知书。

为准备上美国大学。女儿考了SAT，1510 分，作文满分。托福她也考了满分。申请大学的申请信都是她自己写的，并没有让我和老公看。老公是看到他的信用卡刷卡记录，才知道女儿又申请了大学。她很替我们省钱，只申请了十所大学。

女儿非常自强自立，各方面都对自己要求很严格。很多时候，根本不用父母操心、督促。她在北京上了六年小学，各种奖状、证书一大抽屉。五年前到了纽约上中学，迄今又有满满一抽屉奖状、证书，其中最珍贵的是美国荣誉社团会员证书。会员不仅学习好、性格好，还要有领导能力、积极服务社会。

我想，美国大学录用官员看重的，不单单是女儿的成绩，也正是她的不少从事志愿者、担任小学班长、中学学生会主席的经历，还有她申请信的未经他人修饰的真实等等。

当大多数家长给孩子提高要求、让孩子更加上进时，我和老公正好相反，总劝女儿多多放松、一切看淡、保持一颗平常心。我尤其不愿女儿努力成为社会精英或什么杰出人才，就希望她平安快乐做个普通人。我们不想她做个书呆子，在她还小时，总设法带她出去玩。现在她大了，就支持她和同学、朋友一起旅游。

女儿不止一次提及她对空隔年、空档年感兴趣，就是升入大学前，或大学中利用一年到世界各地旅游。我和老公都不反对。但是，有一个前提条件，她一个人到处旅游，我们不放心，她至少得找两三个朋友同行。她也同意了。

现在，我和老公都和女儿一样，期待她收到更理想大学的录取通知书。不是为了我们的虚荣和面子，而是希望女儿能更自信、更积极地融入新环境。当然，无论她最终选择了哪所大学，我们都一样祝福、鼓励她。

一小片白斑

女儿2001年生于北京。因为我腿上有巴掌大一块棕色的胎记，所以她出生后我提心吊胆地仔细查看了她的全身。除了她屁股上有片蒙古青，并没有什么胎记，我才放下心。

女儿一岁到四岁在纽约长大。两岁上下，我和家人发现她小肚子上出现了一点点白斑，而且随着日子慢慢过去，白斑也在渐渐扩大，从一枚枣子大小变成一个饺子样。于是，我们开始了艰难的求医之路。我们带女儿去过华人医院，唐人街的、法拉盛的，洋人医院、大医院、小诊所。医生们都对白斑没有把握，说不出所以然。

每次看医生，总是满怀希望而去，然后备感失望而归。终于有位医生开了种外敷的药。她也说先涂涂试试。从此，每晚女儿睡前，都给她涂这药。她总是很配合，乖乖地把上衣撩起，还说，不怕药凉。看她这么遭罪，我心里很难受。有时，哄她睡下，我也会垂泪。

药涂了些日子，白斑真的控制住了，不再扩散，而且里面有几个黑点。这让我们全家欢心鼓舞。回北京前，找大夫开了不少管涂的药。

回到北京，我们又带女儿踏上了求医路，遍访各大医院的专家们，他们都束手无策，不知白斑的缘由。女儿很懂事，和我们奔波、等待，都毫无怨言。我们还是坚持给女儿涂美国医生开的药，有成效，但微乎其微。

让人感恩的是，她身上只这一小片白斑，其他地方都好好的。每天给她洗澡，我都认真检查。我真感谢上帝，白斑长在别人看不到的小肚子上。除了涂药，我每夜入睡前都虔诚地祈祷。人生不如意的事太多了。这一小块白斑算什么呢？于是，我终于看开了，不再为这点事揪着心。有时，甚至忘记给女儿涂药。过段时间，白斑也没变化，我就干脆给女儿停了药。

一天，女儿的舅舅出了个好主意。他说，可以给女儿长白斑的地方纹一小朵玫瑰花。女儿很喜欢这个主意。不过，她为纹什么颜色的玫瑰拿不定主意。红的？黑的？紫的？蓝的？

感谢上帝，白斑并没有给女儿的心理留下阴影。她未因白斑的事感到自卑，一直是个乐观自信的孩子。我总开玩笑，谁也不能冒充我的女儿。她是世上被留了印记、肩负特殊使命的人。

2016 年3 月23 日

挑剔的女儿

女儿快十五岁了。她很小就对我的厨艺非常挑剔，总提出不少意见。开始，我非常受打击，有挫败感。后来，慢慢习惯了。能改进，尽量改进；不能改进，不把她的话放心上，左耳朵进，右耳朵出。

比如，清炒菠菜，她总抱怨盐没放匀。于是，我很努力地来回翻炒很多遍。我和老公从吃不出有什么问题，但是却不能让女儿满意。后来，她干脆拒绝吃我炒的菠菜，我才想起到网上查有什么高招。还真找到症结所在，就是不能先放菠菜再洒盐，应该先把盐放油里，搅匀，再倒入菠菜。女儿刁钻的嘴巴尝出不同，终于又吃我炒的菠菜了。

今年春节，我和老公回北京探望父母。女儿学校不放假，一人留在纽约，被托付给邻居朋友一家。她大赞朋友家天天煲靓汤，好喝。于是，我也学着第一天给她做了冬瓜小丸子汤。她不说什么，喝了三碗。我很受鼓励，第二天做了木瓜银耳汤。结果，女儿喝了一口就不再喝，慢语轻声道：“汤不够浓稠，银耳太硬，莲子放多了，苦。”还说，“咱家不必天天喝汤。”

女儿从小吃惯姥爷做的饭菜。姥爷做一辈子菜，手艺赶上专业的了，我当然无法相比。这次探亲前，女儿给我张纸条，她拉的单子上有西餐牛肉、香酥带鱼、三杯鸡、狮子头等。她嘱咐几次让我好好和姥爷学做菜。这些菜对我来说高难度。回去探亲没几天，只顾聊天，忘了。我回纽约后，女儿盘问我。我只有实话实说，还拿出我的撒手锏，请她到外面中餐馆吃几次。

我也有拿手的，像糊塌子，就是西葫芦鸡蛋饼。一个西葫芦刮丝，剪断，打进四个大鸡蛋，十勺面，四根香葱切碎，加盐、水，搅成糊，平底锅烙。女儿一次可吃四张。不过，一周只能吃一次。不然，她也不干。我还很会煮速冻饺子，保证一个不破，个个都熟。华人超市里的饺子一袋约九两，4 美元左右。买三袋全家吃两顿，好吃划算。女儿同意每周吃一顿。我自己包的则永远无法讨她的欢心。

不过，我不怪女儿挑剔。这说明她有主见，会表达真实想法，不虚伪。

2016 年4 月1 日

挣面包的人

四年多前，女儿到纽约读的第一本英文小说是《挣面包的人》。上幼儿园时，她在纽约待过几年，我俩一起读过不少英文儿童读物，她当时英语说得不错。回到北京，我未像有心的家长给她继续看英文动画片、报口语班、请外教。她的英文都忘了。中文小说读很多，如喜欢琼瑶、金庸。《窗边的小豆豆》《马小跳》《笑猫日记》等系列。

她在北京史家小学六年都是同学选出的班长，成绩优异，保送至北京市重点二中。后来，转学到纽约。记得第一天入学回家她哭了，落差太大，啥也听不懂，甚至想回北京上学，和姥姥、姥爷一起生活。我和老公宽慰她半天，并定下三月期限，如那时她还不适应，我们可同意她回北京。

根据我的经验，学英语听说读写都很重要，尤其是阅读。我次日去书店给她买了《挣面包的人》一书。考虑作者是女性，文笔细腻，主人公是一位和女儿基本同龄的十一岁阿富汗女孩，以她的观察，用她的口吻描写，在塔利班统治下，为养家糊口，装扮成男孩子到市场上卖东西，最畅销的是假肢。小说不长，一百多页，字大小合适，行距够宽，不毁眼睛。

买书而没有去图书馆借书，主要想可以在书上自由圈圈画画。回家后，我用铅笔画出女儿可能不认识的单词，在旁边写下中译文。女儿看书很认真，她用蓝笔画出短语词组，用红笔标出我漏掉的她不认识的单词，还在便签纸上写下她的感想，贴在书里。开始女儿一天读二十页，后来，一天至少读三十页，而且还把以前读的有标记的地方都复习一遍，说是温故知新。

女儿一周就读完了小说，被阿富汗女孩的命运深深打动。以前对国际问题不感兴趣的她开始关心国际新闻，每天早上上学前，她都会查看英文的新闻网站，有疑问向我们请教，也和我们讨论。客厅书架上的一本厚厚的世界地图册被她拿到自己房间，以便随时翻看。

仅一个月，女儿读了好几本英文小说。她已丢掉我这根拐杖，不用我标出中译文。我们收到女儿在学校的成绩单，各科都在九十分以上。开家长会，每个老师对她夸个不停。女儿在学校也交到不少新朋友，不再提回北京的事了。

和很多亚裔孩子一样，女儿的数理化要比文科更强。可是，她决定放弃热门的理工科。不久前，她接到不少大学的邀请，最终选择了康奈尔大学三周的夏令营，研究中东问题。

《挣面包的人》成了女儿的启蒙英文小说，让她了解这个世界还有战争，还有孩子生活在水深火热中，引领她立志要为帮助这些不幸的孩子献一份微薄之力。我买书时始料未及，想来一切上天早有安排。我衷心为女儿祈祷祝福。

2018年5月17日

学生干部

学生时代，我成绩优异，是个好学生。但是，我只担任过小组长、课代表等职务，没做过更大的学生干部。我不喜欢学生干部，认为他们都是老师的“帮凶”，欺压普通同学，天天向老师打小报告。我的好朋友都是学习成绩不好的孩子们，我觉得他们真诚、会玩、有趣。当时，学生干部都是老师指定。直到大学，才引入学生选举机制，却也是老师指定一位候选人，大家投票走走过场。我当了一年有生最大的学生干部，系学生会宣传部部长。

老公说我是书呆子。他在上小学、中学时一直是班长，并且说从未欺负过同学，只为同学服务、帮助同学。他能在老师和同学间把握平衡，做好沟通、协调工作。老公比我晚两年上大学。在北京大学，他做过民主选举出的系学生会主席、校学生记者团团长。同学们都夸他稳重老成、人好能干、有威信。

女儿遗传了老公的基因。在幼儿园，她就表现出惊人的领导能力，能主动积极招呼小朋友们听从老师的意图和安排。老师们纷纷感慨预言，女儿将来一定可以当个称职的学生干部。果不其然，小学一年级，她入学就被老师指定为班长。老师夸赞她懂事能干，有事离开，把整个班交给她放心。班里最调皮捣蛋的孩子都坐在她周围，她能镇住他们。一年级第二学期，班里举行了民主选举，大家自由提名候选人。候选人依次发表竞选演说。女儿顺利连任。以后每年，女儿都通过真正的民主选举连任班长。在北京小学，她当了六年班长。老师满意，同学们也服她。

女儿初中来纽约，用了几年适应这里的学习和生活。这期间她虽未当过什么学生干部，却也热心公益和学校课外活动。今年，她高三了，在学校的事不再与我和老公说了。我们也是悄悄观察，发现她和另一个女孩在竞选校学生会主席。她俩经常网上通话很长时间，讨论竞选的策略和有关事宜。她精心绘制竞选展板、设计竞选传单。我们只有默默祝福她。

一天，遇到女儿的小伙伴，她托我们祝贺女儿当选学生会主席，我们这才知道她竞选的结果。真的特别开心激动。女儿不以为然，她现在考虑的是如何兑现选举时的承诺。

就学生干部这一视角，从我们到女儿一代，女儿从北京到纽约，我看到了社会和教育体制的进步，也看到了女儿的成长以及未来的希望。

2018 年7 月1 日

舞蹈串烧

我住在曼哈顿中国人聚居的地方。街坊邻里比较熟悉，社区经常有活动。这不，刚刚得到通知，不久要举办消夏晚会。组织者找到我女儿，让她和朋友一起来个舞蹈串烧。

这下给她个措手不及、压力不小。春节联欢会时，女儿和两个朋友一起来了个舞蹈串烧，惊艳四座，让人难以忘记。可那是她们三人天天辛苦排练了两个多月的结果。现在，两个朋友暑期回北京，女儿要重新找伙伴、编舞、排练，而且离消夏晚会只有一个星期了。

女儿打了一通电话，确定了和她跳舞的同伴。接着，俩人看韩国组合的舞蹈，从中受启发、找灵感。我很关心她：音乐找了吗？串烧音乐编辑好了吗？舞蹈动作定了吗？练得怎样了？每次忍不住问女儿，她都按捺住不耐烦，尽量好声好气、信心满满地说：“妈妈，别担心，我心里有数。”

随着日子一天天的临近，女儿的舞蹈串烧从策划走到了操作阶段。每晚吃完饭，我和老公要么躲出去，要么藏在房间里，听女儿叮叮咣咣移动茶几、椅子，然后是动感的音乐声、脚步声、话语声。我真想偷偷看看女儿和同伴跳舞，但还是忍住了。

我心里非常感谢舞蹈串烧。它把女儿从迷恋手机的泥沼中解救出来。如果不跳舞蹈串烧，女儿一晚上眼睛一下都不离开手机屏幕。她到美国后，各科成绩很快都九十分以上。但在学校一查视力，就是不及格。不到一年，她的视力退步之快，已经又新配了两次眼镜。

老公好几次要没收她的手机，她就可怜巴巴地央求，说她从北京到纽约，离开好朋友和老同学，适应新环境，手机是她最好的放松的手段。现在，她终于找到一个更健康、更让父母可以接受的放松方式：舞蹈串烧。

离消夏晚会还有不到四十八小时了。女儿大方地请我和老公观看她俩的舞蹈彩排。真把我俩震惊了，动作充满变化又连贯舒展，与音乐结合得天一无缝。既充满青春的无限活力，又不乏美少女的娇羞、妩媚和俏皮。没想到她俩只用一周时间就打造出如此完美的舞蹈串烧。

我和老公有些无语，女儿从我俩的脸上已读出硕大的肯定和赞许。我还是那句话："太棒了！"接着就是让女儿放松，此时，她要和伙伴出门了。临走时丢下句话："中秋晚会上，我们会跳个复杂串烧，把会跳芭蕾的小妹妹们也加进来。"

女儿初舞

女儿初中来到纽约。以前在北京学校从未参加过舞会，只有联欢会、文艺汇演。到了纽约没多久，学校就发来将举办舞会的通知。我和老公比女儿激动，这可是女儿第一次参加舞会，一家热烈讨论要做什么准备。

女儿小时候爱穿裙子，特别是蕾丝的公主裙，有相配的各色小包、皮鞋。她最喜欢一双有矮跟的透明塑料凉鞋，唤作水晶鞋。长大的她变了，就爱穿牛仔裤，而且很多条都是故意破大洞的。我给她买了不少漂亮裙子，她要么坚持让我退掉，要么总不穿，被我送人。现在她要参加舞会，我们达成一致，先得给她买条美裙。

周末，我们一家三口来到梅西百货裙装处，不由得被一款款华丽的飘逸长裙所吸引。女儿在我们再三的请求建议下，试了两件。我的眼眶竟然湿润了，女儿是大姑娘了，如此美丽惊艳。老公也握紧我的手，不住地点头。可女儿不称心，说她不想弄得太隆重夸张，想买条平时也能穿的裙子，免得浪费。女儿还问预算多少，我和老公忙说钱不是问题，只要她喜欢。

女儿最后专注在打折区流连，挑中一条白黑纹短袖齐膝厚棉裙。原价一百多，现价四十美元。她到试衣间试穿，叫我陪，让我坐在椅子上休息，从包里拿水给我喝。女儿很有眼光。裙子合身，显得她落落大方、优雅而不高调。我趣称她是小斑马。

付款后，我们来到鞋层。女儿又嫌贵。她带我们来到对面一平民鞋店，只花二十美元买了一双平底白革鞋，蹬在脚上，走走跳跳，说很舒适。本来还计划买个小包。女儿却说不买了，就借用我的。老公和我都称赞女儿节俭，说把省下的钱奖励给她零花。

舞会当天，女儿涂了指甲，画了淡妆。她每天上学放学都和小伙伴一起走，所以也不让我们送。我从窗户远远望见她的朋友穿了件发亮的黑短裙，俩人向学校走去，有些忐忑不安，不知会不会有男生请她跳舞，不知她会不会玩得开心。

舞会结束夜已深，她同意我们去接。我发现，参加舞会的同学有的西服革履，有的一身运动服，有的像从童话中走出的公主，五花八门的装扮。女儿在校门口和几个同学聊得欢畅，每人都戴着小礼帽、闪亮的大项链、拿着写着“公主”和“大明星”的牌子，得意地说是在舞会上抢到的。

见到我，女儿不肯离开，说要等朋友们的家长先把她们接走，才跟我走。我俩和她的朋友及陆续赶来的家长挥别，最后回家。路上，我小心翼翼地问女儿，有男生请你跳舞吗？她呵呵道：“我们没跳交谊舞，一直跟着领舞人跳节奏强的集体舞。体育馆地上的高跟鞋扔了一片。”我的担心多余，也感慨女儿的懂事。

2018年5月12日

女儿说“不”

女儿小时候在北京很乖，听话，对我和老公的要求都顺从，像只可爱的小猫咪。初中到纽约后，她开始闹独立，学会说“不”，成了动辄扎人的小刺猬，让我们头痛。

作为全职太太，我每天最重要的工作就是为一家精心准备营养丰富的晚餐。很害怕下午接到女儿电话，说她不想吃我做的晚饭，就馋炸鸡、汉堡、薯条、拉面等，自己在外边买着吃了。开始我还希望能说服她，少吃垃圾食品，可她对我的劝告置若罔闻，顶多敷衍我几句。

以前女儿过生日，我和老公会为她策划盛大的生日聚会，把她打扮得像公主一般，请很多小朋友，提供大蛋糕和好吃的。可最近几年，女儿有自己的主意，生日从简，分着和几拨朋友过，最多请人在外吃饭。除了出钱，没有我和老公什么事儿了。

女儿大考成绩好，或者家里有其他值得庆祝的事，我们一直保持到饭馆吃个大餐庆祝的习惯。可现在，女儿总找借口，说身体不适，或直言懒得动，让我们带回点吃的。我和老公在餐馆过二人世界，默默相对，好怀念一家三口有说有笑的时光。

曾经，为女儿买衣服是我最大的乐趣之一。可现在，女儿不要我给她的淑女定位，上衣、牛仔裤都破大洞，从不穿我给她买的裙子。我好心寒，已经很久不敢给她买衣服了。

老公最喜欢和女儿聊天谈心。可女儿的房门轻易不对他开放了。他俩经常上演这样的对话。“闺女，能和你老爸聊几句吗？”“您有什么事吗？没事就算了。我忙着哪。”“知道你忙，就说几句话，用不了几分钟。”女儿的拒绝和老公的恳求会持续好多个来回。换作我，肯定早崩溃了。可老公就像《大话西游》里的唐僧，能耐心地唠叨个不停，直到女儿作出让步。

还让我伤心的是，以前周末全家都在一起活动。夏天去海边，春天赏花，秋天看红叶，冬天堆雪人。可如今，女儿周末再不和我们玩了，只和她的同学、朋友欢度时光。老公埋怨我不长记性，总恳求她和我们一起过周末。她当然会说“不”。我有时甚至幻想她能回到我的肚子里，让我从怀孕开始，重头来一遍，享受她还没学会说“不”的时候。

当然，我还是明白并接受，女儿说“不”，是她成长的过程。早晚，她会离开，建立她的小家庭。等当了妈妈，有了也常说“不”的孩子，她会理解我的今天。

2018年6月4日

亲子厨房

女儿小时候有个玩具小厨房，里面有可以转动的水龙头、小案板、塑料小刀和一些可以粘在一起，也可切开的塑料蔬菜、小平底锅、小汤锅、碗、盘、勺子、筷子。她最喜欢的是把各种蔬菜放进锅里，假装倒入水，搅拌搅拌，做成蔬菜汤，盛在碗里，让我们喝。

四五岁时，家里包饺子女儿很活跃。虽然她总弄得浑身是面，包的饺子很多破了，或者放的馅很少，甚至拿面捏橡皮泥，浪费不少，我们都很宽容她，觉得一家人能在一起其乐融融包饺子就很开心。

六七岁，女儿主动要求参与真正的厨房劳动。家里人很怕她在厨房里切着、烫着，央求她先别急。我就拿出碗、鸡蛋，让她把鸡蛋打到碗里。她第一个鸡蛋打得好，第二个打到桌子上。我忙和她说没事，赶紧收拾，又拿出鸡蛋让她打。这时候，不能打击她下厨房的积极性。

记得，我在美食网上学到一些小朋友食谱，做给女儿吃。比如，娃娃脸蛋羹，在蛋羹上放用海苔片剪成的娃娃头发，火腿片做眼睛，黄瓜片的一边做嘴巴。女儿别提多喜欢了，她自己不吃，也不让她爸吃，说：“这么漂亮的娃娃您忍心吃吗？”她坚持学做娃娃脸蛋羹。她会打鸡蛋。我找了家里最小、最钝的剪子和刀给她用，剪海苔片、切火腿片和黄瓜片。

后来，我网购了本《亲子快乐下厨房》的书，真正体会了烹饪是最快乐幸福的亲子互动游戏。周末早上，女儿和我给全家人做早餐。按书上的图示，女儿把切片面包剪成小鱼儿的形状，上面放上火腿片、黄瓜片做鳞片，黑橄榄当眼睛。女儿还发挥创意，把面包剪成大心状给姥姥，小房子给姥爷，小蜗牛给她爸，大钻石给我。当然，她撕坏的面包她说不白白丢掉，一会儿出去喂鸟。

此后，女儿没事就翻翻这本书，找到有兴趣的就要我和她一起下厨房。我们做豇豆棒棒糖。我教她怎样烧开水、焯豇豆、何时豇豆变色、怎样捞出来晾凉、如何将豇豆卷成卷、又怎样用竹签固定。我们做五彩炒饭，女儿不耐其烦地把黄瓜、火腿、胡萝卜、彩椒切成小丁。我们做田园沙拉，这道菜是女儿用蔬菜当画笔描绘出的又漂亮又好吃的图画兼菜肴。

和女儿一起下厨房真的是一种难得的享受。对我而言，吃什么不重要。关键是能和宝贝女儿一起烹饪，全家人围坐着和和美美用餐。而且，想想未来，女儿已经练就了这方面独立生活的能力，不用父母再担心。这也就是亲子厨房的最大收获吧!

2014 年9 月3 日

老公

蓝衬衫王子

绝大多数女孩儿小时候是父母的掌上明珠、小公主。她们都期盼着长大后早日遇到自己的白马王子。将自己扶上白马，到富丽堂皇的宫殿，从此过上幸福的生活。

我小时候一直梦想的，不是白马王子，而是白色制服王子。刚开始，他是一位海军军官。在梦里，他总是很高很帅，穿得笔挺。海风中，他站得直直的纹丝不动。而我在他旁边，秀发和裙子飞舞着。后来，想到海军总要出海，我承受不起相思之苦，梦中王子就变成了白衣天使医生。他医术高超，天天治病救人。可是，听说医生见惯生死离别，都很冷血；又要出急诊、值夜班，顾不上家。我的王子改为厨师，天天吃美食也不错。有人又告诉我，厨师在饭店做足了饭菜，回家不下厨房。我的白色王子梦破灭了。

其实，我最喜欢的颜色是蓝色。不仅因为它是海和天的颜色，它更是远山和深湖的色彩。它让人沉静、让人幻想。第一次和我老公见面，他穿了一件明亮的蓝衬衫。那是一次郊游，他作为朋友的朋友参加。瀑布边的石头有点滑，我踩在上面差点摔了一跤。就在那一刹那，我和老公的目光相遇。我读出了真心的关切。冥冥中，我知道，他就是我等待的王子。

先入为主，因为第一次见面，老公穿蓝衬衫，就觉得他穿蓝衬衫帅。先后给他买了十几件蓝衬衫。从浅到深，从加亮色到条纹的，没一件重复。我也曾给他买白衬衫，但白的太不禁脏。只有用漂白剂，我戴口罩、手套，淘洗很多次，还是冲不掉漂白剂气味。所以，老公的衬衫只有蓝色。

与我的蓝衬衫王子，不说历经沧桑，也有过磨难。我在非洲工作过一段时间，曾两次病倒。老公撇下一切，换几个航班去把我接回北京治疗。我在北京住院，他凡有探视机会就会把其他事务都推开，到医院看我。到美国来，每次替我约医生、陪我看病、付款、拿药的都是他。每晚，他也帮我把第二天的药分早、中、晚装在小盒子里。他听人说泡脚对身体好，天天为我端水、倒水。

住进豪华的宫殿、拥有成群的仆人、骑着纯种的高头白马、不停更换名贵衣裳和首饰，不一定幸福。茜茜公主和戴安娜王妃就是例子。我只想和我的蓝衬衫王子天天吃好、喝好、睡好、健康、平安。周末，我俩可以手拉手，在公园里漫步，并肩坐在长椅上晒太阳，过着滋润的小日子相伴到老。

红玫瑰

人大毕业四年，我和老公相识。我俩成为男女朋友的第一个情人节，他送了我一大束红玫瑰，二十六枝，是我出生月份和日子的和数。我想想他微薄的工资，劈头盖脸地对他一通数落："浪漫就是浪费。我们是小公务员，鲜花是奢侈品。买花的钱可以做多少更实际的事情。"老公并不辩解，只是微笑。还掏出一个陶瓷花瓶，说是花店老板送的。

第二年，老公还是给我送了玫瑰花，十二枝。他说希望我六六大顺。那时，我们工资还是很低。玫瑰花的价钱依然令我心疼。没办法，只好恳求："我真的不在乎什么红玫瑰，只要能和我爱且爱我的人在一起，就很幸福。对什么物质的东西都没有要求。"老公有倔脾气。我只好请老公明年情人节就送一只枝玫瑰，这代表我是他的唯一。此后连续几年的情人节，老公真的只送一枝红玫瑰。插在那个花店老板赠送的陶瓷花瓶里，一枝独秀，别有风韵。

接下来的数年，老公无论工作多么繁忙，被孩子折腾的晕得转向，他从不忘记在情人节送我一枝红玫瑰。我们搬了几次家，那个易碎的陶瓷花瓶一直保存得好好的。一年的情人节，老公在国外出差。我下班路上看到年轻的情侣们走在一起，女孩子们拿着红玫瑰，竟觉得有些伤感失落。回到家，陶瓷花瓶里居然插着一大束红玫瑰。原来是老公出差前就到花店订好的。

随着我和老公经济状况转好，加上步入中年，消费观有了很大变化。我不再要求他情人节只送我一枝玫瑰花。他又开始每年送我二十六枝红玫瑰。我总是想方设法让红玫瑰开放得长久一些。在陶瓷花瓶里洒一点盐，每隔两、三天把花枝的底部剪一剪。趁着玫瑰还未凋谢，我也早早就开始盘算怎么将它们好好再利用。有的夹在大字典里，做成书签；有的用来泡个好好的玫瑰花浴；还有的放在暖气上烘干，制成玫瑰花茶，泡水喝。

在我家存放贵重物品的抽屉里，有个信封。存放着十几张小卡片，都曾挂在那些情人节红玫瑰上。都写着同样的话：你永远是我最爱的情人、爱人和老婆。

2014年2月27日

男儿有泪不轻弹

有一句话说“男儿有泪不轻弹”。我以前很认同。因为我的父亲是一位传统威严、不苟言笑的男人。我无论怎样努力回想，也记不得父亲曾经流泪的样子。他总是很坚强，能自如把握、控制自己的情绪。

十五年前，和老公第一次约会，我们在月光下，沿着北京二环路边的护城河漫步。我讲小时候在北京胡同大院里的故事。他讲在江西农村长大的趣闻。我们都惊异命运的神奇，让我们走到一起。老公郑重地对我说，他父母为了抚育、培养他们几兄弟受了很多苦。至今还要每天挑着扁担，一水桶一水桶地爬山路担水喝。他一定要先给父母在老家城里买房。

当时，老公声音有些哽咽。我清楚看到他脸上挂着晶莹的泪珠。那一刻，我的心被彻底融化。我把自己存的私房钱全部拿出。我俩结婚后又共同奋斗三年才为公婆在当地城里买了房子。而那时，我俩在北京还租房住。

八年前，我一度病魔缠身。先后几次住院治疗。一天晚上，我躺在床上辗转反侧，难以入眠。我不明白，自己到底做错了什么，要受到这样疾病的折磨和惩罚？不争气的泪水流个不停。老公开始还想方设法地劝慰我。后来，他什么也说不下去，只陪着我流泪。我俩的泪水淌在一起，分不清谁是谁的。最后，两个人干脆抱头失声痛哭。哭着哭着，我好像懂了，有了疾病这炼狱般的经历，我得到一个和我共同哭泣的老公，值了。

去年年底来美国，母亲送我们到楼下，老泪纵横。我和女儿都坚强地挥挥手，不回头。只有老公，一边抽泣，一边流泪。还把脸藏在手掌里。好一会儿才停止哭泣，稳定住情绪。我一点也不觉得他失态，心里很庆幸，他不是铁石心肠，而是侠骨柔情、有情有义的好男人。

我和老公看电视、电影时，都会流泪，但因为成长背景、接受教育等的不同，我俩的泪点不同。有时，我号啕大哭时，他觉得我莫名其妙。有时，他哗哗地流泪时，我觉得演得太假，简直看不下去。不过，每次老公看节目哭，我还是会被老公深深打动。有人说眼泪是女人最好的武器。其实，男人的泪水又何尝不是融化冰雪、削铁如泥的利刃呢?

流泪是宣泄情绪的出口，是直捣对方心房的致命武器，更是一种美。如果白居易可以用梨花带雨形容杨贵妃、女人哭泣的美，那么我想可以用莲叶承露赞叹男人流泪的美。所以，男人有泪不妨弹。

2014 年 8 月 13 日

睡在音乐会上

住在曼哈顿岛上，吃喝玩乐都很方便。各种文化节目非常丰富。音乐会基本上天天都有。去年年底我们一家来到纽约，经常有朋友约我们去听音乐会，或送我们音乐会的票。

第一次在纽约听音乐会，老公竟然进入沉沉梦乡。那是在林肯中心的一次古典音乐会上。富丽堂皇、灯光明亮的音乐大厅座无虚席。一曲未终，身边的老公就把头仰倒在座椅靠背上，还发出均匀的轻轻鼾声。我赶紧用手托住他的后脑勺，把他的头慢慢抬起。谁知，他不但没有醒来，还把头靠在我的肩膀上，继续酣睡如泥。

细想一下，我的鼻子不免抽搐着发酸。自从我们来到纽约，老公非常辛苦。从周一到周五，他加班到次日凌晨是家常便饭。其实，可以留些工作周末完成，但是他坚持周六和周日雷打不动地全部来陪我和女儿。于是，我再不忍心叫醒睡在音乐会上的老公。而他，居然听不到此起彼伏、震耳欲聋的掌声，一直睡到音乐会结束才大梦初醒。

从江西农村走出来的老公小时候家里清贫，饭还吃不饱，更没有条件接受音乐的熏陶。他在读大学时，通过打工攒下一点点钱，从同学那里翻录了成套的古典音乐的磁带，为自己补课。他坚信，古典音乐对一个人内外气质的培养非常重要。

十六年前，我和老公在谈朋友。他最爱带我去的地方是中山公园。那里常举办音乐会。票价便宜，一人只要三十元人民币。而那时并不富裕的我们不会买票，只坐在外面的长椅上，听乐声穿过墙壁和窗户，越过围墙，还看月光中的树影婆娑起舞，享受徐徐的清风拂面。

后来，我们在北京买了小轿车。车上播放的不是女儿的幼教光盘，就是老公的古典音乐。记得老公开车听古典音乐光盘，他从不打瞌睡。到了纽约，老公换了辆大车，车上听的依然是古典音乐，只不过不是光盘，而是广播。我这个俗人喜欢附庸风雅，所以和老公能听到一起。女儿则天天挂着耳机，听她的青春旋律。

老公在纽约再没听过第二场古典音乐会。他总是开车把我、女儿、朋友送到音乐大厅门口。音乐会结束再来接我们。他说有了他这个专职司机，我们不用发愁找不到地方停车。在车上等我们的时候，老公可以一边听古典音乐广播，一边补觉，或者读电子书。而我，每次想起老公睡在音乐会上的情景，就会被老公的爱深深感动。

2014 年 6 月 27 日

粗心的老公

我的老公十分粗心。公寓物业的人都认识他，因为他总忘带钥匙，去物业借备用钥匙。还好，他没有带文件回家办公的习惯，否则估计我会经常到他单位给他送文件。

家里厨房是他的禁地。烧个水，他会忘到脑后，把壶烧干，新壶的底烧漏。煮个鸡蛋，也不记得，变成烤鸡蛋。蒸个速冻馒头，馒头早夹出来吃了，蒸锅的火还开着。因此，无论多困，我必须起床给他做早饭。

他的衣服都是我洗，晾干后，收起、叠好，放在固定的抽屉柜子里。如果我身体不适，或者有事没及时给他收衣服，那可热闹了，袜子能穿成一样一只，衬衫反着穿就出门了。

我俩每周末采购一周的吃喝。他一会儿忘带车钥匙，一会儿忘带车库钥匙，一会儿忘记穿外套，一会儿忘带要回收的瓶子。最可气的是，到了超市，发现没带钱包。所以出门前，我总要唠叨着问，钱包、钥匙、手机、水等等都带了吧?

每次去电影院，我必须亲自记住电影开始的时间。如果依赖老公，那么可能提前一小时就到，可能迟到半小时，错过片子的开头。奇怪的是，他并不是所有事情都粗心，上班从不迟到。在工作上，他很仔细，这是同事们公认的。

关乎女儿，事无巨细，他也毫不马虎，甚至比我这当妈的还细心。他记得女儿每位老师、交好的同学朋友、喜欢的明星、电视节目、阅读的小说、爱吃的食物等等。女儿对荞麦过敏，他买东西总会认真查看包装上密密麻麻的成分表小字，确认没有荞麦才放心购买。每次女儿出门，他都提醒女儿不要忘记随身带过敏药。

女儿、我、我父母、公婆的生日他都牢牢记得，提早就盘算着准备什么礼物。每年，我俩、我父母、我公婆的结婚纪念日他也不忘记，都会好好庆祝。每天一起进餐，他提醒我多吃蔬菜和水果，饭后，提醒我该吃药了。我要去参加瑜伽、舞蹈、绘画班、看医生的日子他也会标在日历上，保证不忘记。

每周五晚上，是国内周六上午，他总会按时拨通我父母、他父母的电话，从不粗心忘记。我想，老虎也有打盹的时候。老公偶尔粗心是可以原谅的。他天天绷得那么紧的神经需要放松。

2018 年 4 月 23 日

色盲老公

我的老公是色盲，分不清五颜六色，万物在他眼里只是黑、深灰、灰、浅灰、白。也许就像正常人的眼睛无时无刻不在欣赏彩色电视。老公却一直在看黑白电视。

刚开始谈恋爱时，不知老公是色盲。每次见他前，都费很大心思挑选要穿的衣服，绿的？红的？蓝的？黄的？感觉就如同一朵鲜花要在他面前绽放，必须涂抹上最绚丽的色彩。后来才了解，无论我如何装扮，对于他这只呆头色盲蜜蜂而言，只是一幅幅复古的黑白三维照片。知道他是色盲后，我心里荡漾起无数温情的涟漪，黑白世界要比彩色世界少了很多乐趣呀！

我无法体会没有色彩的世界究竟是怎样的。每次不由自主地在色盲老公面前深深感慨："好美丽神奇的彩虹！""多么醉人的满山红叶！""梦幻的黄灿灿的油菜花田地！""葱葱郁郁的绿树叶！"话刚出口，我就后悔触及色盲老公的短处。然后又马上安慰他，人无完人。既然色盲，一定在其他方面有特长。

老公的色盲不影响他的日常生活和工作，买菜时，他虽不识紫色、橙色，但能认出他爱吃的茄子、南瓜。他拿驾照快二十年了，除了一两次小小的剐蹭，可以说是表现很好的司机。我总好奇地问他怎样分辨黄、红、绿灯，他就笑着答这是他的"绝密"。公司的后勤部门多次要给他配彩色打印机，他都拒绝，说不需要。他只处理黑白的文字文件，而不是彩色图纸。

老公去买衣服，总是我陪。他会问我什么颜色。衬衫他最喜欢的颜色是蓝色和白色。领带他不喜欢太亮、太招摇的。出去玩，无论走到哪里，老公愿意拉着我的手，问各种东西是什么颜色。我会挖空心思为他解释，万里晴空、深深碧湖、辽阔大海是多么相近的湛蓝。熊熊的火、西瓜的瓤、番茄皮肉都是炽热的红。可是，多么达意的语言此时也苍白无力。我真想和他换一只眼睛。这样我们就能共同分享黑白世界和彩色天地。

有时，看着色彩逼真的大屏幕电影和电视，我有点怀念过去的黑白电影、电视。我甚至想，谁是真的色盲？也许所谓的色盲才是正常人。而我们这些自以为正常的人不过是戴着有色眼镜看人、看物罢了。我爱我的老公，而且因为他所谓的色盲，更爱他了。

2015 年 2 月 28 日

贪玩的老爸

女儿说，她有个贪玩的老爸。一点也不假。

女儿还在我肚子里时，老公就兴致勃勃带我去逛各大商场的玩具专柜。所有玩具他都要试玩个遍。小到婴儿握铃、中到音乐转灯、大到健身架。老公总在玩。直到销售人员对他厌烦，他才恨不得把所有玩具买回家。一些有大孩子的朋友也会送我们比较好的旧玩具。老公全部收下，清洗干净，自己先玩个痛快。

女儿三岁，有十几个芭比娃娃。老公不厌其烦地和女儿过家家，用笨拙的大手给芭比们梳头、穿鞋、换衣服。很快，女儿认识到真人比娃娃好玩。她用五颜六色的皮筋给她爸头上扎满小辫，用我的丝巾绕得她爸浑身都是。老公照着镜子里的新形象，美极了。

女儿有一个小厨房。老公会蹲下来，和女儿一起假装切菜、洗菜、炒菜。女儿有套塑料茶具。老公会坐在小凳子上，演戏一样端起空杯子喝茶。

女儿有数不清的小汽车，因为她爸喜欢和她赛车。她有一大堆乐高积木，因为她爸喜欢和她搭积木。她也有很多球，因为她爸喜欢和她比拍皮球、踢足球、投篮球，一起打羽毛球、乒乓球。自行车是她爸教的，因为他喜欢和女儿一起骑自行车玩。女儿很小的时候和她爸一起学会轮滑，滑板。

老公和女儿总有的玩。跳绳、拍手、串珠、画画、编织、撕纸、剪纸、折纸。下棋从飞行棋、跳棋、中国象棋、国际象棋到围棋。扑克从拉大车、比大小、二十四分、争上游、捉黑尖、斗地主、敲三家到拖拉机。老公要培养陪他玩的后备力量，女儿五岁就学会了打麻将。

两人一人一个矿泉水瓶可以打半天水仗。我们一家三口玩老鹰捉小鸡可以没完没了。老公甚至学女儿在街边走平衡木。儿童乐园的跷跷板、秋千、滑梯，只要未写“禁止成人玩耍”，他都要玩个够。

女儿是宅女，不爱出门。老公总想方设法带她出去玩。春天放风筝，踏青赏花，老公举着风车，他跑风车转，不肯停下。夏天游泳，到海边玩沙子，他会造个最大最高的沙堡，把沙滩上的小孩子都吸引过来。秋天到农场采摘，上山看红叶，层林尽染、美不盛收。冬天堆雪人、打雪仗、滑雪，到室内的科技馆、博物馆玩。每年休假时，老公都带女儿和我到外地旅游。

老公也爱玩乐器。结婚时，有人送口琴给他。他自学后，可以吹几个曲子。女儿学弹钢琴，他在一边偷学，竟也会弹了。女儿比他先学会玩电子游戏。他会虚心请教，很快比女儿玩得还上瘾。

说起老公贪玩，他会解释，小时候家里穷，除了泥巴、棍子、石头，没得玩。也许是补偿儿时的亏欠吧。可我觉得，他贪玩更源于对女儿的爱。正由于贪玩，他一直是女儿最好的朋友。

2014 年 3 月 21 日

我家的“家庭医生”

我家在公立大医院有位全科大夫做我们的家庭医生。但是，还有个不能忽略的家庭医生，就是我老公。

老公生长于江西农村。那时，农人们饭都吃不饱，又哪里瞧得起病。老公的爷爷自祖上传得些医药知识，免费帮乡里人诊病。慢慢地，名气传开，找他看病的人越来越多。老公从很小就和爷爷上山采草药，看爷爷诊病。他说，后来要不是考上北京大学，他会是位不错的中医。

老公的推拿按摩术是一流的。一次，我下楼梯踩空扭了脚，瘸着去医院看医生，只说让我静养。回到家，老公给我擦红花油又揉又按，虽然有点痛，但坚持几天，脚就好了。老公说，中学时代，一位同学打篮球伤了脚，他也是这样帮他治愈的。女儿成天窝在床上玩手机，患了颈椎病。老公就给女儿按摩脖子、肩膀。女儿开始叽喳乱叫，很快咯咯笑，非常享受，夸赞她爸是妙手神医。

老公对女儿的身体健康比我这个母亲上心。他精心收藏着女儿在北京和纽约的健康手册；牢记着女儿打了多少疫苗，还有多少要打；时刻提醒女儿随身携带抗过敏药。老公还给女儿建立个"健康报摘"夹子，在报纸上看到和女儿健康有关的文章，像吃糖不好，上网太多有害等，剪下来，放进去，给女儿看。

女儿要去医院看医生，只要能请得下假，他都会带女儿去。如果他去不了，总是对我千叮咛万嘱咐，生怕我忘这忘那，有时干脆给医生写个条子让我拿上。女儿要是得了病，他心里比谁都急，表面上却稳如泰山。他喜欢给女儿吃中药，亲自烧水煎药，从不让我插手。女儿也怪，从来不觉得药苦，咕嘟咕嘟很痛快地喝下去。

人过中年，各种各样的病都找到我头上。天天要吃很多药。老公为我准备了几个小药盒，每天三个格子，里面分别装满早、中、晚要吃的药。他每周末为我把下周的药装好。虽然他周末早上很想睡懒觉，但是我习惯早起，他怕我不吃早饭饿，还是会早起，帮我测血糖。他为我画了个大表，记录每天血糖的变化。血糖正常，他允许我吃点冰激凌、西瓜。血糖一旦超出正常界限，他就让我忌口、加强锻炼。

我深深感谢上苍，赐给我和女儿一个如此体贴、有责任心的“家庭医生”。

2014年9月25日

家庭心理辅导师

我家的家庭心理辅导师是我老公。他自恃看过一些心理学方面的书，经常给我和女儿做心理辅导。

在北京，女儿上小学的六年，都是老公每天早上六点四十送她到小区门口上校车。在路上和等校车时，老公会絮絮叨叨地询问她昨天在学校过得怎样。有什么开心事和不高兴的事。因为那时女儿每晚睡得早，老公又天天加班回得晚，他俩共处的时间从周一到周五就早上那么一会儿。女儿会揉着惺忪的睡眼，向她老爸敞开心扉。老公也会有针对性地鼓励她、开导她。

到纽约第一天上学，女儿看上去超沮丧。她流着泪求她老爸，想回北京。在北京，女儿好朋友无数，哥哥弟弟有四十个。她做了六年班长，都是同学们一人一票竞选出的。家里她的各种奖状装满一大抽屉。到纽约，人生地不熟，英文课听不太懂。老公安慰了她半天，打消了她要回国的念头。表示相信她经过一段时间的努力，一定可以找到新朋友，英语过关。

女儿不到三个月就顺利融入了新学校的生活。但她进入青春叛逆期，有点不服管。比如，只想和自己的朋友玩，周末不和父母在一起。经常锁起房间门，在里面打电话、看视频。老公总是很有耐心地和女儿谈心、找共同点、诱导女儿吐露心声。他甚至很努力地和女儿的朋友交朋友，知道了女儿班里的不少八卦，包括哪个男生喜欢女儿。当然，女儿免不了要接受一通交男朋友前的心理辅导。

老公说我是个智商高、情商低的人，敏感、脆弱，幸亏有他当我的保护神。我想是的。刚交朋友时和结婚后我在新加坡留学，我俩天天发长长的电子邮件，这不够，还两三天一封手写的信。打电话很贵，只每周末打一次。其实没有什么特别的事，只是都上了什么课，有什么有意思的，无聊的，和谁吃了什么、聊了什么，去哪玩了。不管有什么烦心事，老公都能帮我化解开。后来分开的两年多是我去西非。打电话免费，我们天天通话，也天天发电子邮件。感觉无论多远，老公牢牢握着我的心理遥控器，随时为我释放压力。

生活在一起，每天团聚时，老公会默默听我竹筒倒豆子般讲一天的经历。然后，为我分析、点评、劝导。不得不承认，老公的心理学书没白读。我和女儿深深受益于他这个自学成才的家庭心理辅导师。

为老公擦皮鞋

老公要出差，我帮他收拾行李。发现他要穿的、带的两双皮鞋都很脏了。平时我疏忽了，没有注意。于是我赶紧找出擦鞋工具，为他擦鞋。

记得我小时候，喜欢看爸爸擦皮鞋。爸爸总是坐在小板凳上，用不太湿、又不干的潮乎乎的布先把地上的皮鞋擦干净，晾干，再用成管的鞋油平均地挤些在鞋面上。然后用鞋刷子把鞋油涂得很匀。最后用干布把皮鞋打亮。鞋油的气味很冲，但我偏偏闻这味道上瘾。爸爸不仅擦自己的皮鞋，还会非常用心地给老妈擦皮鞋。擦完后摆成一列阴干，看着它们，我感觉生活很滋润、甜美。

老公说，他以前在农村光脚、穿布鞋、胶鞋。到城里上大学才开始穿皮鞋。和我结婚前，他锻炼出各方面的独立生活能力，皮鞋能擦得很好。但婚后，我非常心甘情愿为他擦皮鞋，因为虽然我们都加班，他总比我忙很多，回家更晚。慢慢地，他就被惯得不会擦皮鞋了。

接着一些年，我们四处跑，各自奔事业，离多聚少。见面时，我常发现他的皮鞋就像可怜兮兮、干巴巴的小老头，长满了一条条的皱纹，甚至鞋表面的皮都裂开了。我真是内疚没有尽好妻子的责任。所以，总会找时间为他擦皮鞋，不能擦成像新的一样，也要非常有模有样。他爱走路，鞋底会踏破，我就拿着鞋到修鞋铺给他的鞋换个底。皮鞋实在无法挽救，只有扔掉，拉着他去买新鞋。

几年前，我回归了家庭，有时间和精力照顾家人。我会在鞋架上为老公准备三双擦好的皮鞋。他穿皮鞋有个怪癖。鞋架上明明有三双。他另两双不动，只穿一双。我希望他换着穿，他却总坚持穿坏一双，再换另一双。

"爱屋及乌。"我和老公、女儿去江西探望公公、婆婆。我一天早起无聊，就为老公、公婆擦了皮鞋。他们非常感动。说儿子找我做媳妇很有福气；夸我很有孝心、不怕脏、体贴老人。

看到我为他擦皮鞋，老公经常逗我，"北京、新加坡两个硕士高材生为我擦皮鞋，让我如何承受得起呀！"我对他的回答总是："比起读书、办公室工作，我还是更愿意给你擦皮鞋。"

为老公，这个我爱且爱我的人擦皮鞋，是我生活中最简单、朴实的快乐。

2014 年 10 月 5 日

老公休假

老公说，今年八月可以休一周年假。他建议，等女儿八月底回北京那几天休，我俩可以坐坐大游轮，或者到西部玩玩。我说，不会游泳，坐游轮没有安全感，去西部太累，看看风光照和纪录片就好。女儿八月上、中旬坐地铁去法拉盛上特殊高中暑期辅导班太辛苦。不如老公休假一周天天开车接送她。老公想想，同意了。

体贴的老公又说，他休假，也给我休假，那一周就不用做饭了。早上，吃点现成、简单的面包牛奶。中午，在法拉盛随处可见的各色小馆解决。晚上，回到曼哈顿岛再变着花样吃。我是个懒人，只要不让我做饭，就已经觉得很幸福，给我吃什么都行，一点不挑剔。

这周，我们在法拉盛吃了三菜一汤的中餐套餐、荠菜馄饨等上海小吃、北京的煎饺、南京的鸭血粉丝汤、西安的羊肉泡馍、东北菜馆、香港的茶餐厅等等。回到岛上，晚餐也吃得一天不重样，从经济实惠的比萨、麦当劳的家庭套餐、阿拉伯人摆着路旁的清真小吃摊上的鸡肉饭、羊肉饭到寿司组合、土耳其烤肉、意大利餐、日式海鲜自助等等。花费有限，真解馋呀！

这星期，我还陪老公去拜访了他大学同学在法拉盛开的公司。两人十多年没见，有说不完的话。听他们多年重逢、相谈甚欢。我也跟着高兴。中午饭从十二点多吃到三点多，还依依不舍，约好两家人全体很快再聚。

平时，老公工作很忙，总加班，我自觉地都是自己逛商场。这次休假，老公主动提出陪我逛次梅西，让我受宠若惊。他仔细耐心地帮我挑选衣服、为我提供参考意见，为我付款、拎包。我心里别提多感动了。

老公还陪我去看了次医生。他上班期间，我看医生虽然很想他请假陪，但是告诉自己要懂事、识大体，不能影响他的事业。于是，虽然心里藏着委屈，还要一个人坚强地去医院。这一次，有老公陪，我走在去医院的路上都是笑盈盈的。

老公还提议到电影院看场电影。我俩大多数时候只在家的电视上、电脑上和 iPad 上看电影，很少进电影院。我想起天天看到的电影广告：《人猿星球的黎明》，兴奋不已。看电影过程中，我和老公的手从始至终握得很紧。我们的心也随着电影情节的展开一起跌宕起伏。片尾曲结束了，放映厅的灯亮了。我俩仍意犹末尽、回味无穷。

老公休假，我们的日子过得非常悠闲惬意。每天早上睡到自然醒。上上网、翻翻报纸、看看电视。除了接送女儿这项重要工作外，我们只是在轻松、随意地打发时间。当然，关键的是，夫妻俩一直一分钟也不分开，还都彻底地休息休息。

联署

周末有时候，我和老公一早出门，女儿还在大睡。她约好同学出去玩。我就给她留字条，嘱咐她保持电话联系，天黑前回家之类，签我的名。老公看见了，会马上再加句多注意安全什么的，并签上他的名。我觉得老公这样很可笑，他总爱和我联署。

结婚后，他不和父母住一起。打长途电话，也写信。每次写信，他都坚持让我也联署。甚至，联署不够，还要让我写一两段话。老公说，家信父母可以随时拿出来看。见字如见人。也是父母可以在亲戚朋友面前炫耀的。给双方父母打电话，老公也要我俩都讲话。他说公婆和我讲话比和他讲话更高兴。我父母和他也很聊得来。算是声音上的联署吧。

一天，我看到条微信，说一位老人家过世，没提前写遗嘱，结果存在银行的八万多人民币他老伴和孩子很长时间取不出，必须要做公证等等，要花一万多元。我不由得想，月有阴晴圆缺，人有旦夕祸福。于是，我找张纸开始写遗嘱。

我其实也不知道正确的遗嘱是怎样的，就简单写我名下在北京的几套房产、存款 80% 都留给女儿，她姥姥、姥爷、奶奶、爷爷各得 5%。女儿财产由姥爷、舅舅监管，大学毕业、结婚、生孩子可各得到她财产的 1/3。当时也考虑到老公，他应该不会反对把我俩的大部分财产给女儿。他名下也有一房产、有车，还有工资。我知道，如我有意外，他虽总说不会再娶，但我不信，那样对他也不人道、不公平。

遗嘱写完，我就顺手放在茶几上，没再多想。晚上老公回来，吃完饭，坐在沙发上，无意中看到了那张遗嘱，平时总温文尔雅的他居然冲我吼起来。他认为我心里和脑子里都没他。遗嘱这么重要的事自作主张。几个房产证是我的名字，但还属于夫妻共同财产。我被他搞急了，反驳我考虑他的关切了，问他不把财产给女儿，还给小老婆吗？于是唇枪舌战开始了。

在厨房刷碗的女儿走出来，让我俩别吵，说她根本不想要什么遗产。老公和我只有沉默。他拿着那张遗嘱，看了半天，最后把他的大名签在结尾，气就消了。他还教训我是法盲，说有了他签名的遗嘱才有效。基本从不生气的老公发的这顿火让我有点莫名其妙。他可能觉得遗嘱把他当成局外人，没让他联署，而他今生最在乎的人就是女儿和我。

2014 年 12 月 3 日

爱而不同

老公成长于江西农村，我在北京胡同长大，老公大学读地球物理专业，我读的是英美文化专业，老公平时没事喜欢读南怀谨等国学大师的书，我则爱翻阅英美文学。也许因为我们的这些不同，所以对事物的看法经常很难一致。

结婚前后，我俩属于磨合期。会为一些记不得的小事争辩得面红耳赤。每次吵架，都很生气。但过后，俩人的感情竟莫名其妙地升华，比以前更好。事情的是非曲直不重要了，只付之一笑。而且，觉得就一些问题辩论一下，就像给平淡的生活加些刺激爽口的佐料。对于我俩，精神上的沟通、撞击和摔打能使爱情保鲜，让婚姻永远迸发动人的火花。

女儿是小婴儿时，一次老公和我争论某件事。我俩还有意压低嗓音，但可能语速快还是什么。女儿从熟睡中醒来，还大哭。她可是个天天只知道笑、基本不哭的孩子。吓得我俩再不敢当着她的面争论问题。

女儿上幼儿园，不仅学会认字、算数、成语接龙、中英文儿歌，居然会当辩论赛的小主持人。她让老公和我出辩论题目，由她选择一个，再确定谁当正方、反方。她会严格限制正、反方发言时间，最后她做总结发言，还评出个最佳辩手。我和老公这半生各种荣誉、头衔得的很多了，但我俩还是都非常在乎女儿给的最佳辩手称呼。

女儿很快也成了辩手，她也自己出辩论题目，选择辩论对象，通常是她老爸。我就接班当主持人了。女儿很会控制情绪、冷静陈述观点。辩论锻炼了她逻辑思维和语言表达能力。到纽约，女儿开心地发现学校有辩论课后班。她说，英语过关，一定报名参加。

女儿大、翅膀硬、单飞了，老公和我两人可以毫无顾忌地争辩了。老公一直在政府里做事，我早早从政府辞职。他总替政府辩护，我却要挑毛病。我俩辩论起来火药味越来越浓。这真是挺耗费精力。最后，老公要么说我被西方人洗脑了，要么说我喜欢胡说八道，要么说我只看负面、不宽容。我知道，这时，他辩不过我，输了。

听说过，选举时，夫妻俩因为选不同的党，离了婚。前一阵，夫妇俩在美国，丈夫来自内地，妻子来自香港，一个反“占中”，一个支持“占中”，妻子罢工、不做家务，也闹离婚。真是让人惋惜。

孔子说“君子和而不同”。我想老公和我是爱而不同吧。希望天下夫妻都能爱而不同。

优良品种和濒危品种

十几年前，自和老公谈恋爱，他就发现我很娇气。冷了不行，热点受不了，渴着一会儿也不可以。老公还喜欢说，我的生存空间太窄，“物竞天择，适者生存。”如果我是一个野生物种，早被自然淘汰了。

我对老公对我的宽容、忍耐心存感激。无论何时只要讲口渴了，老公都会二话不说给我倒水。还没到夏天，夜里闷热得难受，还不是冬天，夜里感觉冷，就会把熟睡的老公弄醒，而他都不会有半句怨言，帮我打开空调，等室内温度稳定，听到我轻微的鼾声，他才会再次入睡。倒不是我故意撒娇，只是习惯了老公的宠爱，对自己过分的行为，有点心安理得。

我虽然在城市长大，出身却不是什么千金小姐，家里能吃饱而已。但天生羸弱的身子，烈日下，在操场上做会儿体操，能晒晕倒。冬季课间长跑，我会气喘吁吁被落下一大圈，还会累得咳血。初中、高中、大学三次军训，无不在第二、三天就高烧退出。

老公跟我正相反，他的生存空间很宽。不怕冷，不怕热，更不怕渴。我总叫他骆驼，因为他可以一天不喝一口水。我也总想，他的皮肤是怎样调节温度的，为什么会冬暖夏凉。我也赞他是抗旱、抗热、抗冷的优良品种。

老公的经历一言难尽。他出生、成长于江西农村。到北京上大学前，一直就没吃过几顿饱饭。从上小学开始，就每天干繁重、又脏又累的农活。也正是这样的艰苦，磨砺出老公坚韧的性格，优良的品质。

为给自己的娇气寻找借口，我就对老公说，我不是万亩大田里的优良品种，只是野地里的稀有品种、濒危品种。虽然如此，但如果我死掉了，地球的生物多样性也会受到不好的影响。我身上虽然有许多很明显的缺点，但还是深藏着不少优点。老公笑了，说我真会给自己打比方。

感谢上苍，将老公与我这一对优良品种和濒危品种撮合在一起。我们可以相称相补。不仅在生活上相互体贴、照顾对方，更在思想上因为不同而碰撞出火花。我希望我的宝贝女儿，继承我和老公的闪光点，成为优良品种和濒危品种的最好结合。我也相信会如此，因为她生长在充满爱的小康之家。

爱屋及乌

当年爱上老公说不清具体为什么，应该是他人朴实，关心我，有才。两个陌生人一点点熟悉，成了比血缘还密不可分的关系。

老公很孝顺。他早早要求我对他的亲人要像对我的亲人一样。可刚和公婆相处，我真不习惯。二老过分宠爱老公，特别重男轻女，还火气很大。我不敢在他们面前跟老公撒娇，不敢指派老公干这干那，必须低三下四、忍气吞声。后来，不住一起，距离产生美。我和公婆关系从此顺畅。他们到处说我是三个儿媳中最好的一个。我也把他们当成亲生父母一样对待。

老公爱看书。天天有时间就抱着本书，我和他讲话他也听不见。开始，我不开心。就也看书，打游戏。谁知也看进去，玩得开心。我想明白了，看书总比其他不良嗜好强。我支持他看书，让他谈谈心得，给他买书。他书痴得走在路上也捧着书看。我要拉紧他的手以防他撞到柱子上。

老公最爱看的书是金庸的武侠小说。他可以每一部、每个情节、每个人物如数家珍。我也是认识老公后才补课读的金庸，还真的很喜欢，也成了个金庸迷。我和老公喜欢没事点评一下书中的人物。拍出的电视剧，如电视在放，我俩又有时间，必看。我们都认为早拍的版本更好些。

老公在吃喝方面没什么高要求，粗茶淡饭就很满足，不爱吃肉，更不喜欢吃海鲜。可他有个爱好，就是吃黏的。清明前后，他江西老家到处都是刚长出的野菊花，很多小摊都卖菊花粑，绿色的黏米圆子。在纽约，每到此时，老公都倍加思乡。

一次，我择蒿子杆，发现它的花像菊花，就上网看，它就是菊科，别名也叫野菊花。于是，我试着用蒿子杆打汁，和糯米面，团出小圆子，蒸熟。居然和菊花粑形似神似味似口感一样。老公得意地拍照片发在他中学同学的群里。很快，得到很多赞。有人感叹纽约也可以吃到菊花粑；有人说老公有福气；还有人给我献上束束玫瑰。

记得有位大学同学，为了追求一位男足球迷，几天中背下所有知名球星、球队的情况，成个女球迷。因为有共同语言，俩人真好上了。所以，爱老公，得爱他的一切。

谈判

在大学里，我曾选修了谈判技巧这门课。记得一个经典案例是姐妹俩争抢一个橙子。母亲没有简单地一切为二，而是让姐妹俩商量自己解决。俩人想出个办法，让一人切，另一人从两个半个中先选。这样切橙子的人会尽量切得公平。这时，母亲问了姐妹一个问题，她们要橙子干吗？姐姐要吃橙子肉，妹妹要橙子皮做蛋糕。于是一个更好的利益最大化的分法产生了。结婚后，我用谈判课上学到的知识化解不少夫妻矛盾。

刚结婚，我在家喜欢开窗。老公总马上关上。我起初对他不经过我同意就关窗很有意见，会赌气把窗开得更大。他也会不高兴，不声不响趁我不注意又关窗。我俩常闹得不欢而散。我重重摔门跑到卧室，把卧室的窗户打开。他一个人留在客厅。这样的冷战可能持续几小时。他当然最终服软认错，请我原谅。后来一次，我俩开诚布公，我说开窗为了呼吸新鲜空气。他说开窗太吵，影响他读书。于是，我俩心平气和地在两个房间待会儿，一起在关窗的房间待会儿，一起到公园走走透透气。

曾经，老公对我做的饭菜有不少抱怨，说太清淡、没味道、吃不下。虽然他总提意见，我并没生气，慢声细语地解释我从小就吃得淡，家庭医生说我血压临近高点，不能吃咸。于是，老公想出兼顾两人的建议，我做菜时，菜熟先少放盐，盛出我吃的分量，再放盐，是给老公的。我也在饭桌上摆放了几个小调味瓶：盐、黑胡椒、酱油、辣椒油等，供老公增味。每次出门到饭馆吃饭点餐时，老公对我很照顾，都嘱咐侍应生几次要少盐无辣。

在做家务方面，我俩也是通过谈判协商形成如下安排。买菜时，我负责写购物单、把要采购的轻东西装入购物车；他负责开车、推购物车、装重东西、结账。每天，我管洗菜、做饭菜。他管洗碗、擦饭桌、打扫厨房、倒垃圾。我负责洗、晾、收、叠衣服。每周，我俩大扫除，我擦台面，他扫地。我俩结婚快二十年了，都非常习惯这样的分工。如果他工作超级忙，或者我身体不适，我俩中一人会替对方做家务，也任劳任怨。

记得有句歌词“相爱容易相处难”。对此，我深有体会。夫妻双方就像谈判中的二者，无论从事何种工作、工资多少，都应该以平等身份参与谈判，不怄气，尊重对方、相敬如宾、彼此信任、不过度束缚、加强沟通。我把婚姻看作两个牵手相爱的人的一生谈判。

2018 年 9 月 21 日

家庭幸福学之复盘

复盘本是围棋术语，指对弈者下过盘棋，把对局重复一遍，思考成败得失、其他应对办法。后来得到广泛应用。如武打搏击的对手、球赛运动双方、企业竞争者，都在事后重复观看总结，以提高水平。

在我的婚姻中，复盘也帮了很多忙。婚前，两个人爱得一塌糊涂、死去活来。一日不见如隔三秋，说不尽的甜蜜温柔和腻歪。婚后，特别是开始的两年磨合期，动不动就翻脸吵架。老公是所有人公认的好脾气，但兔子急了也咬人。我是出了名的坏脾气、爱发火。两个人真是难相处，很多次搞得双方都伤痕累累。真是爱得深，伤得也狠。

我们也曾尝试复盘。有时真想不起架是从何开始，又怎样一点点升级。复盘时，甚至重新吵起来。后来，我们会请我的弟弟来主持复盘。他是最公正的人，既是了解我的血亲，又是老公的校友，可以站在男人的角度替他着想和说话。对于他，我们也坦诚相对，没有隐瞒或觉得丢人。

后来发现，架都是从鸡毛蒜皮的小事开始。总是我一赌气就提离婚。他也不甘示弱，说离就离，还假意绅士地提出他可以让我先找好下一家，再离开我。我喜欢离家出走，找个没人的地方自己待着。我也爱在他还开车，停在红绿灯或堵车时，跳车跑掉。起初他不理会我，不追赶我，也不找我。等他想起来找我，我已经与他擦肩而过，先回家了。

于是，我弟弟与我俩说好，以后谁都不能提离婚的事，也不可以跳车、离家出走。我俩还会回忆对方哪些话让彼此伤心、不能接受。我弟弟会评判哪些话的确不应该说。谁该就什么和对方道歉等等。虽然他年纪比我俩都小，但他心智十分成熟，让我俩非常信服。

我弟弟工作很忙，也经常出差。找不到他的时候，只有我和老公俩人复盘。为避免再次争吵，我们不讲话，找出纸笔，各自写下双方刚才吵架的对话。这样很容易平静地找出问题所在，气消了，握手言和。

和老公结婚马上二十年。我自己感觉很幸福。老公也很知足。周围的人都说我们是恩爱的模范夫妻。我们已经很多年没有吵架、复盘了。但我非常感谢复盘，在我们婚姻最脆弱的头两年拯救了我们的小家。

家庭幸福学之热火的厨房

张爱玲说过，抓住一个男人的胃，才能抓住这个男人的心。一点不假。每次，老公狼吞虎咽地吃完我精心准备的饭菜，满足地称赞好吃好吃，我都非常开心。当年来美国，我的大行李里装着几本菜谱和一些中国特色的调味品。后来发现，在网上可以容易地查到各种菜的烹饪方法，华人超市也能买到中餐的各种佐料。

早上，女儿和老公上学、上班都走得早。他俩一般自己解决简单的早饭：豆浆、面包片涂花生酱。但只要我起得来，就会给每人做个三明治:用烤面包机烤两片面包,煎个鸡蛋,一根热狗肠，再夹片生菜。 他俩总说我做的早餐更好吃，却又都心疼我，希望我多睡会儿，不必早起。

中午，女儿和老公一般在外边吃。我一个人懒得做，也去外边买点快餐吃。后来，他俩都说他们是没办法，才在外吃，建议我还是自己动手在家做点可口的饭菜的。

晚上，一家三口能聚在一起吃个团圆饭。我总是早早盘算要准备什么。女儿要求比较高，要个纯肉菜，一个绿叶菜，蘑菇、木耳、或其他根茎菜。三菜、一汤、主食，样数不能少，量也不能多，否则剩下的就浪费了。一周每晚的菜式还不能重复，否则女儿不满意。老公容易应付，胃口特好，吃啥都香。看他陶醉、美美地吃饭，是我的一种享受。

周六上午，是我和老公固定的采购时间。我们要去华人超市和当地人超市。烹饪美味的菜品最关键的是新鲜的食材。所以，我们会精挑细选。周末两天，我和老公都喜欢宅在家里。他要补补觉，读读书。我则为一家做好饭菜。来纽约快九年了。想去玩的地方都去过多次。所以只在家周围走走就很好了。

老公说，他最爱看我从厨房走出来，双颊被灶火烤得红扑扑的样子。我说，他系着蓝色围裙，收拾厨房被我搞成的烂摊子的模样，最可爱。家的幸福可以很简单。就在热火的厨房里，我们做着平凡寻常、貌似重复的事情。但我的每盘菜是凝聚爱心、想象、创造的艺术品。老公则用他的宽容、耐心把每天油腻的厨房变干净、焕发新颜。我们的爱情就这样天天点滴地积累着。

家庭幸福学之感恩

今天是感恩节。一家人团聚、和和美美过节。我是虔诚的基督徒。虽然并不像有的信徒，每餐前祈祷，感谢主。我经常在心里默默地赞美上帝。孔子说，一日三省吾身。我每天不止三次想一想、数一数主对我数不尽的赐福。

首先，感恩将我降生于一个充满爱的家庭。父母平凡亦伟大。他们言传身教，让我懂得如何正直做人做事。感恩我的奶奶，在父母在外地工作的几年里，给我无微不至的关爱，教诲。我的弟弟更是我的宝贝。他使我不感孤单，从小就学会照顾弱小、怜爱同胞。

感恩让我遇到我的老公。我们眼神初相碰撞的那一瞬间，是奇迹的发生。牵手走过的二十载，曾欢笑、曾哭泣，有阳光、有风雨、有彩虹。无论何时、不管怎样，我从未怀疑过主的爱。我坚信，主不会放弃我，虽然我浑身都不完美，也糊里糊涂常做错事。

感恩赐予我可爱的女儿。陪着她一点点长大，是我最大的幸福。她小时候，我曾为了追求事业忽略她，把她扔给爷爷、奶奶、姥姥、姥爷，现在想起，真后悔。还好，她对我并没有因此有所隔阂。每天晚饭后，她都要我削个苹果、梨给她。那是我的开心时刻。为她服务，是我的愉快。还有不到一年时间，她就要上大学了。

给她削水果就是不可能的事。

我和公婆的关系处得不错。三个儿媳，他们总夸赞我最好。很早在城里给他们买了房子。婆婆不羡慕虚荣，但一提起周围人都戴着金首饰，我和老公也二话不说，拿出积蓄，为她买了金项链、金戒指和金手链。当年一起住，也免不了炒勺碰锅边儿，闹点小矛盾。但是，每每想到，他们那么辛苦地培养出老公这个优秀的人，我就对他们满怀感恩，什么事不较真，能谦让、忍耐。爱老公，自然就爱公婆。

我和老公亲戚、朋友都很多，总有需要帮忙的时候。无论是借钱，还是来治病、旅游，只要有能力，我们都会帮忙。我和老公有时间也会做公益，每次捐款、捐物都积极参加。

基督教的赞歌，我最喜欢的就是《奇异恩典》，有事没事都在哼唱。其中那句“曾经迷失，但现在返回；曾经失明，但现在看到。”是我人生的真实写照。感恩上帝，让我一直快乐在幸福的家中。因为幸福，所以感恩。因为感恩，所以幸福 。

家人

我的奶奶

2016年春节从纽约回北京探望父母，想着给在内蒙古赤峰市95岁的奶奶打电话拜年，才获知奶奶已于2015年清明去世了。当天本来叔叔姑姑们要给爷爷迁坟，从交通不便的老家迁到赤峰市郊。打算等奶奶过世，把爷爷的坟扒开，让二人合葬。谁知，一向不爱麻烦别人的奶奶就在那天平静去世，恰恰地和爷爷合葬了。

第一次见奶奶时我七岁。爷爷早逝，姑姑叔叔成年。奶奶到北京帮爸妈带我和弟弟。她梳着一个怪怪的发髻，一身系着土气搭扣的黑衣，一双小脚。奶奶抱我，我挣脱，不客气地抱怨她身上有火车味。很快，奶奶剪了城里人的头发，脱去了农村人的衣服，也开始抹香喷喷的雪花膏和头油。

奶奶不识字，但心灵手巧。她缝的被褥又平整又暖和。她做的衣服和棉袄又合身又漂亮，她纳的鞋子特别贴脚跟脚。奶奶会剪窗花，比买的还好。她会剪各种东西，如此美丽动人、栩栩如生的大蝴蝶，穿着裙子手拉手跳舞的小人。

奶奶烧得一手好菜，哪怕是最单调平常的食材她都能作出花样，比如北京冬天顿顿吃的大白菜，奶奶可以做白菜粉丝汤、白菜豆腐、拌白菜芯、醋溜白菜等等。为了做调剂，夏秋蔬菜便宜的时候，奶奶会晒豆角、茄子、萝卜干，冬天炒这些菜干真是美味。

我家的条件不好，奶奶却把我当小公主一样宠爱。她从不让我做任何家务，总说，只管好好学习，尽情地和小朋友玩，家务事不用管。我上的中学离家远，奶奶每天早上 6 点就起床给我做早饭，每天都不重样：热汤面放青菜卧鸡蛋、炸馒头片裹鸡蛋、鸡蛋炒米饭、糊塌子、炒面、煎饺子等等。

因为父母总出差在外地，我和奶奶越来越亲近和依赖。虽然奶奶不让我动手做家务，但我喜欢看着她做，也学会不少。我最爱听奶奶讲家族的往事。奶奶一生也经历很多苦难，她肚子里永远有讲不完的故事，她更教会我很多从生活实践中总结出的做人的道理。

入夜，躺在床上，想起奶奶，我哭了，泪珠哗哗地往下流。往事历历在目。我真后悔没能多回几次赤峰看望她老人家，感觉心里被掏空一块。这种至爱亲人的离开所造成的缺失无法再弥补，只有常常企望在天堂的奶奶一切安好。

2016 年 3 月 15 日

奶奶的收音机

我的奶奶今年九十五岁，耳不聋、眼不花、身体健硕。她有个爱好：听收音机。

奶奶生于富裕家庭，但因为是女孩子，家人没让她念书。一心向学的奶奶一生最敬佩读书人。爷爷生于没落的大地主家庭，爷爷的哥哥还读书，并当了教书先生，爷爷却没能念书。没有分家前，爷爷哥哥的私塾就在隔壁，奶奶一有空就到窗户下偷听，居然学会背《三字经》《百家姓》和一些唐诗。

1960 年代末，在大城市工作的父亲给在农村老家的奶奶扛回一个小箱子大的收音机。爸爸买的虽然是二手货，但质量还好。这个能自己说话的神奇匣子把奶奶深深吸引住了。她说收音机是什么事都懂的教书先生。奶奶天天缝被子、做鞋、糊纸盒、吃饭时，有空就听收音机。她也鼓励叔叔、姑姑听，说是很长见识。

爷爷担心电池很快烧完，爸爸听说后，就又给奶奶带回很多电池。奶奶很关注广播里关于爸爸所在城市的报道，特别是每天那所城市的天气预报，奶奶一定要听。她想象、担心着儿子穿得是否够暖，是否带了雨伞。

1980 年代，爸爸经济条件好转。他给奶奶买了个日本原装索尼的收音机，只有砖头大小。奶奶很疼爱新的收音机，但那个老的她也不舍得扔，仍然用兰花布盖着，偶尔听上一会儿。此时的奶奶已经把儿女都养大成人，也把得癌症的爷爷精心侍奉、送终。但她还是不得闲，又开始带孙儿孙女。她喜欢和他们一起听收音机里的儿童节目。

后来，有了黑白电视、彩电，奶奶却没有因此而不再听收音机。因为爱听收音机，奶奶博古通今。虽然她大字不识一个，但她知识面广，和什么人都能找到共同的话题，聊上一阵。

我女儿十三，是个韩星迷，我根本搞不清那些韩星的名字。没想到，她的太姥姥跟她谈起韩星居然像找到了知音。我的奶奶不仅知道那些韩星的名字，还了解他们唱了什么歌、拍了什么剧、出了什么专辑。因此，她和我的女儿成了忘年交。

我得糖尿病有几年了，奶奶就很关注收音机里关于糖尿病的各种知识。她早已成为养生专家，给我提了很多好的建议。我的父母七十多了，天天吃不少药，奶奶也经常和他们交流长寿之道。

进入21世纪，奶奶的收音机更新换代到和小火柴盒一样大。她天天揣在上衣兜里，耳朵上总挂着葡萄大的耳机。已经是人瑞的她，离不开收音机。收音机拉紧了她与儿孙们沟通的纽带。爱听收音机的她，永远年轻。

2014年8月2日

奶奶的传家宝

说起传家宝，人们通常联想到价格不菲的翡翠、古玉、古瓷和古画。但我的奶奶传给我的是个普通的针线包。

奶奶告诉我，针线包是土改分地主家产时得的。针线包长方体，天蓝色缎子面的，三个扣子扣得很严实。里面装着一根软尺、一把剪刀、五颜六色的线轴、 大小粗细不同的针、各种扣子、拉链、松紧带。我很小就看奶奶打开针线包干活：钉扣子、补破洞、做衣服、缝被子。奶奶穿针引线、无所不能。我曾怀疑那针线包有魔力。念书时，我毛躁粗心。奶奶教我绣花。我线穿不进针，针拿不好，总扎手，花也绣得凌乱。才明白，针线包不神奇，创造奇迹的是奶奶的心灵手巧。

来美国前，奶奶把针线包送我。我不以为然，时代变了，破衣服不补，直接扔掉。针线包还有用吗？很快，我认识到，针线包是真正的宝贝。女儿的幼儿园要求把孩子的每件衣服都用水洗不掉的笔写上名字。那笔有股刺鼻的味道。女儿对怪化学气味严重过敏。我拿出针线包，把她的名字绣在她每件衣服上。有奶奶给我的童子功，一晚上就绣好了。

女儿小时候睡前总要用小手抚摸着被子头、枕头边。我拿出针线包，在她的被子头、枕头边绣上不同祝福的话。比如，女儿的名字，我们都爱你；祝你做个甜美的梦。她抚摸着这些我的爱和心血，我感觉她入睡更快，睡得也更香。

前不久，老公买了两套西装。哪里都合适，只是裤腿太长，拖在地上。老公本想找洗衣店的裁缝帮他收裤腿。我马上表示，我可以。撑开熨衣板，接上熨斗，找老公一条合适的裤子作为标尺。拿出针线包，一剪刀、一针、一线。一上午完成任务。老公穿上新西服，到处给人看裤腿，都说是专业的针脚。

今年，我的奶奶九十五岁，还偶尔做针线活。每次握着磨旧的针线包，会想起奶奶的教诲：低头做人，勤俭持家。在别人眼里，针线包一文不值。在我心里，它是无价宝贝。

2014年3月4日

有谁比我更爱你

都说“母爱如山”，“母爱如水”。曾为女儿，又做母亲。点点滴滴的生活回忆，让我感慨，有谁比母亲更爱儿女呢？

我不到一岁时，母亲为改变家庭命运，考上北京的医学院。父亲带我在江西干校，我忘记了母亲，只认父亲。快两岁时，父亲带我回北京和母亲团聚，我很长时间才又和母亲亲热。母亲平时住校，只周末回家，年幼的我总会在周日晚上号啕大哭好一阵，把母亲的书包紧紧抓住，不想她走。母亲也会和我抱头痛哭，爸爸会把我们扯开，把母亲推出门。

母亲医学院毕业，参加医疗队，成年累月在外地。渐渐地，我又对母亲生疏了，习惯了她不在家，不在我身边。但是，那些年成长过程中母爱的缺失是我内心深处永远的痛。我一度有些埋怨母亲，爱事业胜于爱我。只有后来，才明白母亲那时的无奈，出差非她所愿，是不得已的事。

几年后，母亲在医院安定了，除三天一个夜班，不出差了。小时候，我比较调皮倔强，老师又喜欢请家长。母亲总被叫去给老师赔不是，说好话。然而，她不批评我，却千方百计找我的优点，夸我聪明，轻描淡写地让我以后注意，回家也不告诉爸爸。

上初中，我抱怨学校食堂太不好吃，带饭蒸完也难以下咽。母亲就每三天下夜班中午给我送饭。开始，我理所当然地吃着母亲亲手做的，又来回奔波一小时送的喷香饭菜。同学们都看不下去了，说我不该让母亲这样辛苦。

转眼，我弟弟也上小学高年级了。他很羡慕几个同学家都买了日本“任天堂”游戏机。母亲托人找到了在大学教课的机会。那一个学期，母亲下夜班也不休息，风雨无阻地往返于两所大学，当她最终把攒好的课时费拿出来，一向坚强的弟弟感动得眼泪快流出来了。

有句话："养儿方知父母恩。"生了女儿，我也曾被迫和女儿分开几段时间，才明白母亲当年的苦楚感受。做母亲前，我从未下过厨房，炒菜的油烟味让我想呕吐。可有了女儿，她想吃什么，通常是炸鸡排、鱼排、薯条，我都会忍住恶心给她做。虽然抽油烟机都打开，油烟味还是会使我想起得肺癌的风险，却都顾不得了。天下母爱是伟大的。

2014 年 9 月 20 日

母亲节的礼物

离母亲节还有不到两个月，我开始犯愁今年送母亲什么礼物。

往年，我和母亲都在北京。每逢母亲节，我会请母亲去个饭馆吃午饭。老弟会请母亲下馆子吃晚饭。总之是打着母亲过节的名号，全家出去吃上两顿大餐。吃不了的打包回来，还够吃一两天。

老弟曾尝试给母亲更有意义的礼物，但母亲都无福消受。母亲花粉过敏，老弟买的鲜花只能放在阳台上，母亲隔着玻璃赏花。母亲有糖尿病，老弟精心挑选的蛋糕最后只能被我的女儿吃掉了。

我早开始留意回国的朋友都给家里老人买什么礼物。大多数是各式的保健品，从鱼油、钙片、善存、葡萄籽精到骨胶原。也有蓝莓干、各种干果：腰果、杏仁、山核桃等。还有的买西洋参。美国的羊绒衫也物美价廉，国内一件要上千，这儿的百货商场只需五十美元就可买到一件，开衫、高领都有。

可和母亲一讲，不出所料，都被她否决了。她就坚持三条：她不缺任何东西；国内什么都买得到；千万别托人带东西，欠下还不起的人情。

母亲是个只考虑别人、不想自己利益的人。小时候，家里不富裕，她把好吃的总留给我、老弟和老爸。每年，她给我们三人过生日，我却很长时间不知道她的生日。她多年只穿着那几件旧衣服。不停地上班、做家务、操劳，三十出头就有了皱纹。记得母亲在医院上班，几天就值一个夜班，可只要我和老弟放假或周末在家，母亲匆匆吃完早饭，顾不上休息，就带我俩去图书馆、公园。

去年来美国，很想母亲和我们同行。但母亲和父亲都说他们七十多，不想出远门了。走的那天，母亲送我们到楼下，目送我们上车，老泪纵横。

母亲送我们走后，就到大学里找了个家教，学起了拼音。很快，她可以用手机拼音打字和我每天微信联系。她也很快学会发语音微信。我还是在她的促动下，才学会发语音微信。微信比较一目了然，老弟又教会母亲手写输入法。北京的夜晚是纽约的早晨，北京的早晨是纽约的夜晚，这两个时段我和母亲总是繁忙地通信。

母亲天天记挂着我。纽约下大雪，她担心家里吃喝储备是否充足。纽约瓦斯爆炸，她叮咛我不要出门。我发照片给她，她注意到我没有微笑，问是怎么回事。我每天早晚两次向她请安，向她汇报。她也一天两次和我聊天。我们有问有答，有来有往。

母亲嘱咐我，她不需要所谓的母亲节礼物，千万别乱花钱。她说，如果要一样母亲节礼物，那就是我和她一年三百六十五天，天天早晚保持通话。

2014 年 3 月 9 日

母亲，对不起

母亲节马上到了，身处纽约，时时想着万里之遥在北京的母亲，心里竟充满歉意。

母亲出生在河北一个山青水秀的小村庄。父亲是村长，几个哥哥都能干，其中一人是村会计。农村生活艰苦，但她从小深得父兄宠爱，全心刻苦读书，立志走出农村，做城里人。高中毕业后，母亲如愿来到北京继续求学。刚下火车，她就被当时去接站的师兄父亲一眼看中。几年后，父亲成功求婚，他的承诺包括，为母亲烧一辈子饭，不让母亲下厨房。

我曾在心里记恨母亲，把她当仇人。小时候，她上医学院住校，参加医疗队到外地，都是父亲给我讲故事，一次次给我盖好被子，哄我入睡。父亲爱母亲胜过爱我，让我嫉妒。母亲第一次烫发，大波浪的发卷好美。我很想摸一下，父亲就是不让我碰。母亲怀弟弟时，鸡蛋等物资凭票供应。父亲给母亲做个蒸蛋，淋上生抽，好香。我真馋呀！就没给我吃半口。

看到同学穿着妈妈打的漂亮的毛线衣，我会抱怨我的母亲不会织毛衣。到同学家做客，吃到同学妈妈做的美食，我会质问母亲为什么从不下厨房。母亲并不辩白。她把精力都投到医院的工作中。一次，邻居有位奶奶和女儿吵架，想不开，上吊了。被发现后，好几个小伙子不敢上前。母亲居然冲上去，把奶奶放下来，还及时采取急救措施。邻居小伙伴都对我夸赞我的母亲好伟大。

一次，母亲带我们姐弟俩买衣服。我看上了件紫红夹克，就迈不动步了。夹克太贵了，是一般上衣的几倍价钱。看我那么喜欢，母亲毫不犹豫地买了。我别提多后悔，因为不记得多少年母亲没买过新衣服。

我这人肝火旺，爱发脾气，总把母亲当出气筒。母亲不生气，还说，不要把火闷在心里，该发就发出来。她是我最亲近的人，不会在意。父亲和弟弟都看不过，认为我总给母亲气受。

母亲还引导我用各种方法释放情绪：唱歌、画画、到大自然呼吸新鲜空气等。

母亲七十了，我真想陪在她的身边，每天一起吃营养早餐，去森林公园散步，听听越剧、评剧、黄梅戏。如果说我小时候不懂事，现在我明理了，渴望补偿、回报母亲。但是，我还是随老公、女儿离开北京，来到纽约。对不起，母亲。我愿早日回到您的身边，一起过好平凡的每一天。

2015年5月17日

母亲送我的那一套床上用品

二十年前，我结婚时，母亲送给我们一套床上用品：床单、被罩、两个枕套。百分之百高质量的纯棉，黄色底，印着吉庆祥和、喜气洋洋的红花，又雅致、不俗气。当时就要一千多元人民币，相比而言，很贵。想想母亲，一辈子都非常节省。她的床单、被罩都是从早市上买的最廉价的布匹，自己踏缝纫机做的。可为我花钱，她一贯毫不吝啬。

我很喜欢母亲送的床上用品，一直视作珍宝。开始还不舍得用。母亲知道后，告诉我，不用，它也会渐渐变旧，就像一辆汽车，总停在车库不开，也会自然损耗。于是，我才打开它的包装。

从北京到非洲、美国，都装在箱子里，离不开它。每次枕着它、躺着它、盖着它，就好像回到儿时，安详、舒服地在母亲温暖的臂弯里，能很快入睡、甜梦连连。

五年前到纽约，租住的公寓主卧是张超大双人床，那一套床上用品号码小了。女儿卧室的双人床正合适，这套床上用品成了她的心爱之物。她有洁癖，每两周就要我帮她换洗床上用品。那一套已经被洗得有些发白。前几天，我发现，被罩和枕套还算经得起时光考验，床单居然破了几道。好心疼。虽然我不善女红，还是找出针线，耐心地补了起来。

岁月不饶人，婚后这么多年过去，我的身材早已走样，腹部有了游泳圈，头发也白了不少。老公的头发也秃了一大块，皱纹爬上了脸。母亲更是比当年苍老了很多。也难怪那一套破旧了。但是，我还是不忍心丢弃它。因为，它凝聚了母亲对我的爱与祝福，见证了我与老公的恩爱，更记录了女儿的成长。

母亲至今留着我和女儿小时候的衣服、玩具，不时拿出来看看、摸摸。虽然我和女儿距离她万里之遥，她说有那些物件的陪伴，她并不孤独。像母亲当年高中就住校，高中毕业就离家求学工作。她的父亲也就是我的姥爷保存着她从小学到高中的课本，经常把玩，其他人谁也不让碰一下。可怜天下父母心，儿女远行，他们都要留些念想。

我准备离开纽约那日，也带上那一套床上用品。虽然很旧了，却无比舒适，充满了爱和故事。

不愿过父亲节的父亲

父亲是个传统的人。他说父亲节是西方的节日，他不想过。他说作为父亲，他很满足。每周末，儿子都跑来请他下馆子。女儿天天与他微信联系，每周打电话，每年20天一家与他共享天伦之乐。他和老伴自由自在，经常旅游。他什么也不缺，什么礼物都不需要，让我们不要乱花钱。仅以此文在这个父亲节献给我的父亲。

父亲出生于东北小城边的菜园子，生活很苦。他从小经常挨饿，还什么活都干：喂猪、砍柴、照顾弟妹等等。父亲喜欢读书。学费全是自己挣，主要靠到山里挖中药材。后来，父亲考上了不用交钱的省城地质中专。爷爷不同意他继续读书了，要留他在家干活，说不能光靠爷爷一人养活。父亲不答应，被爷爷痛打一顿后离家出走，一走就很多年没有回去。

三年困难时，学校食堂关了，同学们受不了饥肠辘辘，绝大多数都跑回家。父亲天天挖野菜，想方设法坚持。他知道回家也是挨饿。毕业后，父亲在中蒙边境工作了几年。我小时候喜欢听他讲，那时他一个人骑着马，在草原上奔驰。晚上孤身住在破庙里，枕头下放着一把枪。后来，父亲被调到北京，有了稳定工作，成了家。

记得我六岁那年，爷爷到北京大医院治病。他对我说，一定要好好读书。爷爷很快去世了。每每念及，父亲总叹息着说，爷爷一天享福的日子也没过过。父亲对儿女，向来都只有付出，不求回报。

儿时对父亲的回忆是支离破碎的，仿佛是令人感伤的拼图片，不知从何讲起。父亲总说我小时候他抱我抱得最多。晚上哭时，有时整夜抱着。有几年，由于母亲读大学、出差、等工作原因，周末经常不回家，基本上是父亲把我带大。我每晚抱着父亲的胳膊才能入睡。小时候身体不好，父亲常在深夜带我去看急诊。

后来，我上幼儿园，全托，真想家。每周一早上，就会和父亲藏猫猫，但总被父亲抓住。在幼儿园，实在受不了了，就在晚上故意踢开被子。生病了，父亲就会接我回家。幼儿园离我家很远，骑车要五十分钟。我坐在车后架上，紧紧抱着父亲，一边幸福地闻着他背上的味道，一边暗暗抱歉让父亲如此辛苦。

父亲很爱我，对我也很严厉。我在胡同大院长大，难免有时和一起玩的小朋友吵架。每次我哭着跑回家，父亲都不分青红皂白地批评我，说吵架不应该。我总委屈，想哭诉一下事情的缘由，但父亲让我谦让、宽容、讲团结。

父亲农村的亲戚很多，家里成了他们的免费旅馆，有时所有房间地上都住满人。一次，一个腿有病的小哥哥来北京治病，我很大方地给他玩我的所有玩具。其中一个上了弦就会走的小狗是我的最爱。他也爱不释手。他离开时，父亲把这玩具狗送给他，还送了他连环画、动物饼干等。我当时伤心地哭了很久。现在想想自己真自私。

到了青春叛逆期，我没少气父亲。他勤快、喜欢干净。我犯懒，借口读书躲在房间，把房间弄得像猪窝。一次，父亲让我自己洗袜子，我磨洋工，还把水洒了。父亲气得让我把地上的水舔了。不过，父亲现在不承认他说过这话。父亲喜欢听轻音乐，我就偏偏大声放些另类的。他终于忍受不了，质问我这是在唱歌还是鬼哭狼嚎。

他非常重视我将参加高考，跑到各个咨询会，研究出我的高考志愿。可我完全不理会他的意见，自己填写了志愿。记得那次父亲气坏了，脸色铁青，双手发抖，真把我吓坏了。但父亲还是原谅了我。高考考点离家远，骑车要一小时。父亲一定要与我同去。他事先把两辆自行车都检查得很仔细。还在他的车后架上放了个打气筒。而我，每次出考场，都在一大堆等候的家长中一眼看到站在那里微笑的父亲。

后来，我结婚了。对象是一个和父亲经历相仿又很神似的人。父亲对他就像亲生儿子一样，甚至有过之而无不及。每天早起为他准备早点，晚上老公总加班，父亲为他留饭菜。每次我和老公闹别扭，父亲总站在他一边。我们的婚姻马上二十年，非常美满，里面有许多父亲的功劳。我的女儿也是在父母的帮助下长大。父亲总说女儿和我小时候太像了，我总说父亲太宠爱她。女儿的口头禅是：有困难，找姥爷。姥爷是万能的。总有办法，没有解决不了的问题。

父亲的手很巧。我小时候的毛衣、毛裤都是父亲织的，他只要看一眼毛活的样式就能打出来。我的许多玩具是父亲用木工不要的碎木头做的。他很会养花，家里的不少花草都是父亲从垃圾堆捡来的，别人养死了的花草父亲总能把它们救活，还开出很灿烂的花。父亲做饭也很有一手，自他和母亲结婚以来，一直都是父亲做饭菜。父母亲一起搞卫生、洗衣、教育子女。父亲很惯着母亲，对于自己要做更多家务，他总开心地说这是能者多劳。

童年望父亲，他是高大伟岸的。长大看父亲，他个子变小了，但仍是一座山，充满着仁爱和智慧。如果时光能倒流，我真希望自己是个更懂事、听话的孩子，这样我的父亲就不会那么操劳。曾经对父亲说，我今生无法报答他的恩情。他说，不需要，因为我老公也会一样对我的女儿。天下的父亲都一样，爱孩子不求回报。

父亲查体

身在纽约，无时不在不牵挂着在北京的父母。今年父亲就七十六高龄。他的生日是二月六日，经常在春节期间。我早早盼着和老公届时回京休假。这周末打电话，非常奇怪，很晚了父母家中座机无人接听。从手机传来的背景声音嘈杂。母亲看瞒不住，说我们不要瞎想，父亲住院了，并无大碍，只是做个全面体检。

原来，父亲从去年十一月就感觉胃不舒服，肚子积水有反应。睡觉不能左侧卧，各种药吃了不少，症状没有缓解。父母一向是报喜不报忧。父亲更是有病能忍则忍，总想靠吃药就好，不把这当回事。

父亲还是陪母亲过了新年，然后才去医院挂了血管内科、呼吸科、消化科三个专家号。呼吸科和血管内科检查结果还是些老毛病，没大问题。消化科大夫说，考虑到父亲消化道癌症指标偏高，癌胚抗原指标也高，要做胃镜、肠镜检查。因年龄大，得住院检查。

住院后，父亲先做了B超，腹部核磁共振等检查，没有发现大问题。胃镜和肠镜检查比较痛苦，头天晚上要服用泻药。父亲基本一夜没睡。还好，两项检查结果未发现器质性改变。胃有炎症，肠有小息肉不排除。母亲让我们放心，父亲再做超声心动、查膀胱和前列腺，很快就可以出院了。

在万里之外，真恨不得马上飞回父亲身边。想到父亲在医院只有母亲、护工照顾、陪伴，儿女都不在旁边，心里很内疚。母亲为让我们放心，还无意中透露出这几年我们在纽约，父亲不止一次住院体检和做小手术。他们都有经验了，完全可以应付。回忆每年春节回家，父亲又为我们准备可口饭菜，又不让我们收拾碗筷。他看上去就是无病的人啊！

父亲住院几日，我心不在焉、迷迷糊糊。连打碎了两个新买、心爱的大玻璃碗。不过，我一点也不心疼，变得像母亲一样迷信，自言自语地不停嘟囔着："碎碎平安（岁岁平安）。"我拿到北京一套新居的钥匙，托弟弟买家具，他说网店是实体店价格的三分之一，但无现货，家具订得晚，错过了年终优惠。我劝慰他："破财免灾、破财免灾。"

父亲查体，但愿只是虚惊一场。我虔诚祈祷。

我想回家

周一到周五下午三点左右，走在曼哈顿的街道上，总能看到父母、保姆们推着小的、领着大的，接孩子们从幼儿园回家。望着孩子们幸福的样子，我心里别提多羡慕了。在我还是他们那样大时，我很想每天回家，却不能如愿，因为我那时上的是全托幼儿园。

每周一早上，老爸把我抱到胡同口幼儿园的班车点，我总是不停哭喊着：“我要回家，我想回家。”爸爸不敢把我放下地，因为我会拼命往家跑。等班车来了，老师对老爸和颜悦色说让他放心，承诺照顾好我。车开动了，老师就凶巴巴地对我说，不许哭，哭不是好孩子，上幼儿园要高兴。通常我会不顾一切地继续哭，有时引着一车孩子哭，把老师搞得气急败坏。

在那个像军营，更像监狱的幼儿园，我从未学会讨老师们的喜欢。上课时，我不要手背后，喜欢把手偷偷拿到前面。老师看到了，就把我的两只手生硬地拉到身后，用几根橡皮筋把手捆起来。老师有一次把这事忘了，我的肩和手又痛又麻，幸亏一位仗义的小朋友去提醒老师，当橡皮筋解开时我的手腕都勒紫了。

在幼儿园睡午觉，我怎么也睡不着，就和几个小朋友说话、出怪声。结果被关进小黑屋，每人嘴巴上还贴块胶布。我们错过了重要客人参观幼儿园。事先，老师教了几遍，客人问天天吃什么，回答吃鱼，问玩什么，回答玩具熊。谁知，小朋友太紧张，问玩什么，答鱼，问吃什么，答玩具熊。结果，我们出了小黑屋，那位小朋友进去了。

记得在幼儿园看了场电影《祥林嫂》，看得我心惊肉跳，好多天做噩梦。回想起来，祥林嫂两个丈夫都死了，儿子被狼叼走了，她被卖过，自杀过，差点疯掉，终生受穷，最后冻死饿死。对于小孩子来说，难道不是部少儿不宜、超级恐怖的电影吗?

幼儿园的硬件不错，有全年开放的游泳馆，有铺着漂亮实木地板的舞蹈大厅，班里黑板、讲台、课桌椅都很新，还有很多图书，睡眠室、卫生间都装修得很好。但这些又算得了什么呢？在那儿的分分秒秒，我都在思念我的家，渴望回家，回到父母身边。

幼儿园和每位孩子的家长都有个联系本。周六回到家，父母会给我念老师对我一周的评语，商量给老师的回复。这个发黄散页的本子父母至今还留着。上面老师总罗列我的不是，让爸妈严加管教。爸妈则总恳请老师对我宽容。

我承认自己适应能力很差，可身处幼年，我没有更多要求，只想每天回家，见到爸妈。这过分吗?

空巢老人无空闲

五月中上旬，我和老公从纽约回到北京休假，和父母度过愉快两周。二老都已年过古稀，身体硬朗。儿女各在天涯，他们是空巢老人，却没时间顾影自怜，天天开心忙碌。

爸妈每天的时间排得满满的。母亲比父亲早起，去公园做拍手操。俩人一起吃丰盛早餐，有牛奶、鸡蛋、麦片、面包、苹果、蓝莓干等。吃过早餐，父母用手机看新闻。弟弟每年都给他们换最新款的手机。然后去逛逛菜市场和超市。回家后，二老用手机点外卖，每天变样。一周吃遍肯德基、必胜客、田老师红烧肉、花家怡园、健将一品等等。

父母都有午睡的好习惯。睡醒后，母亲去公园小亭子和邻居朋友们打一下午麻将。为了不三缺一，四位老太风雨无阻，花粉过敏戴口罩，身体微恙也坚持。父亲则到公园走走，回家准备简单晚饭。父亲把母亲服侍得周到，不让母亲做任何家务，不让其进厨房，每晚洗一盘小西红柿，或切木瓜和其他应季水果给母亲。俩人一人看一个大电视，然后洗漱就寝。

我们在北京，父母只陪我逛了回地坛公园观赏牡丹芍药，逛了次超市，其余时间他们都忙自己的事。母亲参加了两次老同学聚会。之前在网上买新衣服，去做头发，和朋友约怎么一起去。回来后激动，说有的同学几十年未见。手机铃声响个不停，收到几百张聚会照片。

和父母一样的邻居空巢老人很多。二老絮叨地讲述着他们的故事。每天有的骑单车去郊外钓鱼，有的专心刺十字绣送朋友亲戚，有的用小野核桃做手串送人，有的横穿大半个城市给孩子送午餐等。公园更是老人们的天堂，用刷子蘸水在地上写大字的，跳广场舞、交谊舞的，打太极，大合唱，踢毽子，打羽毛球、乒乓球的。

很可能是为了让离家的我们放心。父母总说他们现在很享受空巢时光，自由自在，充实快乐。他们已经习惯了安静有规律的生活，我们回北京他们高兴，我们在纽约好好生活，他们也为我们开心。儿女大了，他们并不奢望孩子守在身边，更不愿到纽约和我们一起过，只想守在故土，空巢而忙碌着。

2018 年 6 月 7 日

好舅舅

我的老弟是个工作狂、运动迷。他四十岁还没找女朋友，整天享受着一个人自由自在的生活。不过，他从没逃避过当舅舅的责任，是全家公认的好舅舅。

女儿还没出生，老弟就兴奋不已。他买了一堆胎教书籍、光盘、婴儿衣服、玩具。我当时的小家都很难找到地方放。女儿没满月，她舅舅就拜访了她好几次，没一次空手上门，从成套的银首饰，到大箱的尿不湿，每次都花不少心思，对外甥女不怕破费。巧了，好几次老弟来，女儿都在睡，他坚持不叫醒她。直到第四次，女儿终于醒着，老弟激动地用他的大手抱住了浑身软软的外甥女。而女儿见到他就笑个不停。

女儿小时候，她舅舅无论到哪里出差，无论多忙，都会给外甥女买回当地民族风格的纯棉裙子、布娃娃。奇怪的是，裙子女儿穿着都特别合适。每个布娃娃也是女儿的最爱。至今她也不肯送人，都好好地收藏着。

女儿大点，她舅舅开始有了为她网购衣服的瘾。我家不时收到大包、小包的快递包裹，都是女儿舅舅给她在网上买的衣服。衣服太多了，不少还来不及穿就小了。我一跟老弟抱怨这太浪费了，老弟就说："没关系，只要我的外甥女高兴就好。"

老弟老大不小不结婚的事，我父母、我都不敢和他提，怕他不爱听。只有女儿可以触及这个话题，问舅舅何时找舅妈，给她生个小妹妹。她舅舅不生气，只是笑着说："舅舅找了舅妈，就不能对你这么好了。"女儿可能是想到每年春节的压岁钱，舅舅给最多，她的手机更新换代几次，全是最新款，也都是舅舅给买的，她以后没再提舅妈了。

在女儿眼里，舅舅是个长不大的男孩儿，能和她吃、喝、玩、乐在一起。俩人喜欢看同样的动画片，笑起来还异口同声。俩人也打相同的电子游戏，交流起游戏窍门、过关技巧，是我这个外人听都听不懂的，更别提插话了。女儿和她舅舅还都偏爱喝鲜榨西瓜汁，吃绿茶口味的冰激凌。全家出去吃饭，女儿一定要挨着舅舅坐。看她俩那么亲密，老公甚至有一点点嫉妒。

女儿最听舅舅的话。爱护眼睛的事我父母、老公和我不知和她谈了多少次，她都不重视。她舅舅则用少有的严肃和她“约法三章”，控制上网时间、约定眼睛和屏幕的距离等。她不仅听了，也很注意执行。女儿涂指甲油，我们管不了。她舅舅告诉她，涂可以，指甲底端留点缝隙，因为指甲要呼吸，还让她上网查。女儿很快把指甲油洗掉了。

女儿有个好舅舅，是她的福分。她也把舅舅看作世上至亲至爱的人。从小到大，女儿画的全家福，除了她、我和老公，从小把她带大的我父母，更缺不了她又高又帅的好舅舅。

2014 年 8 月 31 日

两个表姐

三十年前，我在北京读小学高年级。两个表姐从内蒙古一座小城来到我家，她们俩是同父同母的同胞姐妹，却长得天壤之别。姐姐的脸很吓人，半边都是紫红的突出的胎记。妹妹的脸十分白净，大大会说话的眼睛，高高的鼻梁，红润的嘴唇，简直就是个电影明星。

她俩到北京是为了给姐姐做植皮手术，把脸上的胎记切掉，把腿上的皮植到脸上。想来这手术非常疼痛，幸好有妹妹基本一步不离地悉心照顾姐姐。半年一载后，两个表姐回内蒙古了。估计当时的整容技术还不高，姐姐的脸术后还是很可怕。但她一直很乐观，从不怨天尤人。

初中我随父亲回内蒙古老家，又见到了两个表姐。让人诧异的是，她俩婚后的境遇差上了十万八千里。姐姐嫁了个又老又丑、穷得娶不上媳妇的农村人。没彩礼，没婚礼，老公对大表姐却像宝贝一样疼爱和呵护。俩人都很勤劳，小日子过得不算富裕，却啥都不缺，开开心心。

妹妹因为漂亮，追求的人多，挑了个家境好、城里的帅小伙。二表姐的彩礼丰厚，婚礼相当排场，很多年都没有比她更风光的。可惜，这都是空架子，夫家为此债台高筑。夫妻恩爱的日子没过几天，她老公就审美疲劳，对她三天两头拳打脚踢、家庭暴力。

再过几年，我一人回老家。大表姐的家庭生活很滋润，还生下没有一丁点儿胎记的可爱宝宝。二表姐真是红颜薄命。她脸上生满皱纹，手再不像以前光滑，而是非常粗糙，背甚至都有些驼了。

后来，我很多年没有回老家。前几年，几个亲戚来北京，居然说起二表姐去世的消息，对我的震撼真的很大，她还没有五十岁呀。都说“女怕嫁错郎”。一点不错。我想起二表姐曾对我说起，她不希望自己长得漂亮，因为这样她就不知道说爱她的人是爱她的人，还是爱她的貌。可是一个人的美丑不是自己可以决定的。

吸取了两个表姐的经验教训，我选老公不要城里的纨绔子弟，而是农村的质朴小伙。我也不要彩礼、婚礼、钻戒，有这些东西的人很多都离婚了。我结婚快二十年了，非常幸福。现在，大表姐早抱上孙子，相信二表姐一定在天堂过着快乐日子。

我的大姑

我的大姑是最平凡的女人。她长得和我奶奶很像，再普通不过。她曾缠过几天足，后来放开了。

大姑没念过一天书。她五岁开始在家帮奶奶做家务。父亲总感叹他是在大姑背上长大的，因为大姑几年里除忙于家务，白天时间都背着父亲，真是长姐如母。大姑从未抱怨过这些。她总为父亲有出息而感到自豪。

大姑的能干贤惠在当地是出了名的，不到二十，提亲的人踏破门槛。奶奶为大姑选了个忠厚魁梧的工人，算吃上公家饭了。大姑婚后很幸福，连生了五个儿子。一天，大姑夫和朋友喝酒，喝醉了，到厂卫生所打一醒酒针。打完针，他说睡会儿，谁知就再没醒来。真是晴天霹雳。大姑和儿子们的生计成了大问题。

好心人给大姑介绍了一位医生。他的妻子因病去世，留下他和四个儿子，家里没有女人，生活没着落。大姑到医生家看了看，四个男孩子吃不上，穿不好，心顿时软了，就决定再嫁。她和新大姑夫感情很好。过两年，俩人又生了个儿子。

家里十个男孩，大的调皮捣蛋，小的哇哇哭闹，就是大姑每天要面对的难题。作为十个孩子的母亲，她一视同仁，不偏不倚，甚至会对没有血缘关系的四个儿子更好些。有吃的，让他们先吃。有穿的，给他们先做。学校收费，零用钱都先给他们。

医生收入不低，但要养活一大家子人还是很艰难。大姑精打细算。她自己多年不添置新衣，但每年春节前，尽量给大姑夫和十个孩子备好新衣新鞋。她也到菜市场拣些菜贩丢弃的菜，从中摘些好的。大姑的绣工很好，就找些绣活，贴补家用。

经过多年苦熬，十个儿子终于长大。大姑夫病倒，在床上一躺就是三年。大姑细心照料，直至他安然去世。十个儿子不省心，大儿子经商发财，就包二奶，又赌博、乱投资，把钱败光。二奶跑了，留下襁褓中的女儿，没人管。大姑抚养她，到她成人。还有个儿子承包工程，出事伤人，进了监狱。大姑拿出积蓄给儿媳养家，经常到狱中探监。

大姑今年八十多了。她是伟大的母亲。愿她母亲节快乐，天天开心。

我的表姐

我的表姐和我并无血缘关系。她是我小姑夫的亲侄女。小姑怀孕、生产期间需要有人照顾，就把她从小姑父农村老家带到赤峰市。她没上过学，从小务农，干活不知道累，也很少说话，只埋头不停忙碌。她还总像孩子般憨憨傻傻地笑。小姑很喜欢她，孩子慢慢长大也没让这表姐走，一直留在身边。

小姑孩子上学了。小姑给表姐找个活干，就是收垃圾。她每天很早出去捡垃圾、收购垃圾。她不怕脏，干活比别人卖力，几年下来，居然小有积蓄。到了当嫁年龄，她也没用小姑费心，自己找了个也是收垃圾的小伙子。她俩很相爱，婚后生活也非常甜蜜。

唯一遗憾的是，俩人好几年没有小孩。收垃圾并不富裕，他俩把钱都扔给医院了，就是想要个自己的孩子。他们甚至跑到北京到处寻医，结果还是没圆了当父母的愿望。

回到赤峰，俩人决定收养个孩子。小姑托了在医院的朋友，找到了弃婴，还是个男孩，表姐夫妇欢喜得不得了。表姐给他准备了最好最贵的奶粉，精心地照顾他。

谁知，到六个月上下，表姐发现婴儿不会抬头、不会坐，更不会咿咿呀呀出声。到一岁，两岁，三岁，他只会静静地平躺着。表姐带他去医院，说是脑瘫，没治。医生说他可能活不到十岁。小姑劝表姐把孩子送到福利院。可表姐怎样舍得。她还是万分细心地照料这孩子，把他养得白白胖胖。

孩子过了十岁，他还是富态地安静躺着，活得好好的。由于收养这孩子，表姐夫妇都从农村户口变成了赤峰市户口。政府还每月给孩子发补助。表姐夫妇也还干着收垃圾的老本行，不愁吃穿，相濡以沫。

一天，小姑在医院的朋友说，医疗技术有了进步，像表姐这种情况可以怀上孩子了。表姐知道这消息，并不兴奋。她坚定地缓慢说道，她不想再要孩子了，哪怕是亲生的，因为她已经有孩子了，她一直把他当作亲生的。

照顾脑瘫病人不容易，表姐要给他喂饭、翻身、擦身、解大小便、洗衣等等。她是个最平凡的妇女，但在我眼里，她时刻闪耀着伟大母性的光辉，是最美丽的。我衷心崇拜她。

我的三舅

母亲有三个哥哥。大哥、二哥没念过书，一辈子面朝黄土背朝天，是老实巴交的农民。只有三哥高中毕业。开始在村里当会计，后来部队到村里挑人，三舅被选上到部队当会计。不算正式编制，只是临时工。穿着没肩章的绿色军装，三舅还是非常神气。

三舅的部队在双井。那时那里不是国贸圈，是农村。我家在北新桥。离得很远，交通不方便。三舅每周都来，给弟弟买玩具，给我买文具、书。妈妈还曾拿舅舅的旧军装改了套小军装给弟弟，让他很威武。三舅是我家在北京唯一的亲戚，我和弟弟都和他很亲近。

三舅的家在河北遵化老家。姥爷给他定了一个不识字的农民妇女的亲事。三舅看她烙的饼，皮薄层多，从中间拎起来像个小灯笼，顿时爱上她。她给三舅生了两男两女。伺候公婆多年，直至他们安然去世。舅妈几十年劳碌，一人干地里的农活、带孩子、服侍老人、做家务。三舅每年只能回家休假一个月。他真帮不了舅妈。

三舅五十了，舅妈多年辛苦落下一身病。表哥表姐已成人，劝舅妈到北京和三舅团聚。三舅自知亏欠舅妈很多，对她百般宠爱，呵护有加，什么也不让舅妈做。每天三顿饭，都是舅舅到食堂打回。吃完饭，舅舅刷饭盆。他也洗衣打扫卫生。能请下假，就带舅妈到医院求医。

舅妈不喜欢大医院，也吃不惯食堂的饭菜。她执意要回遵化。舅舅不舍得再次和舅妈分开，决定提前退休十年，回老家陪伴舅妈。此后每年，三舅都带个表哥来北京看望父母。给他们带些土特产，有栗子、花生、红薯干。

三舅和父母总有说不完的话。母亲总回忆，她小时候爱缠着三舅，是他的小尾巴。母亲在县城上高中住校，正是长身体的时候，吃不饱。三舅经常去看她，给她带红薯干。三舅唏嘘村里近年变化太大，到处都在开矿，满目疮痍。小东沟的泉水和野兰花没了，矮坡上一片片小酸枣也没了。人们很少种地了，都挖矿、运矿、给矿上做饭。

我想，三舅是不愿离世的。他还留恋着很多亲人，特别是舅妈。可他还是在睡梦中静静地去了。他活在天堂和我们这些亲人的心里。

伤别离

古人说：“人生多情伤离别。”我和弟弟小时候，父母经常出差，少则半年，多则四五年。我俩在奶奶的精心照顾下长大。当时，我不理解父母的事业心，总怪自己不听话，对弟弟不温柔，学习不自觉，从不做家务，才导致父母远离。我暗下决心成人后坚决不离开孩子。

可是，人生总是在轮回。女儿四到六岁两年间，为完成自己一个夙愿，我离开了女儿。原以为，我可以因为有充实的工作，度过这段岁月。女儿有外公、外婆的悉心照料也不会想我。谁知，我太想女儿了。每天早上，我提前上班半小时，就为上女儿幼儿园的网站，将新上线的图片都仔仔细细看过，如果有女儿的，就会端详半天。

转眼女儿十六岁，她已连续三年自己暑假从纽约回北京看望外公、外婆。每次送她到机场，我要酝酿半天情绪。亦不能流泪，也不能叨叨地嘱咐个不停，只有默默地平静，才能让她开心。想她了，就到她的房间坐一会儿，帮她收拾打扫零乱的房间，把她卫生间的浴缸擦得雪亮。

我父母，为迎接女儿，早早开始准备，床上用品，换洗衣物，然后是各种吃喝。女儿在京，天热。父亲每天为她煮一大锅绿豆粥。女儿离京回纽约，父母一定很想她。每一次，父亲会制定详细的旅行规划，带母亲出门散心，一玩一两个月。他们从不参加旅游团，都是自由行，慢慢悠悠地到处逛来逛去。

父母希望我和老公每年春节回北京。在他们看来，春节是全家团圆的时候。可是，女儿学校只放一天假。所以，过去的三个春节，女儿都被一个人留在纽约家中。她总是喜形于色地欢呼又没人管她了。老公因为工作缘由，有一年春节我们没能回北京。弟弟给父母安排一起去东南亚旅游。父母要早睡早起，弟弟偏晚睡晚起。他们玩不到一块儿。才两三天，弟弟不得不送父母返京。

曾经，留守儿童的话题被炒得沸沸扬扬。因为有相同的经历，我理解，有的孩子孤身跋涉千里，寻找经年未归的母亲；有的孩子天天花几小时，爬上高峰，就为接到父母一个平安问候。我希望，这些孩子能到城里和父母生活，或他们父母回到农村陪伴他们。

回家

孔子说过，“父母在，不远游，游必有方。”为了自己的学业、事业，又为了老公的事业，我几度到海外生活数年。最近的一次，是到纽约，已经快五年了。平时的周末加一天公共假期的小长假，我们一家会在周边旅游。但每年的长假，都像忠实的候鸟，飞回北京父母的家。

大行李中，总是装满给爸爸提高免疫力的葡萄籽精、有利于心脏血管的各种保健品，给母亲的山核桃仁、黑巧克力，给弟弟的治疗运动过度关节痛的药片等等。虽然家人总说什么都不用带，但我们还是会在归家前大采购一番。

我的身体不是很好，长途飞行对我是个艰巨考验。为了来回共二十六个小时的旅途舒服些，老公都会陪我坐公务舱。空间大些，座位可以放平像张床。可是我躺下总感觉呼吸不畅，翻来覆去睡不着。于是，为转移注意力、打发时间，我会不停地看电影。每次到了父母家，我得用一周时间才缓过神来。

回到家，我会用所有时间陪伴父母，不见任何老同学和朋友。即使这样，也是相聚恨短。我爱和母亲一起看戏曲电视台的各种戏，和父亲看各种鉴宝节目。和父母逛逛家附近的菜市场、副食品市场、小超市、小公园。去周围的小饭馆尝尝久违的味道。我也爱下厨，给爸妈露几手我新学的菜品。

父母的家不大，多年的装修没变、家具没换，布置普通，但保持得干净整洁。房间醒目处，摆放着父母和我们的合影。我却不愿去看。那时父母还非常年轻，不像现在这样渐渐苍老。时光如梭，我很内疚不能天天承欢在父母膝下，每年只有大约二十天能在一起。

我在国外住过的公寓都很高档，有游泳池、健身房、网球场等等。但是，我总是客在异乡的感觉。北京父母家的小区只是简易的楼群，除些花木，没有别的。但是，我始终把这里当成我真正永远的家。我和弟弟都在北京买了大得多的公寓，希望爸妈搬去住。但是他们不肯，说老窝最好，不能离开。

在纽约的朋友多次推荐我们休假时旅游，去欧洲、阿拉斯加、美国西部、坐游轮等。他们在微信上发的照片再美，也不能让我动心。我只想回家。

2018 年 9 月 21 日

猫咪小白

我老弟有天打来电话，开心地向我们通告，他收养了一只猫咪。因为猫咪一身雪白的毛，所以老弟叫它小白。他还绘声绘色给我女儿讲，小白的眼睛一只是天蓝色的，另一只是银灰色的，既梦幻，又神秘。女儿一听，就迫不及待地要去舅舅家看小白。舅舅却不许她登门。他说小白刚生下没多久，要度过免疫期，过一段时间才见客人。

这可考验了女儿的耐心，一等就是三个多月。老弟终于给女儿发了通行证。一进门，老弟的爱犬，一只叫阿布的雪纳瑞就冲上来和我们亲热。小白则继续在窗台上晒太阳，高贵而优雅，丝毫不理会我们。女儿把小白抱在怀里，再不放下。她很快发现小白两只眼睛的不同，还发现随着光线的变化，眼睛的颜色也会有变化。

老弟说，小白妈妈的主人是他的一个朋友。小白妈妈生了一窝小猫咪。小白的兄弟姐妹都很快被人领养。只有小白，和其他英国短毛不同。它的耳朵不向下耷拉，而是向上翘。老弟的朋友正发愁怎么处置小白，老弟把它领养了。听说小白因为耳朵的长相与众不同受到歧视，女儿颇有些愤愤不平。她也因此对小白更加温柔，更多宠爱。

说起小白,老弟变得很健谈。小白刚来时,阿布觉得自己先到,是老大，有些欺负小白。老弟抱小白时，阿布会冲上去，把小白挤开。阿布在房间飞奔时,有时还会从小白身上踏过。终于有一天,小白忍无可忍，用爪子抓了阿布的鼻子。老弟带阿布去宠物医院缝了好几针。从此，阿布得到教训，知道尊重小白。

小白非常独立。阿布需要老弟每天带出去遛弯，小白则不用出门。老弟出差,阿布需要送到宠物旅馆请人照顾,小白则留在家即可。当然，阿布不怎么掉毛，小白的毛则掉得很厉害。自从收养了小白，老弟变得很勤快。他每天都扫地、拖地，给沙发、床吸尘。因为只要他一犯懒，房间里就铺满小白的毛，小白也成了小灰。

待了很久，女儿也不肯走。直到老弟承诺下次出差，把小白送我家，让女儿看管。这才发现，我们都成了毛人，浑身白毛。以前根本不会照顾人的老弟用粘毛的滚子仔细为我们清理。女儿异想天开地说，长大后要研究怎么利用猫掉的毛做漂亮的衣服。

我傻傻地想，小白能懂女儿的话吗?

2014 年 3 月 9 日

新年新希望——猪事顺利

猪年马上到了，是我的本命年。老公早早就送给我红袜子、红腰带。我自己又买了两条红裙子，翻出几件红毛衣。希望这一年我和家人都顺顺利利、稳稳当当、红红火火。

女儿今年上大学，是家中的重中之重。不少家长都要求孩子爬常春藤。我和老公对女儿要求不高，只要有所大学上就行。不希望她去一所竞争太激烈、连睡眠都保证不了的大学。外表光鲜、名气大皆为次要。只要她喜欢、高兴、继续轻松求学，比什么都强。她非常自立，申请大学功课都自己搞定，不让我们过问、插手，只偶尔向我们通报新的好消息。

老公是家里的顶梁柱，家里的经济来源、精神支柱。我无时无刻不关心他的身体，看着他从早到凌晨忙工作，很心疼。可唯一能做的就是起早给他做个营养早餐，精心准备晚饭。他总是匆匆吃过饭就去上班了。家务我尽量都承担，洗碗、洗衣、打扫卫生等等。本来，我们夫妻周六上午去超市买菜。为了让他补补觉，多休息，我现在都通过网上买菜、肉、副食等等。

作为家庭主妇，我早已过了不惑的年纪，并提前步入知天命的境界。曾经的事业心、争强好胜的心理都烟消云散。我现在很享受悠闲自由的居家生活。每天送老公上班后，睡个舒服的回笼觉，白天很随意，干家务、读书读报、写写小诗小文、出门逛街，晚上九点左右就能安然入睡。老公对我的生活非常羡慕。可我说，得感谢他这只勤劳的小蜜蜂辛苦工作，才能有我这只小蝴蝶每天贪玩耍。

猪年，我心中还牵挂着我的父亲、母亲以及公公、婆婆。他们都已年过古稀。身在纽约，与他们相隔万里。虽然每天微信，经常视频电话，也是远水解不了近渴。无法承欢膝下、共享天伦之乐，这痛苦无法改变。每年休假，也只能团聚几日，又不得不分别。只有遥祝他们身体健康、万事如意。我和老公都赶上了计划生育前的最后一班车，有兄弟姐妹。希望他们也新年吉祥。

新的一年，我没有什么宏大的目标和理想，只盼着一家人天天平安、健康、快乐。也祈祷世界没有战争、饥饿。猪事顺利。

朋友

朋友交，淡如水

大学本科毕业二十多年了，很多朋友的声音与容貌仍历历在目。想起时，会微笑、会心动。内向的我，不习惯热闹、害怕客套，更受不了酒气熏天、交杯换盏，而是向往平淡如水的友谊。

有的好友二十年未见了。但从朋友那儿听到他的消息，会感到很欣慰。哪怕只知道他打了个电话就消失在茫茫人海中，我还是由衷地高兴。当我思念他的时候，如渺渺轻烟般忧伤而甜美的情绪弥漫在我周围，飘向远方。肉眼无法洞察，但我心却坚信他在我不知道的地球另一端感受到了我的想念。同时，他也在想念着我。

有的朋友的电话号码就在房间抽屉里，却多年封存着。想着朋友也有我的电话，但没有打来。也许她很忙，也许她沉浸在充满爱和亲情的家庭幸福里，并不想被打扰。相信如果有一天她需要任何帮助，一定会给我电话。而我有一天想请她帮忙，也会毫不犹豫地找到她。我俩的友情就像静静的小河悠悠淌过，没有声响，却一直实实在在地存在着。

也有的朋友不时聚会。通常安排在大自然。无论是天气晴朗，还是阴雨蒙蒙，几家人来到山里、湖边、海滩、树林、草场。远离容易迷失自己的喧嚣、虚伪的世俗，在大自然的新鲜空气中净化灵魂，回归纯洁的真我。

如聚餐，三五好友在经济雅致的小餐厅，订个包间，点上些家常菜。小孩子们喝果汁，大人们饮白水或茶水。一边吃一边慢条斯理地扯着家常，交流育儿经。爱屋及乌、物以类聚。老同学是朋友，老同学的爱人也成了朋友，小孩子们更是很快玩成朋友。

总觉得家庭是最重要的。没有家人参加的朋友聚会，我是不愿意的。什么“朋友为先、义字当头、歃血为盟、重友轻色”，我认为都是害人的话。家庭是一个社会的基础。如果把朋友摆在家庭前面，一定是错位了。但只有家庭，没有朋友，也是不行的。家庭重如山，朋友淡如水。两者关系也可比作要画一幅中国水墨画，家庭是墨，朋友是水。

平淡的朋友，不会一见面就热情地拥抱。只要两个人真切的眼神相互交换，一切尽在不言中。平淡的朋友不炫耀、不乱打听、不攀比、不拉帮结派，更不编织关系网。平淡的朋友如微风拂面，清澈的小溪缓缓流过。平淡的朋友都有平常心，过着平淡的生活，不追名逐利、利欲熏心。平淡的朋友都爱家、爱伴侣、爱孩子，把这视为生命之最重。

与平淡朋友的友谊，并不似深不可测、容纳百川的海水。只是浅浅、能看得里面小鱼和石子的清水流。因为平淡的朋友不与志不同、道不合的人同流合污。平淡的朋友都清清白白、堂堂正正做人，不在原则问题上妥协。

同桌

文峰是我的初中同桌。三年里，我们建立了深厚的友谊。虽然我的成绩总是班里第一，他的成绩总是班里倒数第一。

那个年代，北京的冬天很冷，教室生炉子。我的鼻炎常会发作，不停地擤鼻子。从家带来的卫生纸总不够。每当我尴尬地不知怎么办的时候，文峰会默默地递给我一大片卫生纸。他的抽屉里常总是存放着一两大卷卫生纸。这件事，同学们都看在眼里，说在我结婚典礼上，一定集体把文峰每天给我擤鼻涕纸的事告诉我老公。

文峰很讲义气，他爱说为朋友两肋插刀。有一次，我的电子表坏了，他旷课去替我修表。他有了新自行车，主动提出教我骑车。虽然我俩很小心，还是把车摔了几次。他总是先保护好我。新车掉了好几块漆，他不心疼。他的姐姐是我们的音乐老师，可以在职工食堂打饭，比学生食堂吃得好，文峰会把他姐姐给他的好吃的分给我一半。

文峰很聪明。他成绩不好，但很有创意和动手能力。一次，设计班徽的活动中，只会照猫画虎的我不知怎样设计。他替我做了设计交上去，居然中了。老师让我上讲台介绍创意，我哑巴了，傻乎乎地望着文峰。他一边嘴巴又张又合，一边用手乱比画。可我最后还是红着脸下台了。一次，全市举办初中生飞机模型大赛。班里几个同学报名。我当时不知哪来的勇气和激情，在全班同学和老师面前演讲，还一、二、三，讲得头头是道，力挺文峰作为代表出赛。他不负众望，得了全市第一。

初中要毕业了。我肯定是要上重点高中，文峰报考了职业高中。分离在即，我的心里无限伤感。其实，又帅又能歌善舞、多才多艺的文峰在初中一直交女朋友。我不妒忌，因为我觉得，文峰太优秀了，有多少个女朋友都不过分。

文峰考上了厨师职业高中，听说很快就退学了。他曾摆摊位修自行车，卖西瓜。那摊位离我家不远。犹豫再三，我没有造访他。后来有同学告诉我，他在中关村开了个卖电脑的小店。一天，他突然出现在我面前，靠着一辆很酷的吉普，说带我去兜风。我曾诚恳或半开玩笑地问他，能做我的男朋友吗？他总笑道，他不配我，我是他心中的女神，他最多是我的骑士。

再后来的一天，我和大学的男朋友逛街。我清楚地看到文峰一个人迎面走来，他也看到我俩。正当我想拉着当时的男朋友向文峰冲过去时，他却匆匆掉头离去。从此，他就消失在人海中了。

在美国，每次看到有人跳街舞，我就会不可救药地深深想念文峰。初中时，其他班的男生不时到我们班跳街舞，算是对我们班男生的挑战。文峰都会将他们打败。他首先逐个重复其他班男生的街舞动作，再跳几个其他班男生不会的动作。其他班男生就会灰溜溜地离开。但文峰从不会主动到其他班挑战。

冥冥中，我感觉，文峰就在美国，就在这城市。也许某天，他又惊现在我面前，带着他那熟悉、有无限魅力的微笑，用他那温柔、充满磁性的声音说："同桌，我们一起骑自行车，兜风去！"

阿红

阿红是我三十年前的初中同学，比我大半岁。她的座位在我前一个。她家离我家很近，每早，我会去她家找她，然后一起走到公交站，坐七站车到学校。因为我俩学习都很好，同学们叫我俩"牲口"，今天应该叫"学霸"了。由于阿红的脸圆，我的脸长，同学们又称我俩"牛头马面"。初中时代，少年不识愁滋味。不需回想，往事历历在目。

因为我每早的打扰，阿红的早饭吃得很匆忙。她出门的时候，经常两个腮帮子鼓鼓的，一边塞着个煮鸡蛋，一边塞着半个馒头。让我想起马上要发出叫声的大青蛙。从早到晚，我和阿红形影不离，是谁也打不散的铁姐妹儿。上课我俩比谁更认真听讲，谁回答的问题最多，谁最先做完小测验，当然都是满分。课间，我俩一起去卫生间，一起去喝水，一起散步，一起玩，寸步不离。大家都说我俩是强力胶粘在一起的。

我俩也有吵架的时候，一般是在回家的公交车上，都是鸡毛蒜皮的小事。比如，我说今天夕阳真美，她说那是月亮。我让她问车上其他人，谁也不会同意那是月亮。她说她不在乎别人的意见，真理掌握在少数人手里。我说她挑衅，她说我迂腐。再如，她说人总要死，树也一样。我说，也许在某个地方，有棵长生不老的树。她说我幼稚，我说她冷酷。通常，我会气得中途下车，边哭边走回家。而第二天一早，阿红会到我家找我。我俩就和好如初了。

我当时对阿红曾心生妒忌。一次春游，大家都带面包、饼，阿红带了个大烧鸡，两个鸡大腿送给老师。她还曾有一条明艳的大黄裙子，把所有男生女生的眼珠子都勾住了。后来，那条裙子被洗褪色，我还窃喜了一下。

有几次，风吹起了我的头发帘。阿红会傻傻地看着我说，如果我是男的，会很帅。如果我是男的，她一定嫁给我。听得我心里疼疼的，眼睛酸酸的。后来，我俩都搬家了，上了不同的重点高中。虽然还在一座城市，却仿佛天各一方，很少联系了。前不久，初中同学在北京聚会。阿红本想和我一起去，可我在美国。她给我写了长长的邮件，汇报聚会情况。谁当官、发财，她一点也不羡慕，因为她有恩爱的小家。丈夫很疼她，女儿很争气，明年就考大学了。她还说，女儿考完大学，全家会来美国旅游，找我玩。

冬梅同学

冬梅是我的小学同学。她就像她的名字一样，傲寒不屈。

有一次，班主任兼数学老师给我们做小测验，题目出错了。其实好几个同学都看出来了。但是，没人敢给老师指出来。只有冬梅，理直气壮地举手，简单明了地说出事实。班主任大发脾气，让同学把校长请来。校长也软弱，不敢得罪刺头班主任，劝冬梅给老师面子。冬梅顶住压力，坚持真理，宁愿得个大零蛋回家。

从此，班主任想方设法打击报复冬梅。比如，让她当卫生委员，天天参加大扫除，应付戴红箍的卫生值日生一天几次的卫生检查。卫生拿不到满分就把冬梅赶出教室，不让她上课。一次，我忘戴红领巾，也被赶出教室，蹲在楼道大哭。冬梅已习惯被赶出来，无所谓，耐心劝我。于是我俩成了难姐难妹。在长达三年的被班主任“迫害”期间，冬梅不但没被打倒，反而一直乐观阳光。

冬梅很有爱心。一次，有同学身体不舒服，在教室里呕吐，味道很难闻。全班同学都争先恐后地跑出教室。只有冬梅，忍住刺鼻的气味，把地面快速打扫干净。又给生病同学擦嘴，捧上温白开，悉心照顾。

冬梅心灵手巧。我清楚记得她教我用蜡烛头做蜡梅。找个空废旧玻璃瓶，插几根小树枝。把白色或红色的蜡烛头投进小铁罐，放在火上加热，直到化成水一样的蜡液，把里面的线头取出。再等蜡液慢慢冷却，变成半透明的粥状，用食指尖蘸点蜡液，贴在小树枝上，就是蜡梅的一个花瓣。白蜡做成白蜡梅，红蜡做成红蜡梅。难就难在用指尖蘸蜡液，我不明白，冬梅的手怎么不怕烫。

大学毕业后，冬梅嫁给她的美国外教。她们夫妇俩一直在美国西部一所大学任教，呼吸着洁净的空气，过着与世无争的生活。生养了三个可爱的混血儿。

不久前，和冬梅聊到当年"迫害"她的班主任，冬梅并不记恨她。她说世上只有好老师，从每个老师身上都可以学到东西。何况，梅花香自苦寒来。

我这半生遇到的叫梅的女孩很多。其他人再怎么天生丽质、后天整容化妆巧打扮，聪明伶俐，讨老板领导喜欢，在我眼里，连烂煤渣也不如。只有冬梅无愧于这"梅"字。她不是《病梅馆记》中的梅。她是一株自由、真实、善良、敢爱敢恨的梅。

2014年5月9日

人大外教

二十多年前，在人大读英语专业，有过至少七个外教。他们不仅帮助我提高了英语水平，引导我了解英语国家的政治制度、经济体系、社会和文化背景，对我人生观、爱情观、世界观的不断培养和修正也起到了很大作用。 这首先要感谢当时英文专业的负责人张卫平老师。他从众多的申请信中精挑细选，又经过严格的电话口试，再比较考察，才最后确定了我们的外教。

记得大一的外教是美国的纳尔森。他个子一米九几，每次和我们单独说话都不辞辛苦地弯着腰。他开始曾努力叫我们的中文名字，但总发音不准，逗得大家忍不住发笑。于是，他征求我们同意，让同学们都取英文名字。他拿出大词典最后附录的英文名字，每个人挑选时，他还详细介绍与这名字有关的背景知识、叫这个名字的名人等。同学们有了英文名字后，纳尔森很快就记住了每人的名字。

初入大学校门，班里除了从外语学校毕业的个别人，大多数普通高中毕业的我们从未接触过外教，听不懂纳尔森的课。他讲课很注意语速，重要的话都用不同的说法讲几遍（paraphrasing）。他也非常有耐心地鼓励每位同学的参与。比如，故意问一些简单的问题，让在课上总不讲话的同学张口。在他温暖阳光般的真心关爱下、徐徐清风似的循循善诱下，在外教课上开始像聋子哑巴的我们，很快度过适应期，能听懂纳尔森的课，也可和他简单对话了。

一直不知道纳尔森的实际年龄。他看上去六七十岁。他说，之前在美国一家大公司勤勤恳恳工作了几十年，他还精力旺盛，完全胜任工作，根本不想退休，但公司还是让他退了。他很不习惯闲下来的生活，才来到中国，发挥余热，忙中有乐。纳尔森还娶了位北大中文系的研究生。师娘比我们大不了几岁。秋游香山她也同行，与纳尔森琴瑟和谐。她甚至像管小孩子似的不许纳尔森吃太多膨化食品。

圣诞节，纳尔森在他的公寓为我们办圣诞晚会。他还穿着圣诞老人的服装。其实，在我们心目中，他早已是比圣诞老人还可亲可敬的外教老人。晚会上有丰富的饮品和小吃。纳尔森还带着我们合唱一首首圣诞歌曲。从《铃儿响叮当》到《安静的夜》，歌声至今回荡在我耳边。

纳尔森还为我们班十八个人每人准备了圣诞礼物。其他的忘记了，只记得有一盘 TDK 磁带。里面有纳尔森的一段开场白。他说，他在中国找到了十八个亲人，我们班同学都是他的侄子侄女。之后，他为我们录制了英文歌、英文故事。二十多年前，英文学习的资料不多。纳尔森的磁带成了我珍贵的英文听力教材，听了至少几百遍。后来，从北京到新加坡、回北京、到纽约、到非洲、回北京，再到纽约，我搬了数次家，放磁带的大小录音机都扔掉了，这盘磁带我却还当宝贝留在身边。

纳尔森推荐并带着我们阅读美国作家莱蔓·弗兰克 ·鲍姆的小说《OZ 国历险记》，又译为《绿野仙踪》。这是我读的第一本英文小说，也是我最喜欢和阅读次数最多的英文小说。主人公多萝茜历尽坎坷，不改对故乡的强烈眷恋和对家的归心似箭。聪明却还觉得没大脑的稻草人、有爱心却还觉得没有心的铁皮人、胆小的百兽之王狮子，这是多么可爱的小团队呀。这本书我一直放在手边，随时翻阅。反复读他们在旅行中成长时，我也在岁月流逝中变老。如今，女儿也是这本书的粉丝。我俩讨论书中的人物和情节，完全没有代沟。

记得期末作业是写书评。我照旧例，跑到图书馆找来一堆书，这本书抄几句，那本书摘几句，东拼西凑、洋洋洒洒一大篇。纳尔森只给我打了 B。他还把我摘抄的句子都画出来，把真正的作者写在上面。我当时羞愧极了。虽然纳尔森没给我高分，但我十分感激他，教会我严谨的学风。

当然，最让我铭记难忘的外教，还是大二时的美国人鲍勃。他四十岁左右，瘦高个，白净的皮肤，湛蓝的大眼睛，淡黄色、卷卷的披肩发。据说在美国拿了两个博士，放弃高薪，到中国教书。

鲍勃的第一堂课，他让我们写下自认为是事实的一句话。我写的是我生于某年某月某日。鲍勃说出多种可能这不是事实，护士记错日子，父母记错日子，为其他原因改我的生日，比如为早上学等等。其他同学的事实也一一被鲍勃驳倒。最后，一同学写黄河流入大海。总该是事实了吧？结果在鲍勃眼里根本没有事实。他说多年前，根本没有黄河和大海。当时，真不理解鲍勃，觉得他诡辩。多年后，才明白他的苦心。他是在教我们不要把听、看、读到的盲目全盘接受，要多问为什么，要勇于抱着怀疑的态度，学会独立思考。

鲍勃有次教我们要警惕文化侵略。他甚至不惜批判他自己，说他给我们上课就是文化侵略。习惯了“填鸭式”教育的我们，在鲍勃的鼓励下，才学会叛逆，懂得追求学术自由和独立。他让我们写关于文化冲突的小说。许多同学满头雾水，下课后，我们围着鲍勃，请他给我们些灵感。他被逼无奈，说一件衣服、一粒药片、一首歌都可引起文化冲突。得到这个启发，我顺利写出有生以来第一篇英文小小说。鲍勃给我打了高分，培养了我英文写作的爱好和自信。

最喜欢上鲍勃的美国电影课。他为我们挑选的都是美国的经典电影。印象深刻的是《紫色》和《公民凯恩》。《紫色》使我深刻了解美国黑人妇女曾经的悲惨命运和自强不息的经历。《公民凯恩》则揭露所谓的新闻公正是虚伪的。财富积累、事业成功、连娶娇妻都没给凯恩带来幸福。电影涉及历史时，鲍勃都会挥手，hi，story。他提醒我们，历史就是讲述者有主观偏见的故事。

同性恋是鲍勃喜欢谈的题目。那时，同性恋在大陆好像还是流氓罪。开始，我都不好意思听。慢慢地才懂得应该尊重同性恋。像鲍勃说的，爱一个人的最高境界是爱这个人，而不分是男是女。我们可以不喜欢一个人，但是，我们不应因这人与我们有不同就不去爱他 / 她。去年，看电影《云图》，到男同性恋作曲家生活山穷水尽时，我竟忍不住失声痛哭。不仅是感动，也是想起二十多年未见的恩师鲍勃，不知今天过得如何？

一次，鲍勃让我们给他提意见。可能有几位同学说他头发长，像女人，建议他剪短头。他第二天上课惊艳登场。头上盘着女人的珠花，穿着一条大紫裙子。气哼哼地发了一通火。我也是很久才想明白，他是在教我们不要以貌取人，要关注人的内心和思想。

鲍勃要求我们的作文不可以超过一页。他在训练我们大而化小、简而言之的功夫。每次，这作文纸上，鲍勃的红字批改都是满满的一页。他在每个人的小作文上花的功夫一点都不少。他的批语通常是通过提问题的方式，让我们自己寻找答案。

鲍勃在天气好时，会在教学楼外的草地上给我们上课。他也带我们做各种游戏，让我们在玩乐中学习。鲍勃还努力学习中国古诗。他坦言不喜欢陆游王师北定中原日，家祭无忘告乃翁”。当时，我不理解鲍勃，后来才同意他的看法，和平比什么都重要，何苦临死还要盼打仗。

茫茫人海，今生恐怕很难再见鲍勃。如果他能知道，我至今仍如此受益于他的教诲，那该多好呀！

大二时，还有一位美国外教让人印象深刻。他就是小帅哥安德鲁。他第一天走进教室，全班十一个女生，至少有十个尖叫了。他的头发是金黄、灿烂阳光的颜色，蓝蓝的眼睛透明而无辜、一下把人的心抓住。他的家乡是美国南部，说话语速不急，像闲庭漫步。他是普林斯顿的优秀本科应届毕业生，作为志愿者来到中国教书一年。

我们把他当老师，但也是兄长和朋友。他什么话都和我们讲。比如，作为志愿者，他没有自己单独的宿舍，要和另一个志愿者共用一个房间，非常不方便。比如，他年轻时，到一个世外桃源的岛上度假，流连不返。岛上只有旅游业，他找不到其他工作，只有每天在餐馆打工，洗鱼、收拾鱼。岛上似人间天堂，也有美女相伴。但一年后，安德鲁还是离开了。

安德鲁教我们泛读课。有一篇文章讲牧场主与狼的惊心动魄的斗争。最后，牧场主瞄准了狼，却没扣动扳机，而是把枪缓缓放下。我不明白为什么，就问安德鲁。他却让我自己想明白。多年后，在美国西部黄石国家公园，了解了野狼被杀光，又重新被从加拿大引进的故事，我才明白狼原来对生态平衡、对人竟如此重要。

安德鲁还教过我们口语课。期末考试他独出心裁，拿出几张明信片让我们看。上面是很抽象的画，主色调是蓝色，还有些红色和黄色。我真搞不清画得是什么，有些哑口无言。却也只有硬着头皮说，蓝色代表和平，红色代表暴力和鲜血，黄色代表所谓的荣誉和荣耀。接着，我居然说出，人不应为了所谓的荣誉和荣耀，使用暴力，杀人或被人杀，破坏和平。 那一刻，我偷偷看到，安德鲁眼中的欣慰。

我一直没有忘记，安德鲁让我们想：为了好的目的，就可以采用不好的手段吗？（Does the end justify the means?）他不让我们回答，只让我们把问题放在心上，继续思考。这个似是而非的问题纠缠了我多年，找不到答案。如今，女儿在美国读七年级，也要写题为 Does the end justify the means 的作文。我又想起安德鲁和他出给我们的世代相传的不朽命题。

大三外教有来自美国、英国和澳大利亚的女士，我惭愧地忘记了她们的名字。唯一记得的是，在澳大利亚外教的推荐下，我读了澳大利亚女作家考琳·麦卡洛的小说《荆棘鸟》，备受感动。我从此下定决心，找丈夫坚决不找像书中神父拉尔夫一样的追逐金钱和权力的伪君子，要找忠贞于爱情、家庭第一的、同时有事业心的真男人。

毕业二十年，回首我的人生轨迹，在人生道路的每一次抉择处，我的决定过程都刻着人大外教留给我的深深烙印。我所经历的每一段坎坷和风雨，之所以能够顺利走过，都得益于人大外教的谆谆教诲。最重要的是，他们教会我成为一个有自由思想的人。

2014年5月4日、6月23日、6月29日

二十一年后的约会

2014年11月8日，周六，晴空万里。老公开着车，我坐他旁边。一早8点，从林肯隧道出了曼哈顿，沿着95号公路一路畅行，途经新泽西、德拉维尔、宾州，11点多到了马里兰的巴尔的摩艺术博物馆。我一边参观博物馆，一边回想着卡洛琳。

卡洛琳•希尔（Carolyn Hill）是我在人大读大三时的美国外教。对她教的课程和许多事想不起来了。只记得她的样子：瘦瘦高高的，一头卷卷的金发。大大的淡蓝色的眼睛，充满真诚、善良和爱的光芒。她行为举止自然、优雅，有让人无法抵挡的风度和魅力。

十多年前在纽约待了几年，孩子小、工作忙，想都没想过看

望曾在人大教过我的美国外教。2013年年底又来美国，成了自由人。恰巧，人大同学毕业二十周年聚会，大家纷纷回忆起一个个教过我们的外教。班里同学找到卡洛琳的地址、电子邮件。还推算，卡洛琳应该快九十岁了，鼓励我早去探望。

我马上给老师发了电子邮件，也很快得到了答复。于是，就探望的时间、地点等我俩前后发了二十多个邮件。非常高兴的是，卡洛琳老师身体很好。她开始以为我会坐大巴或火车去，提出开车接我；又表示她至少可以为我在当地做一整天的导游。本来我该到老师家拜访，但我对宠物的毛严重过敏。一问，老师家养着五只猫。还真不敢涉足了。

卡洛琳说要给我三个餐厅，让我选。我请她做选择。她定了巴尔的摩艺术博物馆里的餐厅。我上网看了下，餐厅好有艺术气息，里面有喷泉，旁边就是雕塑公园。老师给我她的手机号和详细的停车指示。老师和我还就谁付账又来往几个邮件。老师坚持她请客。我则一点不让步，要我老公、唯一的男士付款。时间终于也确定了。

还有不到一周，我开始选购给卡洛琳的礼物。朋友从日内瓦带来的一盒瑞士巧克力，一罐子夏威夷果，一束粉色的康乃馨。我又犯愁见老师穿什么。在几条冬裙间左挑右选。棕的？蓝的？黑的？红的？还是女儿一锤定音："黑的吧。永远的流行色，庄重大方。”老公周五还理个发。我知道这是早预约的。还是逗他：“见我老师，你臭美什么？”

终于盼到了见面时间。我和老公提前五分钟来到餐厅。好漂亮的地方：洁白的桌布、餐巾，闪亮的银色刀、叉、勺子。还有光洁的盘子、透明的杯子。桌上有一篮子热乎乎的各类点心，闻着好香。我和老公早饭吃得早，饿了，就不客气地吃起来。当然，每样给老师留了一个。我一直看着入口，当老师出现的时候，我居然一眼认出她。21 年没见，老师一点变化都没有。还是那么有气质，一双蓝色的大眼睛还是那么善解人意。

老师坐下后，我把点心小篮子放到她面前，内疚地说我和老公先吃了，这是留给她的。老师爽朗地笑了，说她不能吃麦子类的食物，让我们继续吃。于是开始点菜。老公点了蟹肉鸡蛋饼，黑豆肉汤；我点了大虾三明治，蟹肉汤；老师却只点了一个盛有蔬菜、豆子和奶酪的拼盘。食物口味很好，分量也很足。老师说她又考虑、又比较、征求朋友意见，才选择了这个餐厅。

老师说，她女儿和她住了三年，刚搬走。她的猫不喜欢女儿的几只猫。谁知，女儿的猫走了，她的猫连早饭都不吃了。她说，她 2008 年退休，猫是系里送她的礼物，所以她必须照顾好这猫。老师又讲她还在研究中国和美国的教育对比。让我惊讶的是，她说美国教育要向中国教育学习。美国有些高中和大学学生吸毒是很普遍的事。老公和老师聊了很多政治问题，包括美国选举、联合国决议、中东问题等等。两个多小时很快过去了。

饭后，我们仨在雕塑公园散散步。老师告诉我们，我们能看见约翰·霍普金斯大学的教学楼了。老公很震惊，他一直以为约翰·霍普金斯大学在华盛顿。他说这里的国际政治系是美国最棒的，在国际上知名。中国高级外交官不少是在这里接受培训的。

虽然万分不舍，离别的时刻还是到了。老师熟练地驾车和我们挥手告别。当我知道老师来博物馆餐厅来回要一个半小时，非常感动。我期待下次与卡洛琳老师的聚会，要找个离她家近一点的餐厅。

老公的沃尔沃白龙马又开始飞奔。华灯初放时，我们回到纽约。我知道，和卡洛琳的电子邮件往来会继续频繁。期待着下次看她，一定会很快，也许就是2015年春天华盛顿樱花盛开之际。

我的启蒙老师

我的启蒙老师姚老师是我在北京方家胡同小学从一年级到四年级的语文老师兼班主任。

她像个贪玩的大孩子，经常带着全班的同学到处逛。她联系公交公司，开车让我们参观二环路的一座座立交桥。带我们到二环边的郊野，看池塘、听青蛙叫、抓些小鱼和蝌蚪。夏天她带我们到什刹海游泳，冬天到那儿溜冰。每年秋天，她带我们到北海公园看菊花展览。每年冬天下雪，她带我们去地坛公园打雪仗。当然，每次玩耍回校，姚老师都会让我们写作文。由于是亲身经历，我们都会写出生动的好作文。

记得一次，我们学写人物肖像。姚老师坐在讲台上，让我们写她。我们写完后，姚老师抱着一摞笔记本一本本翻阅。看着看着她有点生气。边念边问："浓眉大眼。这是我吗？"

"柳叶眉，杏仁眼。这是我吗？""黑黑的眉毛，细细的眼睛。这是我吗？"直到读到我写的"淡淡的眉毛，大大的眼睛"，老师转怒为喜。她表扬我观察细致，描写真实。她说一些同学语言华丽，但不切合实际，万万要不得。

姚老师为我们已经牺牲了很多业余时间。让我没想到，她一天居然来我家家访。老师家访我只在电视里见过。吓得我心里忐忑不安。我小时顽劣，爱和男孩子打架。靠着小聪明，从不完成家庭作业。考试粗心马虎，不得两百分，总是一百九十九。姚老师走后，父亲并未狠狠批评我。他说老师讲了我不少好话，希望父亲帮我从图书馆多借书，带我行万里路，培养我在写作方面的天赋。

那时，父亲在行政部门工作。有老师想让父亲解决个煤气罐；也有老师提出让父亲送她车旧砖头，好盖间小厨房。这都让我犯愁。可姚老师作为班主任，从未向父亲提过任何要求。四年级，我因搬家转学。姚老师送了我一本《写作辞海》，里面都是好词好句。

后来，我也曾回过几次方家小学却未能见到姚老师。只是先听说她嗓子坏了，天天抱着一大瓶胖大海水喝，不教语文，改教写大字课。然后，说她的腿也站不久，就带自习课，天天坐在讲台上。多年过去，我还常常梦见姚老师，她永远是年轻健康的样子。

老刘老师

恩师刘炳生是我的高中语文老师兼班主任。他五十岁左右，花白的头发，眼角几道细细的鱼尾纹，脸上总有着慈祥的笑容。

他的人生颇具传奇色彩。他在白洋淀农家长大。幸运地赶上铁路招工，成了一名铁路工人。每天下班后，其他工人都喝酒打牌，只有他勤奋读书。几年后，他考上了师范学校，后来成为高中语文老师，成为他一直梦想的文化人。

教书育人是很累很苦的事，老刘老师却乐在其中。他很快记熟班里40多人的名字、特点，因材施教，从不发火，总是耐心说服。他备课很花功夫。讲起课来如行云流水、挥洒自如，先是滔滔不绝，最后余兴未尽，戛然而止，我真不想听到下课铃声响起。

那是三十余年前，社会上还没有什么辅导班、家教。本来每天3点多下午两节课后我们就可以解放回家了。老刘老师主动决定给我们免费加课，就讲《古文观止》。开始同学们意见很大，不注意听讲、破坏课堂纪律。老刘老师只是投入陶醉地讲他的。渐渐地，大家被他的执着、专业、激情所感染。很感谢他那时讲的《滕王阁序》《阿房宫赋》《卖柑者言》《捕蛇者说》等等名篇，给我的古文打下良好基础。

记得每次作文课，老刘老师基本都把我的作文当范文在班上朗读。他从不掩饰对我文章的喜爱。他鼓励我立志做个作家，拿起笔书写不凡的人生。他介绍我见过报社的编辑，希望能投稿发表。但没有被采纳。他推荐我报考大学新闻系，说可以到各地采访，接触社会各方面的人与事，厚积薄发，为成为作家做好铺垫、积累。可惜我一心只想找个安稳收入高的工作，最终报了英文专业，让他不免有些失望。

老刘老师非常有生活情趣。他会拉二胡，说是自学成才。每次学校开联欢会，他都献上一曲。至今，那首熟悉的《二泉映月》还常常回荡在我耳边。为庆祝高中三年结束，马上跨入大学校门，他提议班里开西瓜晚会。

毕业后，我和其他几位同学去看望过老刘老师几次。他儿女双全，都很出色，有礼貌。他的夫人总是默默地为我们沏茶倒水，非常贤惠。时光如梭，又很久没有看过他了。期待他一切都好。很想再次诚挚地感谢他。

卫平老师

人大外语系 1990 年以前只有俄语专业班。系里有不少英语老师，但都是教授人大各系公共英语的。我荣幸地成为人大外语系第一届英语专业班的学生。张卫平老师是我们的总负责人。没有以往的先例可循，卫平老师只能又当设计师，又当工程师和工人，付出了许多辛苦，才把英语专业这座可以让我们安心学习的大房子盖好。

班里 18 个学生个个都是卫平老师从过了调档线的高中毕业生中精挑细选出的。男女相对平衡，亦有来自大城市、小镇和乡村，大家和睦共处。作为班主任，他对每个人都一视同仁总是赞赏和鼓励。在我印象中，他永远都是温文尔雅、戴着眼镜、微微笑的样子。

他教授我们的精读课，比起泛读、听力和口语，非常枯燥。他总想方设法把它变得有趣味。他不是一个人讲个不停，而是让大家分别用自己的话，用简单的英文把复杂的英文课文说出来。无论成绩好坏，每个人都有机会在课上发言。为了不浪费课上时间，班里同学都在课前仔细预习准备。

他对我们的要求从不放松。每节课开始的十分钟，是雷打不动的小测验，十个新学的单词。当时觉得很难，天天刻苦地背单词，有些十分生僻。看着其他专业的同学在玩，心里甚至有点抱怨卫平老师。可本科几年下来，不知不觉中，背过的单词成千上万。我的英语水平有了质的提升。至今深深感谢卫平老师。

我在大学约有十名外教，都是卫平老师找来的，他费了不少心血阅读众多的申请者材料，为我们挑选出很高水平的外教，有的名校毕业，有的有两个博士学位。不仅有美国的，也有英国和澳大利亚的。课程不仅仅有英文，还有英文专业课，文学、文化、电影学、广告学等等。我中学学了六年英语，但还是开不了口，是个英语哑巴。可在人大不到一年，我就能用英语流利交流。毕业后，没有人说我讲的是中国式英语，都惊异地称赞我的英语地道。我把这归功于卫平老师和他选出的外教。

卫平老师时常邀请全班同学到他家做客。师母是北京一所大医院的主刀医生，天天很忙碌，上班就排满手术。她对同学们总是很热情。遗憾的是，卫平老师和师母没有孩子。但她俩十分恩爱。他们喜欢旅游，家中墙上挂满他们从各地带回的钥匙链。又是几年没见到卫平老师，期待重逢那一天。

锦芯老师

锦芯老师是我在中国人民大学读应用英语语言学的硕士研究生导师。她是上海人，个子不高，大大的眼睛，脸上总带着孩子般的纯净笑容，透着清新的气质。她举手投足既干脆利落，又不乏高贵优雅。个性中有南方人的细腻，也有北方人的爽朗。她总是积极乐观，给人向上的感染。

锦芯老师在我们本科大四时从澳大利亚回国。她给我们开了节高级口语课。先是各个国家的人说的各种口音的英语。那五花八门、怪腔怪调的英语开始让同学们觉得很好玩，禁不住听着听着哈哈大笑。慢慢地，大家才严肃起来，以专业的精神去认真领悟。接着，是同声传译课。这彻底粉碎我的英文自信。本以为自己的英文已过了八级，本科马上毕业，托福考了接近满分，应该没问题，却根本翻译不好。我也在那时产生了先不进入社会，继续在大学深造的想法。

当时外语系英文研究生导师有三位。我向锦芯老师提出希望她做我的导师，她很痛快地答应，还表示可以帮我争取到保送研究生的名额，不用再复习参加研究生考试，也可以早修满学分提前一年毕业。她为此做了努力，并兑现了承诺。

读研究生时，锦芯老师带的语言学课比较枯燥。她总是热情洋溢地授课，并没有延用以往的备课笔记，而是用新的备课记录。她不仅给我们打好理论基础，也尽量多讲些有趣的例子。班里只有六七个人，锦芯老师每个都很关注，不只是自己的研究生。

写硕士论文是个大工程，幸好有锦芯老师在各个阶段给我指导。从选题、搜集资料、定目录到充实材料等等，锦芯老师都不厌其烦地给予帮助。她对我的要求很严格，让我不止一次推翻重来。然而，一切辛苦没有白费。最后我的论文在几所大学教授们参加的答辩中顺利通过。我至今保存着那如同一本书样的论文。心中满是对锦芯老师的感激。

锦芯老师早早就是教授。她也在课外的考研英语班授课。她的老公是新华社的高级编辑。独生女儿在外企工作多年。她的家业应该是殷实的。可她却过着平凡普通的生活。每次来人大上课，她都自带饭盆。在食堂吃饭后，和学生们一样，自己刷饭盆。从家来往学校，也是挤公交。我看见，觉得心里酸酸的。

很久没有去看望她老人家，遥祝她一切都好。

阳光老师

女儿来美国后，为了不让她忘记国文，我们给她报了中文学校。在那里教她中文的老师姓杨。

杨老师很年轻，个子不高，甚至比女儿和她班里几个同学还矮些。站在一起，乍一看，真分不清谁是老师，谁是学生。杨老师很有童心，每次课都用几分钟带同学做游戏，孩子们玩得开心，培养起学中文的兴趣，都盼着去上中文课。杨老师爱吃小孩子的零食，也经常分给或做奖品发给学生们，从巧克力到炸青豆，很少重样。在分享食物的过程中，杨老师和孩子们拉近了距离，成了好朋友。

每次接送女儿上下课，见到杨老师，她总是满脸阳光，笑眯眯的。女儿也说，杨老师上课从不生气或绷着脸，从不批评责罚学生，都是微笑着循循善诱。同学们都很喜欢甚至崇拜杨老师，亲切地称她“阳光老师”。阳光老师虽然表面上不严厉，但她牢牢抓住了学生们的心。学生们都比赛着在杨老师面前好好表现。身处美国，女儿的中文没有退步，反而提高，尤其是作文。

除了教中文课，杨老师还热心孩子们的各项活动。为筹备2014年中文学校春节联欢会，杨老师花费了很多时间和心血。那一阵，她天天义务陪孩子们排练节目。联欢会当天，她精心为所有小朋友化妆。小朋友们一个个闪耀登场，杨老师却一直在幕后没有露面。联欢会散场，杨老师是最后一个走的。因为她坚持为所有小朋友卸妆，所用的护肤品都是杨老师自费买的，都经过认真挑选，对皮肤无伤害。

天气暖和，女儿和她同学商量两家一起去郊游野餐。车上有空座。俩小朋友斗胆邀请杨老师同去，杨老师竟答应了。来去的路上，俩学生加一老师三个小朋友一直在车里歌声飞扬。到了野外，三个小朋友一起在草地上撒了欢地疯跑。我们家长都走在前面。三个小朋友被远远落在后面。有杨老师在，我们难得撒手不管，很放心。

中午吃饭了，我和另一位妈妈只带了省事的从外面买的面包、饼干、比萨、香蕉。杨老师则带了热腾腾的摊鸡蛋饼、蒸烧麦、扬州炒饭。结果，杨老师带的吃的最受欢迎，被全部消灭。我和另一位妈妈带的吃的都剩下，又打包带回了。我俩还家庭主妇呢。比起杨老师远远不如。

我庆幸女儿有这样一位阳光老师。她能成为阳光下的学生，好好学习中文，更重要的是，怎样做人。

2014 年 5 月 1 日

好阿姨

郝阿姨是老公朋友的妈妈。到美国第一天，老公朋友去机场接我们。他问我们晚饭怎么安排，可以去吃日式自助，什么海鲜都有；也可以在家随便吃点，他妈妈，就是郝阿姨给我们做点便餐。我们选择了后者，却没想到郝阿姨为我们准备的随意便餐非常丰富：香喷喷的炒饭、生煎包、入口即化的大狮子头丸子、小青菜、清蒸鱼、紫菜蛋汤。郝阿姨的厨艺让人叹服。

刚来美国，老公还没买车。老公朋友开车带我们去购物买菜，郝阿姨每次都去。她热心地介绍、建议我们在哪里买什么物美价廉的好东西。我正挑电饭锅、炒锅，阿姨说她家有富余的，可以送给我，省了我一笔开销。阿姨还送我一个慢炖锅，用好大米煮粥，我女儿爱喝极了。听说我要买小凳子，阿姨又不让，坚持送了我一个，说家里还有。

有老公和她儿子是朋友这层关系，加上我们住在同一个公寓楼，郝阿姨把我们当成亲人。家里做了什么好吃的都想着我们，送些给我们尝尝。

来到纽约后，老公叨叨几次想吃油条。我在楼下小公园碰到郝阿姨，向她请教哪里有好吃的油条卖。阿姨说，她自己可以做。我当时钦佩得不行。过几天一早，门铃响了，竟是郝阿姨浑身热气地站在门口。手托着一大盘满满的、金黄的、胖胖的油条。她头上冒着豆大的汗珠，身上的围裙还来不及脱。我感动得不知说什么好。

刚落地那天，郝阿姨为我们做的生煎包余香绕口数周。我央求郝阿姨教我做生煎包。郝阿姨痛快地答应了。她楼上楼下跑了好几趟，到我家厨房示范做生煎包。中午，她来我家和面。下午，她来拌馅。晚上，她来包包子，发现我家的平底锅太小，又回家取个大的。阿姨干活真麻利。我专心看，勉强跟上她的速度。

郝阿姨看我总闷在家里，不运动，就拉我一起逛街。我俩的身材差不多，正好相伴。挑完衣服后，我俩挤在一个试衣间，轮流试衣服。互相参考、互相评判，开心极了。

天气暖和了。郝阿姨给我各种菜籽、花盆和营养土，帮我在窗台上建起迷你小蔬菜园。

有时候，看到郝阿姨，我会想起我的妈妈。甚至有几次，我失口叫了郝阿姨“妈妈”。阿姨应该没听到。否则，我会有点难为情。

郝阿姨说，她马上要回国。她说来美国完全是为帮孩子忙，照顾孙女。她在美国语言不通，还是更喜欢国内熟悉的环境，故土难离。现在，亲家要来接她们的班。听到这消息，我很舍不得。郝阿姨是位真正的好阿姨。

2014年5月13日

奇人瑞文

瑞文是美国西部人，黑白相间的小卷发，灰色的眼睛。他喜欢戴顶旧皮牛仔帽，春夏秋冬都穿着刻着花纹的、一些地方磨秃的牛仔靴。当年，他被公司总部派到北京。我们成了同事。

让我奇怪的是，这个美国人会下围棋，而且下得不错。很快，他打败了北京公司里的所有同事。他一边缠着会下围棋的同事继续和他下，让他让多少子他都同意，也允许同事悔棋；一边又央求同事们给他介绍会下围棋的中外朋友。慢慢地，他竟扎进了北京几个围棋棋友的圈子，如鱼得水、下棋下得不亦乐乎。

瑞文的夫人也是一朵奇葩。早听说她是巴黎人，博士毕业就没上班，天天赋闲在家，给瑞文烹制法国大餐。第一次见面，我有些意外，因为她真不算漂亮。个子矮小、脸上皱纹不少，身材也有点发福。但瑞文对夫人百般宠爱。他告诉我们，有人说，好女人是一本好书。但他的夫人远不止一本好书，也不止是一书架好书，她是一座浩瀚的图书馆。

瑞文夫妇人至中年还没有小孩。他们反复考虑，决定收养个中国孩子。为了办理繁杂的手续，他俩专门在中国和美国之间飞了几个来回。终于，瑞文领养了个湖南女婴，起名叫喜气。女孩在瑞文夫妇的精心呵护下健康、快乐成长。夫妇俩对喜气视同己出。不仅让她讲英文和法文，还给她请中文老师。也培养她学习钢琴、滑冰等等。

我不明白为什么美国人喜欢收养中国小孩。我对瑞文讲，中国人收养孩子，生怕孩子长大后知道真相，离开养父母，去找亲生父母。所以，收养孩子的人有的提前假装怀孕，免得邻居知道，透露真相；有的干脆搬家到新地方。喜气长得与瑞文夫妇一点不像。就不怕她长大后选择离开，回中国找亲生父母吗？瑞文的回答很简单，收养她不期待她成年后的回报，有伴她长大的过程就足够了。

瑞文学中文非常努力。方法也很奇特。他喜欢到北京的各个旧货市场买连环画，小人书，成套的《红楼梦》《西游记》《三国演义》《水浒传》。他还热衷于背《成语词典》。他还要求我们都和他讲中文,然后总适当不适当地蹦出一些成语,令我们发笑。

和公司里的中国同事比，瑞文是奇人。但仔细想想，他不过是有个性了点。就像看惯了中国的黑白山水画，突然看到一幅浓墨重彩的油画。忆起那句诗词:“不拘一格降人才。”世界正是有了瑞文这样的奇人，才自由奔放、丰富多彩起来。

2014 年 5 月 21 日

抑郁症病人

大学本科毕业二十多年。得知我们的一位同学早在十二年前在英国因抑郁症去世了。那年，她刚刚三十岁。

我不知她是怎样结束自己生命的。我有时想象那一刻很凄美、壮烈。她得到了她想要的彻底的解脱。只是我们这些还活着的人，在这里唏嘘、扼腕、叹息、悲戚。我有时又幻想，她没有真的想就这样走了。她还惦记着在江苏年迈的父母，只是不小心、不留意，没有把持住生与死的一念之间。

她在逝去的那一秒有些后悔吗？是对爱的绝望，还是抑郁症的折磨，让她选择了死亡？她看到了天堂的光和路吗？

我曾在纽约地铁上见过一位漂亮的亚裔女子。她的两个手腕都伤痕累累，让人不敢看。不知道她曾割腕自杀了多少回。庆幸的是都被抢救回来了。说她是抑郁症一点不会错。我心里不免担心着，她现在按时吃药吗？和家人在一起住吗？她被照顾得好吗？

美国的街道上，会遇到自言自语、完全无视于周围的人与物的人。每次，同伴都拉着我走远些，怕有麻烦。可我此时，只有挥不去的怜悯和同情。我清楚，他们不是在吸毒、不是要打劫。他们是深陷于抑郁症，无法自拔；是非常无助、弱势的群体；他们宁可伤害自己，也绝不会伤害别人。

我见过有关的统计数字。由于社会的发展和节奏越来越快，竞争越来越激烈，压力越来越大等诸多原因，现代人中百分之十到百分之十五患有不同程度的抑郁症。他们是需要大家尊重的群体。他们的生命和健康人一样美丽，需要所有人的关爱。

串联在人大

20 多年前在人大读书时，每位同学基本上都有不少来自其他大学的访客，包括老乡和老同学。哪一位同学又不是有朋来，不亦乐乎的感觉呢？我有时想，人大这块磁铁，没有北大的一塔湖图，没有清华的荷塘月色，靠什么吸引外校的同学们到此串联呢？

最开始，常常来人大找我的是我表弟楚楚。他就读于满是英语尖子的外交学院。游览了人大整齐划一的宿舍楼、教学楼的他居然很羡慕。他说外交学院的学生宿舍、教室、图书馆、食堂都在一栋楼里。学院的小门口只有巴掌大的一个小花坛。人大毕竟有气派的大门口，有小花园，有不太小的草坪。他喜欢和我坐在人大小路上的石凳上，说要多看看作为综合性大学里人大学生的气质。我当时想，他一定是在看美女。因为他不止一次抱怨，外交学院的女生很多太像政治老师。

楚楚来人大和我交流学习英语的心得。当他得知我的外教有博士学位，或毕业于名校，无比艳羡地说，他在外交学院的外教是个没有素质的美国南部的伐木工人。他还特别强调是个黑人。我记得笑他种族歧视。他说，黑人外教没水平，又不好好备课，天天歪理邪说加胡侃。他和同学们在课上与黑人外教争论问题，外教辩不过他们，说脏话骂人。他和同学们就集体抵制外教的课。我真诚地称赞他是罢课的学运领袖了。

楚楚每周末都来人大小花园里的英语角。他口语好、又敢说，是英语角的一个明星。英语角不是总有外国人。但只要有，楚楚都会冲上前搭话，既善于聆听，又口若悬河。直到大三时，楚楚终于在外交学院交上了一个不像政治老师的同学做女朋友，他就很少来人大找我了，英语角也寻不到他的行踪了。

悠悠是我高中的闺密。她非常好学上进。高中时就是我们班的团支书。本来她高考志愿也报的人大，但高中班主任老师要我们分散报志愿，不要自己和自己竞争。悠悠就改了志愿，考上北京大学法律系。北大新生军训没多久，她就入党了。我们频繁地通信。她讲军旅生涯的苦乐，我谈大一学习休闲的各种感受。

回到北京，悠悠就经常来人大找我。每次她都不会空手，不是从图书馆借的英文小说，就是从同学那借来的英文磁带。她知道我那时最缺的是什么。而且，她总宽慰我，虽然在北大有漂亮的未名湖和秀丽的博雅塔，但她天天忙于功课，满脑子繁重的学习压力，根本顾不上享受。她说当年真该也报人大。我俩就可以做大学同学。她说校园的美丽在一定程度上是华而不实的东西，更可能是分心或是诱惑。一所大学的内涵，包括师资、学生素质、学风等才真正重要。

我一直以为悠悠会做个公务员。但她还是本科毕业前就去加拿大留学了。不过，多年后，她的信仰好像没有改变，依然在为维护国家利益而奋斗。作为一名律师行的头牌律师，她专门代表各个中国企业，用英文和国外的公司打官司。最值得一提的是，她不仅事业有成，还嫁了帅哥，生了一对可爱的儿女。

小青也是我的高中至交。她的学习成绩不好，但长得美艳，能歌善舞。歌咏比赛、诗歌会、新年联欢会都是她一手操办。本来，她想考个中戏什么的。但迫于父母压力，全填报的英语贸易专业，并考上了人大边上的一所民办大专。

她到人大来找我，很多时候是让我帮她写作业。我不会拒绝，有求必应。我的确很努力地写了，但很少可以替她拿到高分。终于有一天，她的老师问她，为什么她在学校教室考试中写的文章和她回家写的文章这么不一样？她和我这才知道，老师其实早看出有人替她捉刀。从此，小青只有自己硬着头皮写文章，然后让我做小小改动。

小青的民办大专条件非常有限。她很羡慕人大校园的大和一拨一拨的学生流。她甚至觉得在人大的食堂挤着打饭也是一种乐趣。晚上，她喜欢从外面看灯火通明的人大教学楼和图书馆。她愿意走进阶梯教室、八百人大教室，聆听各种选修大课和讲座。大专毕业后，她很快嫁了，而且嫁得很好。她说老公看上的不只是她的外在美，更是她在人大熏陶的气质。

我的初中好友阿红考入北邮，读的是我一点不懂的图像传送与处理专业。她天资聪慧，学起这个高难专业很轻松。虽然如此，每次到人大，她还是非常感慨文科生的舒适和惬意。人大出双入对的学生恋人的忘情和旁若无人看得她很羡慕。她到人大，吃遍人大的各个食堂。她说北邮的食堂也还好，但她还是不时想换换口味。而我则借这个机会，把积攒的计算机课程的疑难问题全部请她讲解明白。

月月和由由是我的小学同学。我们是铁三角。月月考上北京语言学院的日语专业。很快，她的穿衣戴帽、行为举止都变得像东瀛女子。到人大，月月总要拖我出校门，到西单卖衣服的小摊给我挑衣服。不是夸，她的品位是没得说，把我打扮得不那么土气。由由没考上大学，去中国银行做出纳员。可我大学本科没毕业，她自学本科就毕业了。当年她来人大，也是奔着阶梯教室和八百人大教室的大课和讲座。

我终于明白：人大不仅给人大自己的学生提供了各种资源和安全屋，也向其他大学的学生敞开怀抱，让他们在人大也有学习和进步的机会，更促进了人大学生和外校学生的交流和友谊。真是有容乃大的母校啊！

阅衣识人

很多年前，看过美国电影《闻香识女人》。记得里面有个失明的退休军官，可以通过香水味，闻出女人的身份、眼睛和头发的颜色等。我常坐在曼哈顿六马路三十四街交界的先驱者广场，欣赏穿梭来往的人身上的衣服，也可以获得一些穿衣人的信息。

首先，我愿意看女人。不用猜，就知道她们从世界上哪里来。几件明亮的沙丽款款走来，是眉心点着红痣的印度美人。像漂亮的大蝴蝶一样飘来飘去的，穿着传统大连衣裙、戴着同样衣料做成的帽子的，是非洲美女。不时，裹着各式头巾的阿拉伯美人匆匆走过。有些人的黑袍只露着两只眼睛，我从不觉得她们阴森森的，只感到她们似乎很没安全感。可惜，大街上的女子绝大多数穿着西式的服装。我幻想，在曼哈顿这样一个大熔炉里，如果女子们都穿民族服装，那该是多好的一景啊！

我也喜欢比较一家人出行的着装。有的母亲把女儿打扮得像公主，穿着闪闪的纱裙、亮晶晶的小皮鞋，自己却是又旧又随意的休闲衣服。相亲相爱的恋人、夫妇会穿情侣装，要么是一样的衣服，要么是相近的服装。还有母子装真的很可爱。哪怕是最廉价的T恤，同时穿在小朋友和母亲身上就会让他人很羡慕。一家几口，爸妈、孩子统一着家庭装更会将路人的眼球深深吸引。从家庭装读出的是甜蜜、幸福，这是多么名贵的大牌服装也穿不出来的效果。

阅衣识人，我不会通过一个人的衣服对这个人的内心妄下断语，因为以貌取人是不准确的。穿着华美，也可能"金玉其外，败絮其中"，以过度着装掩饰灵魂的空虚和不踏实。而一些街头流浪者穿得破旧，清洁工和修路工的工作服又旧又不干净，但从他们的眼睛可以看出，他们大多是真诚、善良的人。

通过天天赏阅流水般人群的衣服，我体会到，现实的街道就是繁忙的T台，每个人都在不知不觉中走秀。不需高挑的身材，也不需大价钱、名设计师的服装，只要自信，衣服合身得体，都是街道上让人赏心悦目的模特。同时，现实是互动的舞台。我在赏阅他人的衣服，他人也在观看我的衣服。衣服千姿百态，人是多样性的，生活也是不单调的。

丁丁和我

记得九零年夏天在人大报到时，我推着自行车，后座上载着大帆布箱。箱子很沉，使我不得不紧张地专注于它，以防自行车不堪其重翻倒。父母都陪伴在我身边。我们排在长长的办理某证件的队伍中。当时觉得时间过得好慢呀。

忽然，前面的女孩回过头大方地问："你是哪个系的？"我说是外语系。她叫："好巧，我俩都是外语系的！"我仔细打量她：白净的皮肤、黑亮的眼睛、天然的唇红齿白，尤其是她那一头像黑色瀑布一样又长又直的浓密头发，简直比电视里洗发水广告模特的头发还要漂亮一百倍。接着知道了她叫丁丁、她上的高中等等。她是那么放松、随意。让我刚才紧绷绷的脸上有了笑容，感到时间也过得快了。

我俩开始一起去各个地方办手续，买水壶、脸盆、牙具，我俩的父母开始聊天，居然发现他们曾在同一个地方学习、培训。他们并不很熟，但他们都和同样的人很熟。更奇妙的是我俩都有个弟弟。感觉自己好幸运，在人大第一天可以遇到这样一个朋友。而且发现我俩住同一个宿舍。

丁丁和我的性格不同。她外向，我内向。她对生活充满阳光、肯定，我则有我的忧郁和疑惑。但这正好互补。重要的是，我们都真诚、善良。我俩也都爱父母、爱弟弟。家人是我俩在一起谈论的主要话题之一。

刚开始，丁丁和我形影不离。一起起床、吃早饭、早读。上课挨着坐。同去食堂排大队打中饭、晚饭。同去上晚自习。但是，当时我总把学习看得太重。想多早读几分钟，快点吃完饭休息会儿，赶紧去自习。所以有时我对丁丁有些催促，让她感到不自在。于是，有段时间，我成了独行侠。丁丁则总是不缺朋友陪的。

在人大外语系的四年学习中，丁丁一直给了我最大支持。我这人有不少缺点，不爱伪装，更不屑磨平自己的棱角。丁丁都给了我所需要的理解和宽容。让我今生都无法原谅自己的是，一次，丁丁骑车摔了，腿缝了几针，住在人大校医院里。我当时忙着在二外考导游证。竟很少去探望正需要朋友陪伴的丁丁。换位思考，如果是我住院，丁丁一定会抛下所有事情来照顾我。真希望时光可以倒流，我一定把丁丁排在第一位。

记不得毕业后和丁丁聚会了多少次。有同学聚会，也有和家人的聚会。她永远是开心的、幸运的、有亲人疼的。我真为她感到高兴。永远忘不了她穿着洁白的婚纱，在婚礼上边哭边感谢父母的养育之恩。不少宾客，包括我，都感动得拭泪。我才知道，孝顺的新娘是世界上最美的新娘。

现在，丁丁在北京，我暂住纽约。但我们心心相通，微信不断。

我一家还有八个月回北京休假，届时少不了家庭聚会，我女儿可以哄她的儿子玩。丁丁和我相识相知的情谊就由两代延伸为三代人了。

神女不争

在我眼里，我们人大本科班上最有个性、最可爱的女生是不争。她的头总是抬得高高的，腰板总是挺得直直的。虽然长得不算非常漂亮，但脸庞很匀称、秀气，而且从内而外透着一股可以摧枯拉朽的自信，绝对可以称得上是美女。她的手非常小巧，刚刚比我的手掌大一点。我爱和她比手，然后祝福她以后一定小手抓宝。

大学里，不争和我不在一个宿舍。我们也未做过同吃同学的伙伴。但是，在课堂上，我完全为她的魅力所折服。在一些她感兴趣的课上，不争积极踊跃地举手回答问题。她发言声音响亮、语言流利、有逻辑、速度快。我不使尽全力听还真跟不上她。有时，本来坐着说，不争有点激动，会腾地站起来，慷慨陈词，滔滔不绝。当时，我常感叹，不争好有主见、有思想。

大学一次暑假，我和几个小学同学到不争家乡玩。她为我们安排行程、做导游。我清楚地记得，不争穿了一双时髦的后跟很尖的高跟鞋，我穿的是休闲的平底凉鞋。几个景点下来，我的脚痛呀，真想找块地方坐下来休息休息。不争却像没事人，仍然优雅地在高跟鞋上站得笔挺。我那次深深为不争的体力、耐力而感慨。

大学本科毕业，不争到一所大学里教书。我当时在读研。一天，不争找到我，说她在中央电视台兼职，有两张参加互动的综艺节目的观众票。我以前从未去过任何电视台，于是兴奋地和她去了。进台门口，没走拥挤的观众入口，她带我走工作人员通道，意想不到的特殊待遇。在电梯里，遇到两个超帅超红的男明星。我有点不知所措，大气不敢喘。不争气定神闲，还跟他俩聊了几句。

我觉得录节目比较无聊。记得每人发了个黄色短袖上衣，印着节目的名字。虽然自认为皮肤黑，穿黄的不好看，那衣服我还是作为在家的休闲服穿了很多年。后来，我一个朋友嫁了央视大导演，好几次邀我去当观众录节目，我都没去。因为不争带我去的那次是最难忘和完美的一次。

不争浑身好像有无尽的冲力和勇气。她总是在不断地挑战和突破自己。从大学去了世界知名外企，然后又一家一家地跳。一家比一家厉害。跳一次，职位和工资待遇上升一次。她还是不满足，又放弃了相对的稳定，自己创业。她做的是比较高端的公关业务，早已扎稳脚跟。她并不急于做大，因为不想太忙碌。她还要和相爱的人一起享受生活。

大约2003年，不争来纽约，记得是参加她的国际EMBA毕业典礼。我和她参观联合国。她在联合国大厦里的气场超强，不逊于任何国家的外交官。当时我的工资不高，只请不争在小餐厅吃了简单的午饭。她一点不介意。我们边吃边聊，很高兴。她送给我一条从国内带来的蓝丝巾，是我众多围巾中的最爱。十多年过去，还和新的一样。

我从未去过不争在北京朝阳公园旁的公寓。每次在朝阳公园散步，我都会想起不争对我说过，从她公寓的窗户可以望到整个朝阳公园。我会抬头看看公园边的高楼，猜她住哪一栋。

不争还钻研了多年中医。她是个把文凭看得很轻、注重真学识和实干的人。所以我说，她不是庸庸碌碌的平凡之人，而是个神女。我对她是一如既往地钦佩。

阿玉和我

阿玉和我相识于体育课上。我俩是两个班的大排头。打球什么的我俩都是一组。我觉得自己和她太像了。虽然她皮肤比我白很多，但我俩都瘦瘦的、高高的，披着有点乱的长发，都是瓜子脸、眼睛不大。她来自内蒙古呼和浩特，我的父亲来自内蒙古赤峰，我有个叔叔一家住在呼市。我去过呼市两次，非常喜欢那座城市和郊外的草原。

我俩体育课上有机会就聊天，还特谈得来。很快，我俩的友谊发展到体育课外。她的宿舍晚上经常只有她。她总是给自己泡一大杯浓浓的茶，坐在屋里悠闲地、有一搭无一搭地看书。我就会去扰乱她。记不得聊什么了，反正是有说不完的话。她非常善解人意，在她那里我可以忘记所有无聊、不必要的烦恼，尽情地放松。

我俩还会到楼道撒欢。记得最爱照进门的那面大镜子。我俩挤在镜子前，摆各种姿势、做各种鬼脸。还退后几步，再以各种步伐走向镜子。直至把自己逗得笑个不停，肚子都笑痛了。阿玉还给我唱歌，她不仅用普通话唱歌，还会用蒙古文唱《祝酒歌》。歌声仿佛把我带到那片纯净辽阔的草原。她学习俄语，也擅长用俄语唱《莫斯科郊外的晚上》。我五音不全，只有拿腔拿调地给她朗诵我喜欢的诗歌和散文。

阿玉有天不知从哪里领养了一只比人还大的毛绒绒的玩具狗。她居然把它当活狗看待，不时就要和它说上几句话。那只狗趴在她的床上占据了整个铺位。阿玉开始和狗共享窄窄的床，她不让狗受委屈，自己蜷缩在角落里。后来，她实在无法安睡，只好把狗请下来，要先把桌子或椅子擦得很干净，再把狗轻轻放稳。我笑她："你就差点要把这狗供起来了。"她只羞羞地笑，并不辩白。应该说，阿玉是教会我热爱动物的启蒙老师。

一次，同班同学也是我的好朋友丁丁骑车把腿摔了，缝了几针，住在校医院。我忙于自己的事情，就拜托阿玉替我到校医院多看看丁丁。阿玉竟每天都去，一去就待上几小时，陪丁丁说话，为她削水果，扶她去卫生间等等。我十分后悔自己当初没有像阿玉一样无私付出。现在想想、考导游证、接团，真的应该远远排在陪伴受伤的朋友之后。让人庆幸的是，丁丁恢复得很快、很好，丁丁和阿玉从此成了一生的好朋友。

阿玉刚毕业，我去看她。她单位当时算北京郊区，宿舍的条件还不如大学宿舍。但她乐观快乐。很快，她在工作中初露锋芒，展现了自己的才华。她说，当几方谈判谈不下来时，她会尽力想出一个大家都能接受的方案。我赞她："可以当联合国的主席女士了！"接着，她住上了很大的三居室，那时，我还住在单位分配给我的一居室。北京城区的发展也早早翻越了她所在单位的位置。她的单位上市了，她逐渐升为副总经理要职。

阿玉的先生第一眼看上去不算很帅。但他非常耐看，越看越好看。而且，他言谈举止透着内涵、淡定。阿玉的女儿则是个小小阿玉，母女俩太像了。人大毕业二十多年，和阿玉的联系没有间断。后来我俩买房，事先也没有商量，居然买得很近。也许等退休后，我们可以相约，她、我和我们的先生常到北京奥林匹克森林公园散步。

憨憨的木木同学

想写一篇短短的关于木木的文章，因为对他了解有限。我在大学生活圈子基本不包括男生，只是在苦读。人大本科英语班里，最容易让人忽略的可能就是木木了。他总是默默地笑着，很少讲话。班里合影中，他常常站在后排，只露出半个小脑袋。

记得他的眼睛总充满善良、憨厚。他学习非常努力。虽然成绩并不名列前茅，却不影响他学习的积极性。他英语口语有点口音，可他课上还是勇敢发言。一位美国年轻漂亮的女外教喜欢他的口音，说是标准的带德国口音的英语。

大四毕业，木木通过努力考上中国新闻学院，攻读国际新闻第二学士学位。毕业后顺利留京，到中国日报上班。中国日报薪水不是很高，却是一份非常稳定的工作。这也就是憨人有憨福吧。每次路过惠新东街中国日报的白楼，想起我的大学同学木木正在里面工作，我的心会荡漾起一丝丝快乐。

我从人大研究生毕业进入外交部，在新干班最先认识的两个朋友就是中国新闻学院国际新闻双学士。我问她们是否认识木木。她们都兴奋地点头。憨厚、低调的木木实际上很有女人缘。木木并不知道，是他拉近了我和她俩的友谊。这友谊直至我从外交部辞职多年的今天还维系得紧紧的。

入部后，认识了个北外本科毕业的朋友。她有个比她大一岁的表姐。长得很漂亮，也有稳定工作。想请人介绍对象。我一下子想到木木，比她大两岁。女方条件不错，娘家在北京。我还担心她看不上木木。谁知很快，俩人就成了。我想，一定是木木的憨劲打动了那位美女。聪明的女人不会图钱图帅，只想找个老老实实、靠得住的人安心过一辈子。

后来，我在新加坡留学。木木到新出差。他还特地去探望了我。我真的很感动、受宠若惊。我发现，经过职场的历练和生活的打磨，他更成熟、更有风度了。

大学同学20年聚会，我没能参加。看了照片，发现木木的头发白了不少，但面容仍很年轻，有鹤发童颜的感觉。而且，这么多年过去，木木同学一点没变油滑、虚伪，还是可爱的憨憨的模样。

日本好妹妹优子

近来，埃博拉病毒爆发，特别是在西非利比里亚等国肆虐。让我不由得想起一直珍藏在心里的关于日本好妹妹优子的回忆。

那时，优子和我都在联合国驻利比里亚维和特派团工作。经人介绍，她搬来我住的公寓。那公寓有三个卧室。一位来自特多的大姐住另一间，她天天埋头拼她的几千块的拼图。利比里亚首都蒙罗维亚没有公共用电，到晚上，外面一片漆黑。公寓有自己的发电机，高高的围墙上拉着电铁丝网，门口站警卫，院子里有巡逻的警卫，感觉自己生活在监狱。

每当这时，优子悠扬的吉他声、动人的歌声就会在客厅响起。我会扔下书，轻轻坐在她的旁边。她的乐声如此纯净、可以洗涤我的灵魂；如此平和，可以稳定我的心绪。曲子她早已记熟。她把歌词给我，让我跟着哼唱。

优子的父母都是小学教师，育有五个孩子。优子是老大。她有个弟弟，智力一直是三岁，天天就快乐地玩。优子很想念父母，说当年母亲出自富贵之家，因与出身贫寒的父亲结婚，与娘家断绝了关系。说父亲很像机器猫，脸圆圆大大的，总有办法把五个孩子逗得哈哈笑作一团。

作为长女，优子高中毕业就自立，到美国边打工边念书。奋斗多年竞争到联合国的职位。她说西非条件困难、补贴高，她可以多存些钱，早点退休，找到爱人，买屋，养儿育女，好好照顾永远长不大的开心小弟。

我俩平时早饭都是简单的面包、牛奶、煮蛋。中午吃食堂。晚上保姆会给我们做好饭；我们最喜欢吃她做的烤鱼。偶尔，优子和我也做饭，优子做寿司，我做虾仁炒饭。吃什么次要，关键是能和善良、可爱的优子妹妹一起用餐。

优子和我周末过得很充实。我们会开车到郊外，荡桨在清波上，在湖边打排球，给贫民窟里喝不上干净的水、一天最多吃上一顿饭的孩子送温暖。优子每周末必带我去的地方是孤儿院。送去大袋的粮食，大箱的苹果。优子一点不心疼钱。我们和孩子们踢足球；教她们折纸：会蹦的青蛙、会扇动翅膀的仙鹤、吹气会鼓的球；给他们讲故事；带他们去海边玩、去参观可口可乐工厂；等等。

因为想念女儿，我先离开了蒙罗维亚。优子两年后转去联合国驻尼泊尔机构工作。让我高兴的是，她在那里遇到了真爱，结了婚。后来，她又去了联合国驻南苏丹特派团。有一阵子没和优子妹妹联系了。衷心希望她早日如愿回归幸福的家庭生活。

韩国好姐姐顺子

利比里亚是个多灾多难的国家。曾饱受战乱蹂躏，现在又是埃博拉的重灾区。那里埋葬着我两年多的青春，也见证着我与韩国好姐姐顺子的真挚友谊。

当时，我在联合国维和特派团工作。一位韩国老大哥把顺子介绍给我。第一次见面，我就喜欢上了她，黑黑的短发，大大、会说话的眼睛，深深的酒窝，脸上还有些可爱的小麻点。她住在停泊在港口的仁慈之舟上。船上的人都是志愿者、基督徒。船来到蒙罗维亚就是给当地人免费治病。

顺子不是医生、护士。她从韩国神学院毕业，是个传教士。初登仁慈之舟，她语言不通、没有专业，工作是在厨房洗菜、洗碗盘。住在底舱，几个人分享小房间。她开始想家、哭。一天，她很早就醒了，到甲板上透气，一轮红日从海平面升起。她竟为之振奋，不再心灰意冷。后来，她英语过关，又自学，成了社区建设顾问，一位英国的小帅哥给她当助理。她也有了含卫生间的独立房间。

在利比里亚单调的生活里，参观仁慈之舟是个有吸引力的项目。顺子不耐其烦地为我带去的一拨又一拨人当导游，参观船上的手术室、会议室、餐厅、学校、商店等等。船上自己不可以开伙。

但顺子会大方地与我分享她父母很不容易托人带给她的辣白菜。

顺子在船上工作完全没有收入。她从家来回的机票钱以及自己的零花钱完全靠在家乡的教堂向邻居募捐。即使这样，她还买水果蔬菜，送给那些和利比里亚村民同吃同住、来自国外的大学生志愿者们。

顺子很会画画。问她为什么不参加绘画比赛或出本画集。她笑，画画只用来筹集善款、送朋友。圣诞接到她的自制贺卡，完全为上面的画所折服。更让我感动的是，她并不以自己的天赋追逐名利。

顺子难免会向我传教，刚开始我油盐不进，我坦诚对顺子说出对宗教的种种偏见。顺子和我在教堂里，我有时会睡着。顺子都不恼我。记得她给我讲的毛毛虫的故事。它爬上一座座名利的山，也享受家庭幸福，但只有在有了信仰后，才蜕变成美丽的蝴蝶，展翅而飞。多年后，我有信仰了，感谢顺子早早为困在精神牢笼的我指出门的方向。

在这个世俗的世界，顺子是那么纯净无瑕。如果用一种花来形容她，应该就是天山上圣洁的雪莲花。

在利比里亚的联合国志愿者

如果你看过《战争之王》（*Lord of War*）这部好莱坞电影，也许记得有个位于西部非洲的国家利比里亚，是主人公贩卖武器的主要目的地。从1989年到2003年，14年内战夺取这个国家25万人的生命，致使上百万人流离失所或沦为难民。首都蒙罗维亚到处弹痕累累，满目疮痍。

值得庆幸的是，2003年10月联合国驻利比里亚特派团成立了。15000名来自40多个国家的军队部署到利全国各地，维持了安全，缔造着和平。在特派团和其他联合国机构的共同努力下，上万饥民每天可以按时领到食物；50万儿童重新背起书包上学；10万余政府军和叛军的前作战人员被解除武装；数万件武器和大量弹药被销毁；新警察在接受培训；新军队也在招募中……2005年年底，利比里亚实现了全国大选，产生了非洲第一位民选女总统，2006年1月她顺利就职，开始领导人民在废墟上重建国家。

在联合国驻利特派团里，有几百名来自近80个国家的志愿者（UN Volunteer）。他们和联合国的国际职员一样有着丰富的专业知识，远离故乡和亲人，在条件恶劣、充满危险的环境中从事繁重的工作，为利比里亚和平做出了无私奉献。在与他们相识相知的过程中，我被感动、被震撼，并有了与更多人分享他们故事的冲动。

克里斯（尼日利亚，41岁）

克里斯是我在特派团政治、政策和规划部的同事。他乍看上去也就20出头，笑起来的样子有点像联合国秘书长安南。克里斯车技好，路又熟。部里新来了同事都由他开车带着办手续，买东西，找房子。休假的同事也都要他去机场接送。他总爽快答应，并戏称自己是"联合国受害者"（UN Victim）。克里斯喜欢吃巧克力。部里同事休假都会带巧克力回来，放在他办公桌上，等他亲手开封后，大家才可以品尝。克里斯非常幽默，却从不讲低级笑话。他爱给别人起外号，但起得都很动听，让人开心。有了他，办公室的气氛总是轻松愉快。

在工作上，克里斯可是一丝不苟，堪称部里的顶梁柱。每次开部会，克里斯总是一本正经，讲起话来头头是道。他负责收集更新利比里亚政界人士的简历，从大选时的几十个总统候选人，到新政府成立后的几百名高官，他都有办法搞到他们的背景资料。他也负责跟踪议会的工作，和许多议员都成了朋友，对议会的情况了如指掌。2005年4月前议长因贪污被罢免后，纠集了一群人持械闹事，克里斯仍然坚持跑去了解情况，真让我们为他捏把汗，还好最后有惊无险。克里斯还是部里的大笔杆，政治分析文章洋洋洒洒，很快一挥而就。让我无比佩服。

后来我才知道，克里斯其实比我们部里几个国际职员的资格都老。他是国际关系博士，在尼日利亚国际政治研究所工作多年，发表了不少专业文章。非洲冲突后重建是他钻研的领域之一。为了到实地了解联合国维和行动的第一手资料，他申请停薪留职到特派团当了志愿者。他说从学术界到特派团是一个巨大变化，使他了解到制定政策的内幕。不过，他计划还是要回到学术界，继续著书立说。

克里斯成家晚，娇妻大学还没有毕业。每 6 个星期他都雷打不动地飞回尼日利亚与妻子团聚。每次都从联合国商店给岳父、岳母、大姨子、小舅子买上大包大包的礼物。也许是想以此弥补不能亲自照顾妻子的歉疚吧。他是部里所有同事公认的第一好丈夫。

桑德拉（英国，32 岁）

周末，桑德拉常会提着一箱子衣服到我、亚纪和凯伊合租的公寓来，一边看电视，一边用洗衣机洗衣服，用烘干机甩干，再一件件熨平，整理好。她是亚纪的前任寓友，现在在距蒙罗维亚 2 小时车程的大卡波山省首府工作。所谓的省会，据她讲是地道的小村庄，条件十分简陋。她雇当地人打井水，烧热，用桶浇着洗澡。我无法想象一看就是个娇小姐的她是怎样适应的。她周末一天要换几身行头，衣服总是那么漂亮考究，鞋子和包都是配套的。出门前，她至少需要几十分钟化妆。每次休假，她都给我们带几厚本时尚杂志，给自己则买一整箱新衣服、新鞋、新包以及各种护肤护发和化妆品。一次从纽约回来，她轻描淡写地说起花了近千美元做了回头发，我真觉得她有点过分。

桑德拉的父亲是高级外交官，她从小在日内瓦贵族寄宿学校长大。国际政治专业大学毕业后，她心血来潮地到一家美容学校学习了一年，又在美容院干了一阵。对美容厌倦后，她到伦敦一家大公司做人事管理工作。几年后，她又烦了，就来利比里亚当联合国志愿者了。她开始被分配在蒙罗维亚，从事首都民事部门和尼日利亚部队指挥官的联络工作。可她说工作的挑战性不够，就主动要求到更艰苦的地方去。在大卡波山省，她负责协助省长恢复在地方的行政权力。她非常满意这一工作，总是兴致勃勃地谈及如何敦促省长制订计划，推动各方面的工作，如何争取国际非政府组织援助当地的项目，包括成立省电台，落实修建省会和首都道路的资金，为当地妇女进行预防艾滋病的培训等等。

桑德拉交际很广。周六晚要先后参加几个派对。虽然身边不乏追求她的男孩子，可就是谁也不能打动她的心。作为一个富家千金，她个性很强，独立而有主见，同时充满叛逆和理想主义精神。她不喜欢别人谈及自己的贵族血统，甚至拒绝父亲为她托朋友在日内瓦谋取国际职员的位置。尽管许多朋友警告说苏丹常年气温很高，终日沙尘飞扬，她还是申请去那里从事人道援助工作，并且希望被分配在达尔福尔地区，因为她认为那里的工作最具挑战性。

德依莫（印度，47岁）

德依莫是我的邻居，也是寓友亚纪的同事。他在特派团后勤部门负责货物运输的统筹、审批工作。他的夫人伊丽莎白是特派团财务部的会计。因为特派团规定不能带家属，他们夫妻俩能同时在特派团工作让很多人羡慕不已。傍晚，俩人常在院子里并肩散步，说说笑笑，亲亲热热，好一对神仙眷侣。

德依莫人很随和，总是乐呵呵的。他在联合国驻东帝汶特派团干了5年志愿者。这次到利比里亚没能转成正式的国际职员。亚纪比他年轻20岁，第一次到特派团就是国际职员，还做了他的领导。德依莫心里没有一点不平衡。他对亚纪很好，我也可以沾光到他家吃咖喱饭。

德依莫是基督徒，每周日必去教堂。偶尔一次开车带我和亚纪去郊外玩，一边握着方向盘，一边和夫人高唱圣歌，赞美上帝。德依莫常夸唯一的儿子很争气，在美国读书出类拔萃，非常感激、心疼父母辛苦赚钱为他交学费。德依莫有许多巴基斯坦好朋友，他们看上去就像亲兄弟。他还说有时间准备好好研究佛教。

2006年1月，德依莫高兴地通知我们他很快要去联合国驻苏丹特派团了。这回不是去做志愿者，而是正式的国际职员。虽然苏丹的条件更苦，虽然要暂时和妻子分离，他还是兴冲冲地准备上路。他说这样可以多赚些钱，供儿子继续深造。他们两口子也可以早点有足够的积蓄颐养天年。他笑着说我和亚纪不能只专心事业。亚纪要争取早点嫁出去，我则小心老公不要和别人跑了。他送我们一盘CD，说是一位有名的印度传教士讲授《圣经》的70小时课程。他说不管我们信不信基督教，想起他时不妨听一听。而他在沙漠中，会一直为我们祈祷。

滨泊（尼日利亚，36岁）

滨泊是寓友亚纪的影友。第一次我们三人聊天，她笑得差点滑到桌子下面。亚纪说滨泊就是个很情绪化，很爱激动的人。她和亚纪喜欢看电影，每周五晚上去美国使馆看免费场。滨泊总是看得很投入，随着剧情的悲喜起伏一会儿哭，一会儿笑。这弄得亚纪很不好意思，因为观众都不看电影了，只看滨泊。

滨泊看上去很年轻，经常像个孩子一样天真、率性。她却是家中长女，多年资助几个弟妹完成学业。滨泊曾在联合国开发计划署驻尼日利亚办事处从事对外联络工作。由于工作多年，收入不菲，但她还是决定来利比里亚做更有意义的事。

在特派团，滨泊负责协助当地大学的工作。她帮助几所大学恢复了教学，与校长共同制订学期计划，解决拖欠教师工资的问题，与抗议学费过高的学生代表谈判等等。总统大选时，她被抽调到选举部，负责监督几个选站的送票、投票和计票工作，连续两天两夜没有合眼。见面时，她的样子很疲惫，但她没有一句怨言，依然热情乐观。她说很高兴目睹利比里亚的重建历史，并成为这中间的一部分。

一次，我流露出太思念四岁女儿有时想辞职回家的念头。滨泊二话没说，开车带我去了蒙罗维亚上百所孤儿院中的一家。那里的孩子为我们的到来而欢跃，簇拥着我们，仰望着我们，眼里充满期待。他们没有床，睡觉就挤在一间破屋地上单薄的草席上。由于缺乏营养，孩子们都很瘦弱。一个七岁女孩儿还没有我女儿高。她拉着我的手不肯松开。而我恍惚中感觉自己握着的正是女儿温暖稚嫩的小手。我落泪了。不仅是同情那些可怜的战争和艾滋病孤儿，更是被滨泊的善行打动。每个周六下午，她都去孤儿院给孩子们讲故事，教他们唱歌、跳舞，和他们做游戏，还用她微薄的收入为孤儿们买大米、饼干。孤儿院的新课桌椅也是她帮忙组织募捐来的。

滨泊是个虔诚的基督徒。她说完全归功于上帝的保护和帮助自己才能在利比里亚生存下来。她说她从不担忧未来，只要专心祈祷就行了。她还说有了上帝就足够了，她可以快乐地过一辈子单身生活。当然，如果她的上帝安排她有一天遇到一个投缘的男基督徒，她会考虑成家。但愿可爱善良的她早日与她的另一半相逢。

卢卡斯（瑞士，27岁）

2005年休假回到利比里亚，发现办公室多了个新同事。一头金色卷发的他正在津津有味地吃着棒棒糖，一张娃娃脸上满是稚气。他就是我们政治部最年轻的男孩卢卡斯。

卢卡斯出生在瑞士，母语是德语。在他少年时代，因父亲工作原因举家搬到美国。他在华盛顿读的中学，讲一口漂亮的美国英语。大学他到巴黎读的法律专业，法语又说得顶呱呱，还娶了个住在隔壁宿舍的巴黎美女做老婆。大学毕业后，他在一家地区法院找到工作，做了两年枯燥的法庭审讯记录，还考下了律师证。他此时发现自己对非洲政治产生了浓厚兴趣，就来到联合国驻利特派团做政治官员。

卢卡斯才华横溢，工作十分出色。他负责跟踪当地报纸和电台的最新情况，每天从早到晚都戴着耳机收听当地广播，随时向我们发布爆炸性消息。他的政治敏感性强，总能抓住重要苗头，提请领导注意。他每天翻阅十几份当地报纸，做出主要新闻摘要。他还主动研读利比里亚宪法和各种法律，写出关于宪法改革等调研文章。部里开会无论讨论什么问题，他都能从法律角度提出专家看法和意见。

卢卡斯很能吃苦。租住在一间没有水电的简陋小屋。他却满足地说，比起很多远离首都住帐篷的特派团同事，他很幸运了。卢卡斯一天 24 小时近三分之二时间都泡在办公室里。一日三餐不是罐头食品，就是汉堡、三明治。他每次去巴黎休假都选择最不方便的路线，先坐联合国专机到加纳，从加纳坐长途汽车到多哥，从多哥坐利比亚航空公司的飞机到的黎波里，再转飞机到巴黎，只是为了节省路费。

有时卢卡斯会冒点“傻气”，说志愿者一个月 2700 美元的收入太高了。即使只发给他其中一半，也丝毫不会影响他做志愿者的决定。圣诞节，他给送报人、清洁工都发了大红包。自己却总穿着洗得发白的旧衬衫。我明白，那里面跳动的，是一颗金子般的心。

柏娜（菲律宾，25 岁）

柏娜是 2005 年 9 月到特派团的。那时正值大选前期，许多国际观察员涌入蒙罗维亚。她实在租不到房子。经朋友介绍，到我、亚纪、凯伊合租的公寓里暂住了一阵。

柏娜总是加倍小心，生怕她的到来给我们带来不便。走路、关门都很轻，看电视把声音压得很低，打手机也跑到阳台上去。每天早上，我还没醒，她就已经洗漱完毕，整装待发了。她非常勤快，尽管我们再三告诉她女佣人次日会来，每次下过厨房后，她还是坚持把我们扔在池子里的脏碗、盘、杯子、锅都洗得很干净。她十分善良，说不忍心当地雇员中午饿肚子，每晚都会做一大盆意大利面条放在冰箱里留着第二天带过去。她也很刻苦，常常研读医学方面的书籍直至深夜。

有时，柏娜显得有些忧郁。问她为什么不开心。她总是无奈地笑笑，说她很好。慢慢地，她的话才多了。说起她很小的时候，父亲就病故了。母亲改嫁。她一直和姑姑住在一起。她很想做医生，但由于经济原因，她只上了护校，并早早参加工作。她说联合国志愿者的收入比她以前的工资高多了。她要好好攒钱，以便继续读书。为了早日凑够求学的费用，她还决定放弃一年多次的休假机会。

柏娜是特派团总部的护士。对病人的态度特别好。她开始负责接待病人、登记、取病历、量体温、测血压，将病人引导到不同的医生诊室。后来药房缺人，她就改为看处方给病人拿药。工作时，丝毫看不出她藏着重重心事。她总保持着很高兴的样子，用她的快乐给周围人一种积极的感染。

2005 年年底，柏娜找到房子要搬出去。告别晚餐上，她突然哭得很伤心，对我们讲了一大堆感谢的话。亚纪、凯伊和我心里有说不出的舍不得。不知不觉中，我们早已喜欢上这个懂事早熟的女孩儿。

科林（新西兰，28 岁）

与科林的相识是 2005 年 3 月在加纳。荷兰航空公司的飞机从阿姆斯特丹起飞延迟了，抵达阿克拉国际机场已经是晚上10点。正担心预订旅馆接我的人是否还在等，一个高大的小伙子挡在面前，问我是否也在联利特派团工作，还指指我们背着的一样的特派团电脑包。有他同行，我心里踏实多了。虽然有些跛足，他还抢着帮我搬行李、推行李。第二天，我们又结伴从旅馆到机场，转乘联合国专机回到利比里亚。

科林说他的跛足缘于儿时一场疾病。因此他不能参军。但他十分向往军旅生活，攻读了战争谋略学专业的硕士。毕业后，他在联合国驻科索沃特派团干了两年志愿者，主要是协助当地大选。在联利特派团，他还在选举部门工作，负责收集、整理、综合该部门每天的工作报告。他说他的理想是去纽约总部的维和部，负责与出兵国的联络工作，包括共同指定部署计划等。于是我向他请教一直搞不懂的部队编制、指挥官军衔、武器弹药称谓。他很耐心地讲解，如数家珍地告诉我各种飞机的机型、功能。出乎我意料的是，他竟是业余飞行员，有飞行许可证。他自豪地说，命运给了他略有残疾的腿，因此他不能开车，但他能驾驶飞机在天空中自由飞翔。

科林是特派团健走俱乐部的创办者和组织者。每次活动，他都事先探路，然后再和其他人一样走上两个小时。他喜欢冒险在特派团也是出了名的。某天在海边，他和当地人打赌说可以游到海中央的一块大黑礁石上。第一次，他游到一小半就让浪冲了回来，朋友们劝他放弃。第二次，他游到多一半又被卷到另一个方向。大家都很担心，等他上岸后硬拉着他要离开。但他还是挣脱了众人再次下海。当他最终站在那块黑礁石上时，岸边所有人都跳着为他欢呼、鼓掌。

2006 年 8 月，突然听说他终止了与特派团的合同，回家乡养病了。和许多人一样，我为他深感惋惜。他一定是太累了，又太不注意身体。不久，他发来电子邮件，说已经恢复健康，正在攻读博士学位。是呀，谁能预料呢。也许几年后，我们又相遇在奔赴另一个联合国维和任务区的路上。现代医学的发展，也可能彻底治好他的腿，他可以奔跑、开车。

故事还有很多。讲到这里告一段落。截至 2006 年年底，共有几千名志愿者在世界各地联合国机构中工作。他们牺牲着天伦之乐、丰厚收入和安逸舒适的生活，甚至是生命。同时也在积累经历、充实自己、实现着人生价值。他们是真正的国际主义者。希望会有越来越多的中国人能到世界上最贫穷落后、最危险、也是最需要帮助的地方去，写出更精彩的人生故事。

雪蝶

雪蝶是女儿的同班同学、好朋友。她的眼睛像弯弯的细月，天生笑眯眯的模样，白里透粉的皮肤，身材修长。上身总穿着白色的衣服，随意地围着白色的围巾。一年四季从不穿裤子，无论天气多冷，都是漂亮的短裙。

雪蝶给我的第一印象是善良、纯真、大方、懂事、不做作。看到这孩子的清澈的眼神，我就喜欢上她。到我家做客，她总能给女儿带来很多欢笑。而且，女儿在家不与老公和我说英文。听雪蝶和女儿叽里呱啦讲英文，真是一种享受。

雪蝶的牙在整形，上下箍着两排铁丝似的牙套。提起来，她就一副痛苦的样子，让我心生无数爱怜。在我家吃过几次晚饭，雪蝶的最爱是炒鸡蛋、土豆泥和炖得烂烂的土豆丁。因为牙的缘故，她吃饭很小心、很慢。我自知厨艺不怎么样，雪蝶却真心赞我。她说妈妈工作忙，很少在家做饭，总在外面买洋快餐。长这么大，还是在我家第一次吃到咖喱鸡丁、珍珠丸子等等，太好吃了。

雪蝶九岁随母亲来到纽约。每年暑假都回安徽探望已重新组建家庭的生父。她和父亲感情很深。每年盼星星盼月亮盼见父亲，分离时又会忍不住难过很多天。她讲自己是父亲老来得女，现在父亲也六十多了。她小小年纪就很有事业心，完全不为名利，只为能孝顺父母，让父母亲过上好日子。

雪蝶非常有才气，绝对是未来的艺术家。她只用一支普通的铅笔，一张简单的白纸，就能飞快地画出很传神的人物、景物的素描。我说她完全可以在时代广场街头、大都会门口或炮台公园里支起画架，为游人画画谋生了。雪蝶最擅长的是画中国古代美女。且不说如何明眸善睐、衣袖飘扬，单单美人的一个簪子就让我迷醉了：莲花怒放、珠子润泽。为了画画，雪蝶把家里人给的压岁钱、零花钱都投进去了。平时在其他方面很省钱。

来纽约五年，英语很流利了，可雪蝶身体里流的是浓浓的中国血。她最喜欢玩《三国杀》，最爱看《快乐大本营》，读得最多的是中文小说，最好的朋友也是来自中国的。她现在信仰的宗教是道教。她每天上中国的网站看新闻。她也经常到唐人街吃一美元四个的大锅贴、三美元一个的肉夹馍解馋，再到香港超市买大包的国货回家。

我愿可爱的雪蝶永远纯洁、幸福。

2015 年 1 月 26 日

真心英雄

一直喜欢听李宗盛的歌，特别是《真心英雄》。尤其那一句“灿烂星空，谁是真的英雄，平凡的人们给我最多感动。”唱出了我的心声。每当听到这歌，身边平凡的人就逐个鲜活地浮现在眼前。

在表维医院的药房，有位黑美人，她非常丰满，总穿得闪亮性感，每天都精心化妆打扮，头发也非常时髦，常变换样式。看着她，就眼前一亮，心里舒畅。她的工作其实很枯燥，根据药袋叫名字，看医保卡，收钱，发药。可是她干得不沉闷、很来劲，有时低声哼着小曲，有时和取药的聊几句。她说我基本天天去，认识我了；问听清是她的声音叫我吗？让我以为排错队，吓一跳。太喜欢她调皮、开心的样子。让我的情绪振奋很多。

老公的车停在家旁边的车库。每次用车前给车库打电话、报车号。下楼、走到车库，车就已经停在车库门口了。工作人员非常敬业、高效。他们有车要调动，都是跑来跑去的。车库里虽然日晒不着、风刮不到，但见不到阳光、空气不好、冬冷夏热。可他们呈现给我的都是朴实的笑脸。用车后，老公会给小费。从没看到他们任何人把小费私自塞进兜里，都是放进抽屉，一定是大家分享的。

我家的水果蔬菜基本周末在超市买。但我会在街头水果、蔬菜摊买香蕉，一美元五个。茄子、西蓝花一美元一份。摊主非常诚实、勤劳。不管刮风下雨、天多热多冷、节假日，他天天出摊。一次，我随手抓了五个香蕉，没注意其中一个香蕉的皮黑了一大块。摊主把坏香蕉扔掉，给我添个好的。还有一次，袋里的香蕉都是六个。他说多的一个送我，我正好有零币，给了他。他居然很感动。以后路过，都会热情地和我打招呼。我也尽量多照顾他的生意。

在布莱恩特公园，有个公共卫生间。每次去，都有位女清洁员在卫生间里。即使暂时没事做，她也不出去。卫生间的一次性马桶垫是按上面的一个黑键，就自动换新的。别处我还真没见过这样的。女清洁员自豪、不厌其烦地对排队的人讲，按黑键，按黑键。还开玩笑，坐下之前按，别之后按。在卫生间工作，她一直笑嘻嘻的。看得出，她以自己的工作为荣，有尊严，没有感觉低人一等。

从周围平凡的人身上，总是发现他们的很多闪光点，让我感动、喜欢。而且我们的生活也离不开他们。他们都是非常重要的小人物。祝愿他们永远幸福、快乐。

2015 年 3 月 2 日

叶子

叶子只比十四岁的女儿小两岁。她个头一点不小，高女儿半头，一米七有余。她却从不嫌弃比自己小的小孩子，八九岁，七八岁的孩子她都能和她们玩得很好。叶子妈妈总是感慨，这孩子光长个儿，心理年龄还很小。

叶子妈妈还爱念叨，叶子光长高，不长心眼，不仅没害人的心，根本没防人之心。三个孩子在泳池边犹豫要不要下水。一个孩子命令叶子先跳水。叶子就听了，扑通下水，冻得够呛。另两个孩子见状，不下水了。一次万圣节前夕，三个孩子说好各自让家长买节日服装，再一起去要糖。结果只有叶子买了服装，另两个都失约。叶子白买了服装，一人没去要糖。还有一次，几个孩子搞个魔鬼挑战，喝醋、倒立、爬楼，叶子都挑战成功。别的孩子不干了，不了了之。

叶子从未提起过这些。她总是一副不在乎、无所谓、超凡脱俗的样子。我喜欢叶子瘦瘦高高、飘飘欲仙的感觉。更喜欢她长长及腰，密密直直的黑发。每周五晚饭后，她都会洗头发。然后披着头发来找女儿玩。我总是借机坐在她身边，闻着那沁人心脾的洗发水和护发素的味道。如果不被欢迎，我就想办法在她身边深吸几口气，再溜掉。

虽然贪玩，叶子的成绩很好。她也不似女儿叛逆、挑食，非常听父母的话。这让我深深羡慕。由于父母工作的关系，叶子从小就离开出生地北京。先后在土耳其、英国、纽约住了几年。无论在哪儿，叶子都能适应，和当地的孩子交朋友。这可能造就了她性格中的随和与温柔。

半年前，叶子要离开纽约，回北京。她细心地把自己的玩具和文具整理好，分别送给同学和朋友。女儿从她那得到了滑雪板、滑板、呼啦圈、小白板等等。每个小朋友都得到一些临别礼物，包括我这个大朋友。叶子送了我一盆蟹爪莲，虽然圣诞节未曾开花，却给我的房间增添一抹绿色。还有一盆沙漠小植物，在我不精心的料理下，顽强地活着。倘若心情欠佳时，望着这植物，想着沙漠的烈日和深夜的寒冷，让人振奋。

临行前，我曾叮咛叶子，千万别当面指出英文老师的错误，要给面子，下课后悄悄说。叶子深深点头。她懂的。

五好家庭

小时候，住在北京胡同大院里。时不时，大院会评选“五好家庭”。被评上的家庭发个红纸，写着“五好家庭”，贴在门上，一家都脸上有光。

我家当“五好家庭”的呼声一直以来都很高。奶奶和母亲婆媳相处非常融洽，像亲母女一样，从未拌过一句嘴。父亲工作相对稳定轻松，他承担了大部分家务。母亲则放心地投身到医院工作中。我和弟弟虽顽皮，但不在外闯祸。父亲一直担任大院院长的职务，做零零碎碎、家长里短的调解工作。他说荣誉永远要让给别人。

我家右手挨着的邻居一家三口，阿姨是大学教授，叔叔是公务员，只有一个儿子。他们的生活甜甜蜜蜜。他家叔叔做饭，他是上海人，非常会做，我至今记得他包的蛋饺。他会一鸡三吃，鸡胸肉做宫保鸡丁，鸡腿鸡翅油炸，鸡架熬汤。他家吃好吃的，都会叫弟弟过去吃。叔叔阿姨很疼爱儿子，从未骂过打过。给他买成套的连环画。天晴时，他们一家晒书，吸引我很多羡慕的目光。

再往右手走，阿姨、叔叔是工人，那时工人工资比知识分子要高近一倍。他们家伙食比我们都好。有好吃的都和院里人分享。他家也是大院里第一户买电视、洗衣机、冰箱等家用电器。小朋友都去他家看电视。他家的女儿和我同班同学，她爱在学校门口买零食，比如烤红薯、黑枣，还有各种糖。她总给我吃，我若不吃，她还不开心。

左手第一家是四川人。婆婆从老家带来的苦瓜种子后来全院都种。那苦瓜品种特别，不苦，里面还是红色的，非常甜。婆婆闲不住，总是不停地做家务，打扫卫生，腌很多榨菜。婆婆不识字，但她对孙辈的教育很严格。天天监督他们三人在家的水泥地上写粉笔字。三个孙辈学习成绩都很优异，长大后事业有成。她的女婿比儿子还亲，会钓鱼，她家常吃新鲜的鱼。她就会连鱼带汤给我家送一大碗。

仔细想想，我们大院里西院这几家评"五好家庭"都够格，家家都很和睦。后来也确实都评上了，有的不止一次评上了。我其实不知道"五好"具体是什么。但我知道，家和万事兴，这需要爱、理解、宽容、责任心。

姐妹

我和青青是高中最好的朋友。毕业二十余年，我们开始常聚。后来我旅居非洲、纽约，她在北京开了自己的公司，很忙。上次见面是十年以前了，只牢牢记得对方的生日，每逢那天，会微信送上生日祝福。

一日，她说要来美国，送女儿到马里兰读私立寄宿高中。我不由得叹息，我们的女儿都到了我们当初相遇相知的年纪。二零一七年最后一场雪在十二月三十日下得很大，我正担心她的航班会不会受影响，雪就停了。纽约市政清扫雪的工作也很有效。我们次日顺利开车来到纽瓦克机场。

在等行李拥挤嘈杂的人群中，我俩远远认出对方，伸出手臂笑着拥抱在一起，很长的拥抱后，她握住我的手，有力地的握着。我俩都未马上开腔，此时无声胜有声吧。这些年，我们都经历了不少磨难，她与曾经那么相爱的老公分手，只因第三者的介入；我的身体健康也出过问题，为照顾我，拖累耽误了一直事业心很强的老公。

其实，我不愿与老同学聚会，习惯了离群索居、深居简出。和故交见面，穿的朴素怕人笑寒酸，打扮得珠光宝气又觉得俗气。无所谓听说谁混得好，是什么老总了，我的心已经很从容淡定。但还是恐被问及现在何处发财，为什么从这里那里辞职。所以，为不伤害别人和自己，我能不见就不见，能沉默就沉默。

在去旅馆途中，餐厅里，我和青青只聊着往事，那时的我们有着多么纯情的青春。我是枯燥的学霸，她多才多艺。我高中时听的歌都是她用她家的双卡机为我翻录的港台歌曲，她让我爱上苏芮、林忆莲，给我干巴巴的生活带来美妙音乐。我不善言辞，每次被人欺负，气得说不出话，青青会像鸡妈妈张开翅膀，凌厉反击，给我最好的保护。

一号，她坐火车送女儿去学校，不肯麻烦我。二号，我俩到大都会博物馆。这是我在纽约最熟悉的景点。我轻车熟路地带她参观古罗马、古希腊的雕像，莫奈和梵高的油画，埃及馆，中国花园。她的口头禅还是当年那句："太牛了！"

三号，她飞北京，坚持不让我送，依旧凡事为我考虑。由于当年的计划生育政策，我俩没有亲姐妹，但我们胜似亲姐妹。

生于七月四日

王中医祖上世代行医，虽非华佗再世，却也医术高超。他被评为国宝级的老中医之一。现在八十多岁了，还在北京一所甲级医院作为资深专家出门诊。

王中医只有一个独子，叫王青。王中医很希望王青继承祖业，传承他的衣钵。可王青生于七月四日。自从知道这天是美国独立日，他就认定，他一定要当美国人。自高中起，他很崇拜美国文化，喜欢看美国电影，听英文歌，觉得美国哪里都好，月亮也要更圆些。填高考志愿时，王中医坚持让王青报考中医学院。王青表面敷衍，背地里到处打听什么专业毕业后更容易去美国。

冥冥中，王青觉得自己的血管里流的是美国血。他的世界观和价值观与父亲不同。他清楚，凭借父亲多年积攒的人脉关系，如果留在国内医界，会得到很多关照。但是，他想割断所有依靠，凭自己本事。他认为独立是最好的孝顺。他厌恶国内的应试教育、题海战术。他认为，美国的自由、民主、透明、平等充分体现在教育上，比如，最大限度给予孩子自由，班级事务决策民主、透明，师生人格平等。还有，王青作为独子，成长过程非常孤单。他要逃避独生子女政策，到美国生一堆孩子。

王青后来报考的是化学专业。为此，王中医几个月没和他说话。王青不后悔。他总是想象着，在美国的蓝天下，有一群白色的别墅，其中一栋是他的。客厅里几个孩子有的看电视，有的玩玩具，还有一个给小猫咪梳毛。一位美丽的太太在厨房里哼着歌、有条不紊地准备午餐。而他和他另一个儿子先是修剪草坪，再洗辆一很大、能装下全家人的车。

经过艰苦卓绝的托福等考试，王青如愿去了美国。刚到时，为了省钱，他连电话也舍不得给家里打。什么工都打，外卖郎、照顾病人的男保姆。因为没有路费，八九年都没有回国。王中医的老伴想儿子天天哭。没办法，老两口七十多岁长途飞到美国看儿子。过了几年，王青混得好了许多。他拿到绿卡，结了婚，有了孩子，开始推销保健品。

现在，王青一家在洛杉矶，在房地产中介卖别墅，专卖给从中国来的有钱人。听说他的太太很贤惠，孩子也有几个了。王中医夫妇作为空巢老人在北京相依为命，身体还好。生于七月四日的王青终于成了美国人。

2014 年 7 月 12 日

徐妈妈的洋女婿

徐妈妈是我的老邻居。她为人善良传统。俗话说，远亲不如近邻。她和我妈妈的关系真比亲姐妹还亲。非常不幸的是，徐妈妈的丈夫很早就病逝了，留给她一个襁褓中的女儿。徐妈妈含辛茹苦二十年，终于把女儿养大。

徐妈妈的女儿叫小慧，个子不高，头发天生枯黄，皮肤黑黑的，眼睛小小、眯眯的，鼻子塌塌的，鼻头还向上翻。总之，在普通中国人看来，小慧是不漂亮的。徐妈妈为此很着急，四处散发小慧的照片，天天托人给她找对象。多次相亲无果后，徐妈妈快绝望了。谁知，一天，小慧带回家一位金发碧眼的帅男朋友，叫约翰。

邻居们都夸徐妈妈有福气，赞小慧钓上金龟婿，说她空手套狼，功夫强。其实，我觉得，美国女孩白皮肤、大眼睛、高鼻梁的太多了。有人看腻了，就开始喜欢小慧这种长得比较有个性的亚裔女孩。如果说中美看人的审美不同太一概而论，可以讲，萝卜白菜，各有所爱。

徐妈妈高兴了没几天，就不停抱怨了。她说，小慧和约翰约会时，所有的花费都要算得清清楚楚，然后两个人分担。唉，徐妈妈问，为什么美国人这么小气？知道约翰要到家吃饭，徐妈妈精心炖煮了鱼头汤。谁知约翰看到大鱼头就做出要呕吐的样子。一场家宴不欢而散。

小慧要结婚了，徐妈妈却一把鼻涕一把泪地哭诉。她不同意两人在婚前同居。小慧硬是搬出去了。徐妈妈原谅了女儿。女婿是半个儿。可徐妈妈没得到半个儿，连女儿也丢了。因为约翰不同意结婚后搬到徐妈妈家住，他和小慧坚持自己在外租房住。他俩在一起住，从同居到有孩子，一切家务都分好工，排好班，由约翰列成大表，贴在墙上。小慧要是哪天来大姨妈或者不舒服，约翰可以帮她完成家务，但要记录在案，等小慧身体好了要补做。有这么斤斤计较的丈夫吗？徐妈妈感叹。小慧夜里饿了，起来煎个鸡蛋。约翰也要起来煎一个，否则他就感觉亏大了。

徐妈妈不明白，约翰的父母是美国南部的农场主，经济应该富裕，而且只有约翰这么一个儿子。可是，他们宁可挥霍钱财，一年到头在国外旅游，也不给儿子一分钱。小慧和约翰结婚时，基本没积蓄，不想办婚礼。徐妈妈坚持拿出积攒的血汗钱，给她俩办了婚礼，约翰父母来参加了，住在最高级的酒店，却连个红包也没给小夫妻俩。小孙子出生，爷爷奶奶飞来看了一眼，也是红包、礼物都没有。

妈妈和我只有想方设法地劝慰徐妈妈：不能拿中国女婿的标准来衡量约翰。只要小慧幸福，能宽容夫妻生活中的文化差异就好。徐妈妈也渐渐适应了新生活，虽然还不时地向我们倒一倒洋女婿的苦水。

2014 年 7 月 24 日

自我

海螺姑娘

小时候，我有很多理想，比如舞蹈家、科学家、教师等等。我瞧不起家庭妇女、全职太太，觉得不挣钱、没出息。我的母亲是一所北京甲级医院的知名医生。父母对我的家教是女孩不比男孩差，要独立自强。在学校，我的成绩数一数二，有两个硕士学位。家人让我专心学习，从不让我干家务。

我的奶奶一辈子是家庭妇女，养育六个儿女，带大几个孙辈。她给我讲过海螺姑娘的故事。一位孝顺、勤劳的渔家小伙父母亡故、孤独生活。他救了只海螺，带回家。从此，每天渔民去打鱼时，海螺变成女子，为他洗衣做饭。几年过去，小伙子发现真相，俩人结成幸福夫妇。我不以为然，说我不做海螺姑娘，宁做大风浪中也可以自己划船出海，打鱼织网的渔家女。

北京的什刹海、北海我常去。但不是真正的海。第一次见大海是中学参加夏令营。从北京坐大巴到天津，从天津坐船到烟台，激动得整夜未眠，在甲板上呆望着海面。那一回，在海边的小商摊第一次见到海螺。每一个都那么鬼斧神工的美丽。最神奇的是，把海螺的开口扣在耳朵上，能听到大海浪涛的声音。

我的事业心曾经很强，在职场上拼杀多年。可是，有一天，感觉太累了。那时，我已经实现了个人财务自由。于是，我回到家里，做起了海螺姑娘。老公过上衣来伸手、饭来张口的舒坦日子。女儿也不必脖子挂钥匙链，被我伺候得妥妥帖帖。他俩都说真的感受到了家的温暖，对我的付出很是感恩。我也很快习惯了海螺姑娘的生活，知足常乐。

来到纽约，每年夏天一家人都去几次海边，比如康尼岛、琼斯海滩。我喜欢听海浪的声音，当是海螺姑娘的歌声。我也买了几个大海螺，摆在家中客厅。闲来，吹吹上面的浮尘，欣赏把玩，扣在耳朵上，听大海的音乐。

我把海螺姑娘的故事讲给老公和女儿听。老公说，他像极了那孝顺勤劳的小伙子，上辈子一定救过我，今生我才做他的海螺姑娘老婆。女儿说，她也要做善良的海螺姑娘。不过，她还小，要先自由漂泊、游遍世界，直到遇到那个值得她变身的好小伙儿。

2018年8月19日

闲生活

从小到大很多年，我一直过着忙碌、繁忙的生活。我有早起的习惯。学生时代，总是第一个到教室。工作后，总是第一个到工作单位。我也有做时间规划的习惯。每天几点到几点做什么都计划得很清楚。即使无紧要的事做，也不能闲着，要看书。自我约束每年要看四十本书。就连放假、休假，也是到处奔波，行万里路，一刻不闲。

儿时记忆中唯一忙里偷闲的事是陪老爸下酒馆。那时候，一周只有一个休息日，家里没有洗衣机。每周末，手洗完衣服，老爸会带我来到家附近十字路口的小酒馆。他会点上一瓶啤酒，一盘炸灌肠，和我对坐在靠窗的位置。老爸会用筷子蘸啤酒给我尝，也会时不时夹片灌肠给我吃。他还让我观察陌生人，猜他们背后的故事。可我没有想象力和洞察力。呆呆看着窗外穿梭的行人、自行车、汽车流，大脑一片空白。时间仿佛停滞，或者说，在我手指间哗哗流走。我自责这是浪费时间。

第一次深刻体会“闲”的概念是一年春节在老公的老家。在亲戚家吃饭时，大家都让我吃一块咸鸭，还问我咸不咸。我当时的反应是差点把鸭肉吐出来，脱口而出：“太咸了、真咸。”我以为又说错话了，批评对方厨艺。谁知，亲戚们很高兴。身为农人，一年到头忙忙碌碌，就盼着能有几天闲（咸）时光。

以前，作为大忙人，我的日程总排得满满的。我坚信时间就是生命，要惜时如金。可人过四十，突然有一天，感觉很累、精力不再充沛、身心俱疲、忙不动了。我在家歇了一阵，却再也找不回对工作的激情。老公劝我辞职。他说我已实现了财务自由。

用积蓄投资的两套房产租金收入不低，可以小富即安了。于是，曾经天天拼杀于职场的我，成了个闲人。

刚开始，感觉好轻松。一下卸掉所有包袱，无职一身轻。回头看，自己曾那么在意，那么努力，到头还是一场空。后来，偶尔也有些失落。回想起有过的辉煌和独占鳌头，问自己到底应该坚持还是放弃。但是，很快发现，失去的不足为惜，得到的数不胜数。

女儿以前放学，回到家就啃干巴巴的饼干，说好几次噎得喘不上气。我在家后，总为她准备健康加餐：一根煮玉米、几块蒸红薯、一碗葡萄、一盘西瓜、一个苹果。我也每周上她学校网站，看她中午吃什么，据此为她准备晚餐。过去，我们一家三口常下饭馆。外面的菜油腻、咸、又贵。辞职后，我在美食网站学习了很多菜谱，厨艺大大提高，老公和女儿都夸我做菜比饭馆好吃。

回归家庭，感觉家里的生活水平有了提高。不仅伙食好，家里也更干净整洁。我每天玩似的做家务：做饭、洗衣、打扫卫生，都是锻炼身体。平时做完家务，周末一家人痛快地玩。我个人也实现了最大自由。早上通常九十点钟才起。白天悠闲地看电视、读报看书、上网、出去溜达，想啥时候干吗干吗。

有人不愿退休，有人工作到七八十岁。真是人各有志。我的志向就是做个自由的闲人。

2014 年 3 月 13 日

找乐儿

我曾经是个不会玩，一心追求上进，只关注学习成绩、工作业绩的人。中年后，提前退休回家，我渐渐学会自个儿找乐儿。

我最常玩的地方是楼下的小公园。下雪天，我喜欢穿着高帮雪地靴踏雪，并不想寻梅，只是想听踩在雪地上“吱吱”的响声。如果能遇到小鸟，就很开心。我也会堆雪人。但大多数时候，我会加工别人堆好的雪人。比如，用地上捡的枯梧桐叶贴得雪人浑身都是，变成迷彩雪人。又如，把几根长树枝插在雪人的头上，成为长发雪人。

下雨天，小公园尤其寂静，是我一个人的天堂。树枝、树叶上悬挂的雨滴，在我眼里，比水晶更透彻，比珍珠更贵重。它们的生命如此短暂，是大自然无私的馈赠。我喜欢轻轻抚摸这些雨滴，感觉既凉爽又滑润。我还愿意在雨中作画。滑梯、小房子的屋顶，会落满雨滴，我用手指在上面画大眼睛，眼睛会马上流下眼泪。希望是开心的泪水。

晴天去小公园，通常是小朋友们玩什么，我就玩什么。开始，我也滑滑梯。后来，发现是为五至十二岁的儿童设计的，就不好意思玩了。但我可以照哈哈镜、玩大轮胎秋千。我很喜欢玩水气球。气球很小，套在喝水池的喷嘴上，灌上水，再把水放出去。小孩子们玩水气球边玩边扔，我就在后面捡。我不会浪费水，用水浇树。小孩子们没了气球会再向我要，我会高兴地还给他们。

在小公园，我也常捡彩色粉笔头。我会在地上像小孩子一样用粉笔头作画，画云、鸟、树、花。我更喜欢在小孩子们画过的画上锦上添花。比如，有小孩画了个小火车头，我在后面添几节车厢。又如，有小孩画了条大鱼，我在鱼嘴上加两排尖利的牙齿。再比如，有小孩画栋大楼，我捡彩色小石子摆成窗户。

我最爱玩的地方是一家二手书店。那里的原版英文儿童书一美元一本。很多书很新、很干净、印刷得很漂亮。那里总是让我流连忘返，一本一本翻阅着图书，坐在书店的儿童木凳子上起不来。每次给女儿买一堆书，她看之前我先尝鲜。

一次，买回一本色彩鲜艳的鱼美人的大书。回家才发现里面有许多空信封。鱼美人写给好朋友的信、钥匙串礼物、海洋棋不见了。这没难倒我。我根据上下文，以美人鱼的口气写完多封信，又精心制作一个海马钥匙串，还设计、制作了海洋棋。用酸奶瓶、废纸板做了四条不同颜色的小鱼，用废纸条缠了个骰子，用一张大白纸做成从出发到终点的路径。途中，做有利于海洋的事就前进几格，做伤害海洋的事就后退几格。老公和女儿看了美人鱼的信和海洋棋，都感慨我太会哄自个儿玩了。

我期望，自己是个永远长不大、爱玩、会找乐儿的孩子。

留恋冬天

纽约春天的脚步越来越近了。已看到土地上钻出的绿芽，早开的花朵，飘动的彩裙。已听到树枝间、屋檐上鸟雀的叽喳声，已闻到暖暖的春天的气息，已感到柔柔的拂面的春风。很多人盼望春天早日来临，我却留恋着冬天的点滴。

我最喜欢冬天下雪。在我眼里，雪花是世上最美的花，是大自然的奇迹。下雪的时候，我会在窗边久久、痴痴地呆看漫天飞舞的雪花。它们的晶莹洁白、纷纷扬扬、随风逐流，都让我的心深深震撼。而雪花的美丽、生命的精彩和短暂，有时会让我不知不觉感伤地潸然泪下。

我很喜欢玩雪。不需要去滑雪胜地。不需要好几个朋友热闹。一个人到楼下的小公园，滚个大雪球，当雪人的脑袋。堆个雪堆，做雪人的身子。随手在地上捡几个树枝，就是雪人的鼻子、眼睛、嘴巴、帽子和手臂。我会和大树、路灯杆打会儿雪仗。握几个雪球，轻轻打在树干和灯杆上。打中是巧合，不中也很开心。我还喜欢踩雪踏雪，但又不忍心让脚印破坏平坦的雪地。下雪时天冷风大，小公园没有别人，是我一个人的乐园。

我喜欢看冬天的树。虽然没有绿叶，光秃秃的树干更显出树的风骨。每一根枝条都是那么自由奔放地向外伸展；都是那么的独一无二，不会重复；都是那么天然而成的一幅幅立体画卷。我喜欢冬天的小公园，没有春天的花香，没有夏天的喧闹，没有秋天的色彩，却有它的安静冷清。

冬天，家里更显得温暖。屋里的绿色植物郁郁葱葱。和外面的满目萧瑟一比，它们就很出众、珍贵和稀罕。在冬天，绿植也得到更多主人的关心和爱护。冬天在家做饭是种享受，闪闪的火苗、热气腾腾的饭菜让在厨房忙活的我红光满面，暖烘烘的。

小时候，冬天的水果最多是小国光、冻梨。很羡慕可以围着火炉吃西瓜的新疆人。现在，我在纽约，冬天可以天天靠着暖气吃西瓜、木瓜、芒果、蓝莓、黑莓、草莓等世上所有水果。

我喜欢臃肿的冬装，人人都像大面包。缩在里面，分不出谁更瘦些、谁更胖些。外面暴风雪时，我喜欢把自己裹得严严实实，在风雪里行走。

想一想，大自然真是很慷慨，赐予我们无数礼物。除了免费的阳光、空气、水、树木，还有四季变化、冬天的雪花。我不该再有任何奢求。知足常乐。

宅女无敌

有一部电视连续剧叫《丑女无敌》，讲的是一位不漂亮的女孩凭着自己的真诚和才气获得尊重和幸福的故事。我想说，宅女也无敌。

过去的这个夏天，为了躲避暑热、酷晒和蚊子，我天天待在家里，当了几个月宅女。我经常倚墙望窗外蓝天白云、日升月落、东河碧波荡漾，人流车流熙熙攘攘，却从未有踏出屋门的欲望。

宅在家，我最喜欢看电视。躺在沙发上，手握遥控器，八十多个频道任我选择。我最喜欢看动物纪录片、风光片、纪实片以及浪漫的爱情电影。每天我还要上至少一个小时的网，看新闻、查电子邮件、浏览菜谱、网购衣服和其他所需。我也会几小时查一次微信。而轻轻小小的电子书，装着一辈子也看不完的书，我一天不读就会觉得缺点什么。电视、网络、微信、电子书都是我与外界保持畅通联系的方式，使我宅在家中而知天下。

因为电视、网络、微信、电子书让我既读万里书，又行万里路，使我增知识、长见识，在我和老公的日常辩论中，我越来越多地占上风。我和老公的讨论话题主要是孩子的教育问题和各种社会问题。刚开始，我总假装请教老公，问问题。问着问着，老公就答不上，或无法自圆其说。老公好几次自嘲，老婆当宅女，闭关修炼辩功，他说不过我了。

女儿以前有点看不惯我不工作，懒在家里。这一段时间，她的态度转变了。她感叹我烧的菜太好吃，超越了朋友的妈妈、饭馆的大厨。我洗的衣服非常干净，把她的衣柜整理得有条有理，网购的衣服让她满意。她开始珍惜、不再小觑我足不出户、专心致力于的家务劳动。当然，做家务不是苦差事。相反，一边听音乐，一边洗衣、打扫卫生、做饭，是最简单、平凡、真实的愉悦。

当宅女，我也能很好地锻炼身体。跟着电视一会儿跳韵律操，一会练瑜伽，或者挂着计步器在客厅里来回走路。比出门逛街更消耗体力。锻炼让我不仅减掉了一点体重，也变得更健康、快乐。

最让我这个宅女在意的，是可以随心所欲、率性而为。和上班族不同，我无须看老板同事的脸色，不必为五斗米折腰。虽然总一人在家，我从未感到孤独。之所以成为宅女，可能是性格使然，我更享受一人躲在家里的时光，远离人群和喧嚣，难得清静自在。

也许，宅女无敌，是因为虽然身居陋室，却有电视、网络、微信、电子书相助，使自由的心可以飞得很高很远，无所不能、无往不胜。

小孩缘

老公说，我是个有小孩缘的人。小孩子都喜欢我，我也很喜欢小孩子。

亲朋好友聚会时，我会抱着人家的小孩子不肯放下来。我也有本事让小孩子开心，在我怀里笑个不停。稍大的孩子们在一起玩，我宁愿加入他们，当个孩子王，也懒得和其他大人客套应酬。可惜今生没有入对行，要是能当个幼儿园或者小学老师就好了。

在北京时，我家小区门口有家清真饭馆。老板是来自青海的三兄弟。他们个个膀大腰圆，有彪悍之风。他们的五个孩子就地上小学。可能是天天吃牛羊肉的关系，都很壮实、胖嘟嘟的。我很快和他们混熟，一起在小区打乒乓球、玩健身器械、请他们吃零食。他们见我就响亮地叫“阿姨”。我到清真饭馆吃饭总给我很大份，弄得我不好意思再去占便宜。

有人有狗缘，路上见到有人遛狗就忍不住逗狗。很遗憾，我没有狗缘，但我有小孩缘。路上见到小孩子不敢太冒昧地逗人家，就只有诚恳地对他们笑。很多时候，小孩子会以微笑回应我，有的会给我招手，还有的会挤眼睛，或踢踢脚。那是我最开心的时候。很多家长看我对小孩子有善意，也会主动和我聊上两句。

中国乃至亚洲孩子看不腻，来到纽约到处又都是洋娃娃。我爱看披着金色、红色头发的孩子，脸上长满雀斑的孩子，脑门鼓鼓、眼睛大大、牙齿白白的孩子。在我眼里，每一个孩子都是最美丽的，是上帝的完美杰作，是肉眼看不到他们翅膀的小天使。

除了做鬼脸，真诚微笑，我哄小孩还有个绝招。我可以随便将一张纸，对折，几下把纸撕成一只惟妙惟肖、栩栩如生的大蝴蝶。把这送给小孩子，对他们都是个大惊喜。这招我还是和奶奶学的。她是个民间剪纸高手，撕纸的本领也很神奇。

其实，小孩子眼中的价值和大人眼中的不一样。他们不需要市场价格昂贵的礼物，只在乎大人们的关心、关注和关爱。有时，看到父母不理会孩子，只顾自己聊天、打电话，我心里真的会为孩子发酸。还有时，听到父母大声怒斥孩子，我恨不能上前和他们理论一番。我相信，世上没有坏小孩，只有不够好的父母。

也许，我的小孩缘来自心里对所有小孩浓浓的爱，我也很愿意当一辈子长不大的孩子，永远从孩子透明纯真的眼里找到最质朴的宁静平和。

微信群

我是个对各种科技进步产品反感、拒绝的异类。破旧的手机是最落后的款，女儿早就淘汰不用的。就这，还经常忘记给它充电，出门从不带。在家，电脑用女儿的；经她同意，在她上学期间，iPad 也用女儿的，无非是白天她不在家时我听听音乐。

去年来美国前，我向父母保证每两三天就给他们打电话。但是，老弟坚持，建一个叫"家庭圈"的微信群。成员就六位：我父母、老弟、老公、我和我女儿。因为我的手机太老了，没有微信的功能，又觉得没有必要专门为此买个新手机。老公就建议我共用他的国内手机，查看、发送微信。他还有个美国手机打电话用。女儿坚决不入我们的家庭圈，说自己已入了三十个圈，天天微信太多，没有时间看完。我们都不情愿，却只有默认女儿未入家庭圈。

老公手把手地教我怎样查看、发送微信。我学会用拼音打字、语音留言的方式给父母发微信，还很快掌握了分享照片、转发美文、链接等功能。开始，进家庭圈这微信群是我每天早晚两次的任务，要向我父母汇报一天全家都干了什么。慢慢地，这成为我的一大爱好。我一天至少四次查微信，一早起、午饭后、晚餐后、睡觉前。和我母亲在微信上聊天一聊就是半个多小时。我甚至还和我老公小打小闹、开玩笑似的抢微信手机。

微信还有利于信息的快速广泛传递和便利交流。微信群是个终身学习的窗口呢。每天，收到那么多的微信，很多文章短小精悍、富有哲理，拜读后非常受益。当然，也有不少微信一看题目就兴趣不大，可以一掠而过。

微信群是我跟上社会变化、感触社会脉搏的信息平台，更是友情的桥梁、亲情的纽带。我庆幸自己的入群。

卡拉永远OK

多年前，卡拉OK一夜流行于北京全城。那时，老弟准备参加高考，压力山大，天天要么看动画片，要么听佛教音乐，以此放松。爸妈很心疼他，知道他喜欢唱歌，家里就添置了台卡拉OK机。

每天唱半小时到一小时卡拉OK，老弟的紧张情绪得到了很大缓解，不那么总绷着脸，笑容多了很多。他最喜欢唱刘欢的歌，比如《亚洲雄风》《少年壮志不言愁》。爸妈和我本来都谦虚不唱，怕影响老弟复习功课。可经不住老弟坚持，他说听和唱同样享受。我们也就一展歌喉。老爸的拿手曲目是《敖包相会》和叶倩文的《潇洒走一回》。老妈的保留歌曲是《万水千山总是情》。我则必唱苏芮的《酒干倘卖无》《亲爱的小孩》。

老弟以优异的成绩考上大学，家里的卡拉OK机并未从此受到冷落。平时，爸妈和我没事都唱，能唱得好的歌越来越多。周末，老弟会请家在外地的同学到我家吃饭和唱卡拉OK，免得他们在大学里想家。老弟毕业好久，那些同学还会提起让他们念念不忘的好玩的卡拉OK。

卡拉OK渐渐成为亲朋聚会必不可少的节目。饭馆的包间里不少配置了卡拉OK机。唱卡拉OK总比拼了命喝酒伤肝害身体健康要强得多。和朋友一起时，我不愿唱卡拉OK，大庭广众下总是紧张。

我更愿意听别人唱，从选歌、唱歌可以对一个人有更深了解。

后来，无论走到任何地方，我的行李里都装着台卡拉OK机。漂泊到世界哪个角落，我都一边想家，一边唱费翔的《故乡的云》，罗大佑的《乡愁四韵》。记得在西非时，我的同屋是来自卡拉OK发源地的日本姑娘。她开始并不爱唱卡拉OK，每天晚上弹吉他唱歌。不久，她听我天天唱卡拉OK，也加入进来。而我也会在她吉他伴奏下，和她一起小合唱。

我老公唱歌从不飙高音，也不唱新歌。他的嗓音富有磁性，善于唱深情的思乡歌和如泣如诉的老情歌。我是他永远的忠实听众。

我女儿很小就举着话筒唱卡拉OK，她唱歌时气场十足，像个小明星。卡拉OK培养她充满自信、不怯场，她还说，通过读屏幕上儿歌的提示词，她认识了很多字。女儿也喜欢唱英文儿歌，比如《十个小印第安人》《麦当劳的农场》《玛丽的小羊羔》等。

我由衷感谢卡拉OK的发明者，给人们带来快乐。惭愧的是，我居然不知道他们的名字。

看海去

老公周五倒休，问我想上哪儿玩。我沉吟片刻，说："看海去。"

住在曼哈顿，离海滩真的很近。不到半小时车程，最近的康尼岛海滨就呈现在眼前。海水好蓝呀！深邃而充满活力。一点不像北戴河黄绿色的海水。初秋的海滩没有了夏天的热闹喧哗，非常清静安宁。十月初的海风虽有些微寒入肌，却也吹得人神清气爽。

和老公手拉手漫步在海边，听海浪的声音，看海水一波一波涌上来，退下去，望着海鸥自由飞翔，感觉很浪漫。和老公静静走着，我的脑海里浮现串串回忆。

我第一次见到大海是十四岁，中学老师组织大家到烟台接受爱国主义教育。具体什么教育没有一点印象了，只记得大海。我们先坐车从北京到天津，再坐船到烟台。夜里在船上，我激动得通宵未眠。一会儿就跑到甲板上看着黑漆漆的大海发呆。

在烟台，我们住在一所中学里，睡在教室里拼在一起的桌子、椅子上。中学一出门就是大海。从教室窗户也能看到大海。在烟台我有太多的第一次，第一次看海上日出，第一次在海里游泳，第一次在海边玩沙子、拣贝壳。真是“恨不生为海边人。”

我问老公：“还记得我给你讲的民办教师看大海的故事吗？”老公默默点头。每次讲这真事，我都会先把自己感动得哽咽流泪。一位在中国贫困西部教了一辈子书的民办教师，从未见过大海。每次讲课文《大海》时都只能靠想象。他的工资太低，糊口都勉强。直至退休，他终于下狠心去看了大海。为了省钱，他冬天去，几十个小时的火车买的站票，自带铺盖、干粮、水。到了海边，他像个雕像坐了好几天，然后心满意足回家。

我又问老公：“那个铁路工人看大海的事你没忘吧？”老公又是肯定的回答。一位住在内地山沟沟的铁路工人，几十年如一日，认真巡查铁路轨道，他一生没去过大城市和海边。一天，他被评上劳模，可以到北戴河疗养两周。他受宠若惊。在北戴河海滨，众多媒体采访戴着大红花的他，他感谢组织，感谢领导。我心里禁不住为他酸楚，何必对他人感恩戴德，每年去海边度假应该是每个公民应有的权利。

老公笑我不要自作多情地忧国忧民。我只有叹气，辽阔大海容不下天下不平，声声海浪诉不完世上幽怨。大海对于我是个情绪调色盘，有兴奋、浪漫、怀旧、伤感等等。我爱大海。

2014 年 10 月 21 日

溜冰记

新年后的一个晚上，我和老公到时代广场看灯。路过布莱恩特公园，里面有棵大圣诞树，树下是个溜冰场。场外播放着悦耳的圣诞、新年等歌曲，场内溜冰的男女老少非常多。我和老公捧着热咖啡，坐在冰场边看着溜冰的人，被他们的快乐和活力感染。我不禁回想起许多溜冰的往事。

记得小时候北京冬天很冷。小学高年级时，老师教我们自制冰鞋，找两块比脚大一点的木板，用两根最粗的铁丝绕在木板下当冰刀，每片木板再捆两根绳子固定脚。当时，邻居家正好请了木匠打家具，小木匠和我老爸合力帮我做了班里最漂亮的“土”冰鞋。虽然摔了很多跤，我在什刹海野冰上玩得很开心。

中学、大学时，偶尔和同学们到北海、颐和园的冰场溜冰。其实，我更喜欢在一边看大家溜冰。大学时上滑冰课，把水浇到室外的篮球场上，就成了冰场。可能是我个子高，平衡力差，半生不知滑冰多少次，却从来也滑不好。看着别人在冰刀上如意飞舞，精灵般飘动，真是羡慕。

女儿第一次溜冰是在北京蓝色港湾，她同学妈妈带着去的，说上冰一会儿就自学会了。那是个室内滑冰场，女儿和同学经常相约夏天到那里溜冰避暑。国贸也有滑冰场，女儿也去那里滑冰。她非常喜欢溜冰，凡有同学请她同行，她都不会拒绝。我喜欢看溜冰，只要能跟着女儿去，我都会很高兴。

纽约有几个冰场，如洛克菲勒中心、布莱恩特公园、中央公园。女儿都去过了。布莱恩特公园入冰场免费，租冰鞋要花钱，有自己的冰鞋就不花钱。于是我在网上给女儿买了双漂亮、不贵的白色冰鞋。

拿着新冰鞋，圣诞那天，我和老公带着女儿到布莱恩特公园，谁知冰场门口排着长长的大队。我们决定去中央公园，冰场外又是望不到头的长龙。女儿犹豫着说想等等看。我跑到队前询问大约等了多长时间，热心的人们都说很快。大约半小时后，终于快排到了。老公、我和女儿发现都没有带钱包。三个人傻了几分钟，无奈地离开了。女儿很懂事，一点也没有埋怨我们。

咖啡喝完了，我却还没看够溜冰。看人们随意自由地来回穿梭，看他们的各式帽子、手套、衣着。多么希望，今年的冬天再冷些、长些吧。让我的宝贝女儿多溜几次冰。

2015 年 1 月 22 日

我幸福的事业

大学本科毕业留北京二十年，尝试了不少职业。当导游，钱多却必须为拿回扣说违心的话；在出版社做校对，清静但有点不甘心；做教师有成就感，但好辛苦；公务员起点高，却不适合我自由散漫的性格，感到压抑、话都不敢多说。

忍耐了很多年，终于有了些积蓄。我运气好，在北京房子还不贵的时候投资了三套。人到中年，朝九晚五的工作让我身心俱疲，每天奔走、拥挤在地铁里，心情很糟糕。老公劝慰，咱们不缺钱，小富即安。让我好好在家休息。

提前退休回家，我想圆自幼的写作梦。以前上班时曾向报纸投过稿，有些文章见报。但想做个专职作家倒难了，总苦于没有灵感，诗写了几百篇。但每次投稿，均石沉大海。老公提议自费出本诗集。我犹豫着拒绝了，因为更在乎写作的过程，而不是结果。

一年多前，我随老公到纽约。开始向《世界日报》家园版投稿。一年发表了五十篇小文。老公说，等再写些，可以出一本散文集。他连题目都想好了，《东河侧畔随笔》。相对于以前的工作，写作是我的真爱好：安静、自由、展现创意。虽然没有写出大作，有人问起，我还是会说我的职业是自由写作者。

当然，靠写作很难食上人间烟火。我的另一个职业是包租婆。这给人印象是低俗、刁蛮、刻薄，可我是善良的包租婆。不是我不会谈判，是总心生恻隐，房子的租金通常定得偏低。租户晚交租金我也会宽限。就安慰自己吃亏是福。

包租婆的事蛮多。一会儿楼上水管漏水了，商量赔偿；一会儿三人合租的公寓有人不结清水电费就跑了。开始真心烦，后来也修炼出来了，感叹世俗的小事真的锤打人的心性。来纽约，委托老爸替我处理三处房产出租事宜。老人家有事做过得更有活力。他凡事都通过微信及时告知我。我就成了万里之外遥控的包租婆。

除了自由写作者、包租婆，我幸福的事业还包括家务劳动者。不说家庭主妇是因为感觉这词依附于老公，不独立。我是经济各方面都独立的人。做家务劳动虽然没有报酬，却是我心甘情愿、让我快乐的。

我每周洗两次衣服。给衣服分类、手搓衣领等脏处，放洗衣机里，倒洗衣液、选好程序。最后晾好。很喜欢还有点湿漉漉的衣服的味道。做饭是我投入心思最大的。太了解老公、女儿分别喜欢吃什么，每顿晚餐要有他们的菜。从在超市买菜选料，认真洗切到精心烹制，都浸透我的爱。我还经常到美食网站上搜找有趣的菜谱，开发些新菜。给房间打扫卫生则是锻炼身体。一边听音乐，一边干活，很开心。

我现在非常享受这种自在快乐的自由写作、遥控包租、家务劳动者的生活。

忆折纸

前几天，有朋友在微信群里转发了一个图文并茂、步骤清晰的亲子折纸链接。我从头到尾仔细看了一遍又一遍，沉睡多年的、儿时关于折纸的点滴回忆不由自主被慢慢唤醒。

那时候，家里没有闲钱给我买玩具。巧手的奶奶、妈妈、爸爸都会用废纸折纸玩具哄我玩。爸爸折纸飞机是一绝。拿着他折的纸飞机和小朋友比赛，总飞得最高、最远，保准能赢。小朋友们会缠着我老爸，让他教他们几招，以叠出更棒的纸飞机。

老爸折的会跳的青蛙也是极品。小朋友们的纸青蛙举办跳远比赛，我的青蛙总是蹦得最好，当之无愧是冠军。后来，小朋友们拒绝让老爸替我折的纸青蛙参赛，说我那是作弊。无奈，我只有自己动手折青蛙，就很少能拿名次了。

妈妈最会折翅膀能扇动的千纸鹤。每次折完千纸鹤的头、尾、翅膀，母亲就让我找根筷子或铅笔，轻轻地卷鹤的翅膀，然后将筷子或铅笔抽开。翅膀就呈现优美的曲线。一下下小心翼翼地拉动仙鹤的尾巴，仙鹤就会惟妙惟肖、活灵活现地起舞。老妈和我还会折很多不同颜色和大小的纸鹤，用线穿起来，挂在窗前、门边，我经常发呆地看它们在微风中灵动。

孩童时，我最不喜欢洗澡。妈妈会给我折无篷和有篷的小船，放入浴盆。有它们的陪伴，我会乖乖地坐进浴盆。妈妈给我洗澡的同时，我玩纸船。我有时用气吹它们，有时用手拨动船边的水，让它们前进、后退；也有时，我会用左右手分别划动两只小船，看哪只走在前边。反正有数不清的快乐玩法。

奶奶的风车折得好。插在一根小棍上，我跑得多快，风车就转得多快。最快时看不到四片风车的羽翼，只是一个飞速转动的球。我跑累了，把风车立在风口的地方，风车自顾自地随风而动。看着风车转动的快慢，就知道当时、当地的风速。每每看到风车的转动，我心里总涌动着莫名的欢喜和激动。

奶奶还教会我折纸气球。一个平面的纸可以神奇地变为里面充满气的立体纸球。大小不同的纸球放进竹篮摆在一起很有乐趣，是家中的一景。也可在纸球上画画。或用竹签穿一串小红纸球，就是永远吃不完的糖葫芦。

坦诚地说，我的童年是无憾的。虽然没有芭比娃娃或其他用钱买的玩具，但挚爱我的亲人用折纸给了我美好的记忆。我感谢曾经的贫寒经历，感谢我的亲人，感谢发明折纸的伟大的人。

2015 年 3 月 4 日

做手工

去年圣诞节前，想送圣诞卡给一年来帮助过我的每一个人。到商店看了看货架上卖的贺卡，觉得要么太平淡，要么太奢华，要么没新意，要么太昂贵。突然灵机一动，不如自己做圣诞卡，既有诚意，又富创意，还环保节约。

小时候最喜欢上手工课，折纸、糊灯笼、剪窗花、扎风筝至今记忆犹新。那时数学考试总得九十九分。老师说我太粗心，让我练习绣花，绣花针好细好短，我笨拙的手被扎很多次后，终于练就一丝丝灵巧。值得一提的是，我的手还织过长长的围巾、复杂的毛衣。所以，自制圣诞卡我有信心，多年前就有准备了。

材料是现成的。女儿的彩色卡纸一大叠，买后用了几张就扔在那有一年多。一张卡纸可以做两张贺卡。用不同颜色的纸张剪成圣诞树，五彩的小纸屑做圣诞树上的装饰，将从女儿房间垃圾桶里翻出几个口香糖的银色包装纸剪成圣诞树上的银星星。粘好就是贺卡的正面。贺卡的背面是两朵白色的大雪花。很简单，将一正方纸剪成圆形，折成六等份，再折一下，然后随意发挥剪几刀，轻轻打开就是美丽的雪花了。

贺卡做着做着开始任性而为。不只做一棵圣诞树，而是由几棵高低错落的圣诞树组成一片圣诞树林，配上一轮空中的弯弯紫月。从废旧杂志上剪下各种可爱的图片，贴在贺卡上。卡片的圣诞树用纸因人而异、有针对性：给女儿数学老师的是她写满数学等式的草稿纸；给英语老师的是她英语作业草稿纸；给我的家庭医生的是医嘱纸；给药房的发药女士的是棕色装药的纸袋。

贺卡做好，一路发放。车库的、小吃摊的，一个也不能忘记。他们都非常高兴，一定能体会到我亲手做的贺卡的心意。受我的影响，女儿去年圣诞也是手工自制贺卡。她还精心在上面画了美图，写了艺术体英文祝福的话，并用旧杂志做了信封。

女儿有几张照片一直放在我的大钱包里。前两天，我闲下来突然想起做几个相框。无非是从家里可回收垃圾桶找几张硬纸板，剪成照片大小的框。用漂亮的旧杂志纸剪成长条，连续缠硬纸框。用一透明包装纸保护照片，用胶带固定，再在镜框后做个纸托，就大功告成了。现在这几个自制镜框摆在客厅钢琴上，家显得温馨多了。

我还给自己用旧丝带和扣子做了项链。希望这做手工的热情能保持，将手工继续快乐做下去。

2015 年 1 月 18 日

戏迷

我的奶奶、妈妈都是戏迷。电视总锁定两个戏曲频道，来回换着看。广播的戏曲频道她俩也了如指掌。老爸给她俩买了很多戏曲的磁带、光盘和播放机。家里总是响着咿咿呀呀的唱戏声。从小耳熏目染，我也成了半个戏迷。

我最喜欢的是评剧《花为媒》。才子王俊卿爱上表姐李月娥。可王母托阮妈给儿子介绍了张五可，王忧郁病倒。表弟贾俊英替他到张家花园相亲。贾、张二人为对方品貌才气打动，以红玫瑰定情。经历一番误会，最终王李、贾张双拜花堂。剧中的经典唱段《报花名》婉转悦耳，百听不厌。

豫剧里我的最爱是《对花枪》。赶考书生罗艺病倒破庙，被姜桂芝父亲所救，并将女儿许配。新婚后，桂芝将姜家枪法传授给罗艺。还未学完，罗艺要建功立业，匆匆离家。桂芝苦等四十年，抚养儿孙。终于得到消息，罗艺上了瓦岗寨。桂芝举家寻夫。罗艺早已另娶妻生子，不认桂芝，还以花枪相对。桂芝对花枪胜了罗艺。对罗艺的负心一笑而过。她甚至连用绣花鞋底打罗艺也不舍得，以她的爱和宽容让罗艺羞愧难当。

好听有名的越剧很多:《梁祝》《红楼梦》《西厢记》《白蛇传》《打金枝》《碧玉簪》《柳毅传书》。但让我最感动的是《五女拜寿》。杨继康过寿，因得罪严嵩被革职抄家，热闹寿堂顷刻冷清。他夫妇只一丫鬟相伴，千里投亲，四个亲生富裕女儿都不收留，只贫寒的养女侍奉。养女婿后来扳倒严嵩。杨夫人过寿，原谅了三个女儿，赶走一个势利绝情的女儿，将丫鬟收为义女。

还必须提下黄梅戏的《女驸马》。冯素贞和李兆廷自幼许配为婚。长大后，李家贫寒。冯继母嫌贫爱富，要退婚约不成，诬陷李入狱。素贞女扮男装，入京以李名中状元。谁知皇帝召冯为驸马。新婚之夜，冯向公主坦白，并获皇帝赦免。公主与冯哥哥，上届状元婚配。素贞与兆廷成婚。戏中对女驸马对爱情的忠贞、聪慧、顽皮刻画得非常真切传神。

在美国，也看过西方的歌剧，如《悲惨世界》《歌剧魅影》《狮子王》等等。的确代表着艺术的巅峰。但是，中华博大精深的传统戏剧不输在任何一方面，还有太多值得我学习的东西。希望我这个半吊子戏迷能慢慢成为真正的戏迷。

五十起舞

社区通知栏贴出启事，将成立女子舞蹈团，请大家报名。听说，搬来位新邻居，热心肠、舞蹈爱好者。她在曾经住过的几个社区，都牵头组织过女子舞蹈团，受欢迎也成功。

老公鼓励我报名。可我自认不是跳舞的料。从小，我喜静不爱动。除上大学时，和宿舍伙伴们一起去周末舞会胡乱跳跳交谊舞，我的舞蹈基础为零。再三年，就五十岁，现在学跳舞太晚。我顾虑重重，生怕去了笨笨的、动作不协调、丑态百出。老公还是替我报了名，说陪我去，给我壮胆，为我背包拿水，做我的小跟班。

舞蹈团的第一次活动是周二晚上，一小时。新邻居的开场白给我吃了定心丸。舞蹈团向所有水平的人开放，包括精英、中级、初级；也欢迎所有年龄的人参加，包括青年、中年、老年、少年和幼年。在三十多名参与者里，最小的也就五六岁，也有白发苍苍的我的长辈。我暗自默语，既然来了，就放下面子和顾虑，勇敢跳吧。

一小时被科学地分成三段。第一段是热身操。对于体操，我并不陌生。学生时代基本上天天都做。无非是伸伸胳膊、压压腿、扭扭腰。只是多年没做，还真有难度。尤其是下腰动作，做起来比较费劲。还好，热身操时间很短，五分钟一套，重复做一遍。

接下来是广场舞，学“广场舞小王子”王广成的《感到幸福你就拍拍手》。看着别人跳没啥高难度动作，无大劈叉、几百度的快速旋转，但跟着领舞人照虎画猫，还是既跟不上节奏，又动作不到位。幸亏大家都忙着自顾自跳着，没人注意我的窘态。

最后是民族舞，老师跳了段优美的彝族舞蹈。为照顾所有学员，舞蹈分四次课学习，而且还耐心地把动作一一分解，慢慢地教给大家。我手忙脚乱地跟着比画，却不得不承认连皮毛也没掌握。

舞蹈课结束了，人群迟迟不愿散去，热火朝天地讨论对未来的设想和建议。老师说会把舞蹈视频发给大家，在家练习。我赋诗自勉：我今突发少女狂，年近半百上舞场。步步行动风流傥，手指拿捏挥臂膀。一来是为体健康，二求心情多欢漾，三只愿重温梦想，青春岁月又闪亮。

2018 年 4 月 13 日

书虫子

很多年前在北京，父母工作忙，把我送到一所全托幼儿园，周一早上送，周六下午接。在那里，每餐吃过饭的小朋友，自己选本书，乖乖地读书，等所有小朋友吃好，老师再安排我们一起活动。为了能多读会儿书，我总会尽量快地吃饭。

每次接我，爸妈总问我想要什么玩具或者好吃的，我的回答就是一本书。那时家里并不富裕，但爸妈给我买书毫不吝啬。还好，当时的连环画、小人书很物美价廉，一本只五分、一角人民币。我很珍惜我的书，把它们都当成宝贝。后来书越来越多。爸爸找来个大纸箱，锯了锯、插了插、粘了粘，做了个书架，把书摆摆好，是我幼年最心爱之物。

后来，上了小学，在方家胡同，从我住的大院后门出去，就是国子监。那时，它是东城区图书馆，不要门票，鲜有游客，只有像我一样的爱书人，在贪婪地品尝着知识的甜蜜。

读的书越多，越感觉自己无知无助、迷茫惶恐，脑子里的疑问越多。书籍教会我试着思考，为我的未来引领了道路。

上中学，搬家了，周围没有图书馆，爸妈从他们单位的图书馆给我借书。可惜，他们只有在我寒暑假才肯帮我借书。为防止我夜里偷偷看书，把家里的手电筒锁起来。同学们不知从哪里来的《红楼梦》《西游记》，琼瑶和金庸小说，还有《基督山伯爵》《教父》，好不容易排队等到的我如饥似渴地阅读。

大学里，我也打工、旅游，但很多时间都在图书馆度过，读了古今世界的名著。我也喜欢看电影电视，把它们视作影视书籍。工作后，我仍抽出不少时间读书，书籍总带给我安慰、启迪，是我忠实的朋友。到了纽约，我更是如鱼得水。家附近有好几个图书馆，一张借书卡可以借五十本书。每次打开一本书，闻到里面的墨香，我都沉醉幸福。

女儿很小时，我就带她到家旁边的书店。我俩席地而坐，像店里很多人那样，一起亲子读书。我爱上美国的儿童文学，像唱歌一样、浅显易懂的诗句；满满都是爱的家庭故事；平凡不惊的日常生活。女儿在北京和纽约的学校表现出色，一直保有爱读书的习惯。“小书虫子”是我对她的昵称。

快乐义工

第一次做义工是十余年前，在西部非洲利比里亚当联合国雇员时。我的室友日本姑娘是虔诚的基督徒，每周末去教堂和一家孤儿院。和她交朋友后，我俩周末都一起活动。

孤儿院有二十几个孩子，由一对基督徒夫妇照料。他们没有自己的孩子，孤儿们都是他们的孩子。孤儿院的经费主要来自从美国的筹款，孩子们倒也衣食无忧。每次我们去，还会给他们送去联合国专供商店才买得到的好大米、好牛肉、苹果。日本姑娘心灵手巧，会教孩子们折纸，给他们讲励志的圣经故事。我则教他们数学，和他们踢足球。到了圣诞节，我们和他们一起装饰圣诞树，看他们打开礼物盒的样子，真的比他们还开心。

女儿上小学，我回到北京。每次她的学校需要义工时，我都会积极报名。多数时候是教室大扫除。通常只我一个是家长，别人都派家里的保姆或公司手下员工。老师让我只监督指导他们，但我还是会亲自上阵。有时，学校为贫困山区、地震灾区的孩子们组织捐书、捐款活动。我总能很荣幸地被选中当义工。虽然每次脚和小腿站得酸痛，心里还是美美的。

因老公的工作调动，女儿到纽约上中学。我没有担任家长委员会的成员，但一有机会，仍申请做义工。陪女儿的同学们一起看了几场电影，基本每次都哭得稀里哗啦。还好没太出声，否则真怕女儿怨我丢人。记得其中有部《偷书贼》，让我感动、深思。我还和女儿的同学们参观了些博物馆。虽然身负看好孩子们的职责，我还是顺便了解了不少知识，开拓了眼界。

耳濡目染，女儿现在是学校关爱癌症儿童俱乐部的成员。她在家长会、学校艺术表演时，会拿着各种饼干叫卖，卖来的钱就是俱乐部的经费。每次我都会慷慨解囊，买一堆回家。我厨艺拿不出手，但受到电影《功夫熊猫》的启发，建议女儿试着卖包子。她认真品尝了市面上各种速冻包子：天津大肉包、上海荠菜包、豆沙包、奶黄包……最后决定卖韩国超市的圆白菜鸡肉包，非常受欢迎。

老公对我和女儿做义工很鼓励，甚至羡慕。不止一次说，等他退休，我俩到最贫困的地方做义工。

2018年4月7日

创意美术班

在纽约待久了，也不能天天逛五大道。周边也都走了很多遍。我又开始把自己闷在家里。老公希望我迈开腿，出去交交朋友。一天，我俩遛弯时发现有个创意美术班在招生。他就鼓励我参加。

很多年前，我在小学和中学时上过美术课，但没有天赋，得到的分数通常是及格。老公对一点没信心的我说，就是去玩玩，不必在意结果。

美术班不教绘画技巧，也不临摹作品。一小时的课程分为两部分，学生们先根据老师的命题用半小时随意画一幅画，然后每人介绍自己的画作，大家对此自由讨论。画画的工具是一张很大的白卡纸，各色蜡笔和彩色铅笔。

第一堂课，老师让大家画生命。有人画一片花海，有人画母亲抱着婴儿，五花八门。我画了一棵枝叶繁茂的大树，用好几种绿色涂抹树叶，还把树叶偏向一边，仿佛风吹过的样子。树后面是延绵的绿山，象征着有很多这样的树装扮着青山。还有一位同学也画了树。比我高明的是，他还画了太阳、土壤、河流，说是生命不能缺少的。

第二周，我们画孤独。有人画一座孤独的山，有人画一位孤独的老人在水边垂钓。我画了一座海边的灯塔，在暴风雨、惊涛骇浪中闪着橘黄色的明灯。虽然我对灯塔的样子和比例掌握不好，老师还是称赞我的创意。课后，我到图书馆借了本画册，没事在家练习画画。

第三次，老师让我们画两个平衡的事物。我犹豫半天，拿不定主意。开始想画椅子和桌子，又怕画得歪歪扭扭。然后想画一盏灯和一本打开的书，也怕画不好。这时，其他同学都已奋笔画画了。老师看我有难处，就走过来解释，阴和阳就是平衡。我一下开窍了，三下五除二，用一根红粗蜡笔画了个大红太阳，用一根黄粗蜡笔画了个弯弯的月亮，第一个完成了画作。

介绍作品时，我感谢老师的启发，说太阳是阳、火、强壮、男人，月亮为阴、水、柔美、女人。居然引起同学们热烈讨论。大家的画也各有千秋，有色彩、形状等等的平衡。

仅仅三次课，我已对创意美术有了浓厚的兴趣，喜欢这种不受限制、自由的涂鸦。

裙子控

我是个不折不扣的裙子控。四年多前，从北京到纽约，带过来不少裙子。这些年基本都已淘汰，捐献给旧衣回收站。因为我在纽约买了几十条新裙子，家里实在装不下了。

老公工作辛苦，周末喜欢在家休息、补补觉、看看书。我不愿劳驾他开车带我去奥特莱斯。我家离梅西、劳神百货不远，走上二十分钟就到。老公鼓励我迈开腿，多走多逛，就当是锻炼身体。本来我赋闲在家，喜欢窝在沙发上看电视。也只有对漂亮裙子的向往，能使我走出家门。

买裙子我从不挥金如土。毕竟老公挣钱不易，还要为女儿在美国上大学存钱。商店逛久了，我知道打折区域在哪里。只有折扣在百分之六十到百分之八十，我才会在那儿翻找。通常，找到几条裙子，会到价格查询机确认价格。二三十美元能买到原价上百美元、很好的裙子。有时会碰到十美元左右不错的裙子。

买裙子要上身试。在试衣间，我会坐下养神、喝水，想想家里是否已有类似裙子。看裙子的质地，多少棉，多少弹力，产地，洗涤方法。如果必须干洗，一般会放弃，干洗的钱可以买条新裙子了。要上下左右仔细检查，看有无跳线或其他瑕疵。特价裙子有时存在小毛病。我还给自己规定，每次最多买一条。所以我会在可心的裙子中挑出最称心如意的那条。

我拥有的裙子按颜色分，最多的是白、黑、海军蓝、棕色。也有红、粉、黄、绿、花等。有长裙、短裙、A字裙、紧身束腰裙、宽松裙、蕾丝裙、晚礼服等。冬裙有羊毛、呢子，里面都能穿厚连裤袜、秋裤甚至毛裤，别人也看不出。春秋正是穿裙子的美季，在暖暖的春风、冷冷的秋风中，看自己的裙子飘动飞舞，心情荡漾着青春旋律。夏天最爱棉麻裙子，透气舒适。

每逛商场，总忍不住买裙子。平时也基本天天穿裙子。老公和女儿都笑话我对裙子上瘾。我也自责内疚，决定不逛了，能好好穿、不闲置裙子就行。于是，我居然有近一年没买新裙子。老公看我天天闷在家里，又建议我出门逛裙子。我说只逛不买，却时常经不住诱惑。谁让我是个裙子控呢?

从农村到城市

我是北京胡同大院里长大的孩子，有城市户口。从小就有粮本，父母每月从粮店定量买粮食，算是个城里人。可我总觉得我的根在农村。

我父母都是地道农村人，小时受了很多苦，挨饿自然不用说。父亲儿时有个外号叫“小三盆”，笑他一顿喝三盆粥。其实那粥看不到几粒米，清汤。就是这样的粥，也让爷爷、爸爸、叔叔先喝，奶奶、姑姑们喝剩下的。那时一家人没有胖子，一个比一个矮小瘦弱。

父亲一直学习优异，希望靠读书改变命运。他中学毕业考上地质学院。可很快赶上三年自然灾害。学校食堂关门，老师也回家。绝大多数同学都饿得跑回家。父亲即使饿着肚子也没回家。他说回家也是挨饿。他每天和另一个同学到处挖野菜、打短工，还到图书馆看书、自学，打扫教室、宿舍。居然挨到灾害结束，提前毕业，有了挣工资的好工作，成了城里人。

母亲是姥姥、姥爷最小的孩子，唤作老疙瘩，备受宠爱，却也受了很多苦。她五岁就打柴。扛不动，就扔下山坡，或者放在地上用脚踢着，或者每次少打，多打几次。母亲很爱运动，打篮球、打乒乓球、跑步。可是运动后，很容易饿。她不敢运动。在学校，母亲经常半夜饿醒，按着胃悄悄哭。舅舅听说了，塞给她一小包红薯干。母亲如获至宝，每天睡前吃一小块，天天数剩几块，还细心藏好。

母亲有个高中好友家里是城里人。到她家做客后，母亲下决心一定要做城里人。不用砍柴烧火做饭，一按钮就冒出蓝盈盈的火；有自来水，不用挑水；买洋气的衣服，不用自己做衣服。于是她发奋读书，终于得偿所愿。

随着城市建设的发展，父亲农村老家成了新城所在地。叔叔、姑姑全家办了城市户口，分了新房。母亲老家农村也没人种地了，遍地疮痍，都成了矿。发财的是承包矿的矿主。矿工和为他们做饭的厨娘也收入稳定丰厚。

整日生活在钢铁森林的都市里，我真正向往的是农村的生活。每天在竹林里散步，在荷塘边赏莲，种一个花园，四季有花开，种一片菜地，时时有蔬菜成熟。养一群鸡，养一群鸭，每天有新鲜的鸡蛋和鸭蛋吃。

独自在家

虽然四十多岁了，还为件事不好意思：我胆子很小，害怕被一人留在家里。

小时候上全托幼儿园。我很调皮，不守纪律。一天晚上睡不着，就发出几声怪叫。谁知老师立刻揪着我到楼道，让我罚站，关了楼道灯，还居然把我忘了，直至第二天早上。

那一夜我生不如死，不知怎样挨过来的。

十岁左右。北京雍和宫刚刚对外开放。爸爸单位发了三张参观券。爸妈带奶奶和弟弟去看。弟弟个子小，不用票。我个子高，要花钱买票。五毛钱一张票，当年家里万万负担不起。那时的五毛钱比现在的一百块钱还硬。于是，我被一人留在家里。家人都走后，我开始委屈得哭。哭累了，昏睡了一阵。醒来，忽然想起在学校学的儿歌《红蜻蜓》，就唱了起来，不知唱了多少遍，直至家人回来。他们给我准备的干粮和水我都没动。这首歌成了我的最爱。歌词和曲调终生难忘，时时哼唱。

可能是那两次给我的心灵留下阴影。我坚决不愿意独自在家。实在没办法，白天我会把电视打开，声音放超大；晚上不熄灯，随时睁开眼都是光明，不会有黑暗。出差或外出旅游住旅馆，也是房间的灯彻夜通明。

这星期，纽约学校放春假。女儿和朋友们相约去奥兰多迪斯尼玩一周。老公也正好出差几天。家里只剩我一人，很想他们。我把家里的几本相册放在手边，没事就翻看一会儿。他们走那天，把家里的地拖了三遍，直到涮墩布的水都很清澈，也把刚换洗没几天的所有床单、被罩、枕巾洗了一遍。我还给自己列个计划单，每天预备做很多事情，以缓解思念亲人的痛苦。

我非常羡慕那些拿得起、放得下，不像我这样心太重、依赖性强的人。可每个人情况不同。虽然有致命的胆子小的缺点，上天赐予了我其他优点。我不该有抱怨。好在女儿和老公都很体贴。女儿每天微信发来她在迪斯尼的很多照片，抚慰我的相思之苦。老公出差不论多忙，每天都打来好几个电话。

我最大的愿望，是全家人总和和美美地在一起。没有分离，没有孤独。

不减肥

人过中年，又辞职在家。天天穿着宽松的休闲服。没多久，发现以前的正装都穿不下了。我胖了，尤其胖在肚子。老公喜欢慢慢抚摸着我的肚子说，真像有个小宝宝在里面。他有时还会轻轻拍几下，故意像挑选西瓜一样，说声音真像是个刚刚好熟透的西瓜。

有朋友建议我赶紧减肥，回到以前的苗条状态。还给我出各种主意，买什么样的减肥药，参加什么样的健身俱乐部。回家向老公一汇报，他不高兴。他说，大肚子弥勒佛胖，肚子大。看着多喜庆，多有福气。老公叫我把朋友的减肥建议只当成耳旁风，一吹而过，不要放在心上。

老公总是宽慰我。他说，在他家乡，女人以胖为美。女人胖一点，说明家里吃得好，经济条件好。女人胖一点，壮实，更有力气干活。女人胖一点，心态好，因为心宽体胖嘛。女人胖一点，肉坨坨得可爱。他说，他家乡都把瘦女人叫柴禾棍，干巴巴的，不讨人喜欢。他说，很多动物，包括昆虫，雌性都比雄性胖大些。

一次体检，发现我的血糖高。有遗传因素，也因为体重超标。医生给我开了降糖药，说副作用可能导致体重下降。又让我管住嘴、迈开腿。我不能再吃含糖高的食物。每天要出去走路一小时。我心里暗喜，这下可以减减肥了。谁知，降糖药体重下降的副作用并没在我身上发挥作用。 管住嘴只是不吃含糖高的食物。因为每天走路锻炼，食量还有所增加。半年下来，我又胖了一些。

由于胖，我一度有些自卑，怕别人说我。甚至不好意思见很久不联系的亲戚，不喜欢参加老同学、朋友聚餐，不愿意给女儿开家长会。心里也冒出过减肥的念头。但我是个懒人，减肥的艰苦让我望而止步。老公注意到我不爱出门见人，不理解。他说，胖人自有胖人福。他多自豪有个富态的太太。所谓流行的骨感的女人，他碰也不要碰一下，嫌硌手。那么多比我胖得多的人，人家不是照样活得快乐精彩。

于是，我想明白了，要做个开心的胖子。天天想去哪儿去哪儿，该参加啥活动参加啥活动。公交、地铁上经常有人把我当孕妇让座。我再不会尴尬，只有真心感谢，简单解释清楚。遇上有热心人问我怀孕几个月，我也不生气，无非自嘲一下。

不减肥，不仅因为身为胖子，没有影响我和我家的生活质量；而且，作为一块“试金石”，它检验出老公对我的真爱。他爱的是我内心的热诚和善良。和我曾经的苗条和现在的富态无关。

2014 年 4 月 20 日

胖子买衣记

二十年前，十年前，甚至五年前，我的身材还算正常。那时，我穿八号的女装。无论是休闲装、正装、裤装还是裙装，衣服都很好买。有人说，有的女人结婚前是水蛇腰，结婚后变成水桶腰。很不幸，我就是这类女人的一个。

变成水桶腰，天天挺着胖肚子。成堆的从前的衣服都穿不下了，或送或扔。我只能穿着几件宽松的休闲衣服。还有就是把当初怀孕时的旧衣服找出来穿。在北京，我喜欢去服装市场小摊上淘衣服。卖的人一听是我要穿，上下打量我，总是拨浪鼓似的摇头，温柔而坚定地说:“您穿不了。”

来美国前，本想买几件好衣服带上。可满北京我的腿都跑细了一圈，也没找到合适的。有的衣服上写三个叉大号，一试还是套不下我的胖肚子。朋友劝慰我，到美国什么好衣服没有。美国胖子比我胖得多的多得是，肯定我买衣服容易了。

刚来美国，反正我也在家闲着不上班，就把百货商场女装楼层踏了十几遍。最大号十二号，一个叉大号。还是没有合适我穿的。我觉得真的很奇怪，比我胖的美国人那么多，她们在哪里买的衣服?

一天，两个身材和我差不多的女人进百货商场时正好走在我前面。我和她们来到另一个楼层，恍然大悟。原来百货公司专门有半层是加肥加大的女装，从十四号到二十四号，从一个叉大号，到三个叉大号，从休闲装到晚礼服，应有尽有。我一下子如鱼得水，逛起来没够。

通常，我会到打折扣比较多的货架上慢慢挑选。如果衣服的样式、颜色都比较好，就选出我的号码。我会看价签上的价格。但这价格不一定准。挑了两三件衣服，我会去试衣间。那里有机器可以扫描衣服的条码，显示准确的价钱。价钱合适，我会穿上衣服试试，好好照镜子美美。最后，我会一边在试衣间坐下来休息，一边上下左右仔细检查衣服，看有没有跳线等瑕疵。看衣服的材质是什么。

通常，我最中意纯棉加一点弹力。重要的是，看是不是需要干洗。如果是，我就不考虑了。有干洗的钱，可以再买一件衣服了。

自从发现大号女装层，我每周至少有三天会光顾百货商场。每次不“斩获”件衣服就不算逛得尽兴。两个月下来，衣柜里堆了几大包。我赶紧淘汰一些旧衣服腾地方。又退掉几件老公不喜欢的新衣服。百货商场大号女装的工作人员都认识我了。无论是买衣，还是退衣，她们对我的态度都很好。

通过买衣服这件事，我深深感动，美国真是胖子的天堂。

2014 年 4 月 5 日

不吃主食

大约三周前，我去看医生。他郑重地告诉我，最近一次验血结果表明，我一个指标，出奇的高，问题非常之严重，拉响了警报。具体是什么指标我也没搞清，肯定不是血糖，也许是血脂。反正医生苦口婆心地对我晓以利害，让我从此不再吃一点主食。

这如同当头一棒，打得我几分钟没醒过神。我哀求大夫，很多主食是我的最爱，能不能先减减量，只吃一半或三分之一？谁知，医生说，吃主食就像喝酒吸烟，上瘾。喝一滴酒，吸半口烟，就会克制不住强烈的欲望，继续喝酒吸烟。戒掉主食，要像戒酒戒烟一样，拿出决心，绝对不能沾染一点。

回家路上，想起再不能吃油条、饺子、比萨、包子、面条、寿司等等，心里涌起阵阵委屈。活着就享受衣食无忧，现在主食不让吃，生活的许多乐趣都没了。到家，倒在沙发上哭了一鼻子，觉得自己命苦。小时候家里贫寒，除了主食吃不到什么肉菜。总算熬到什么都吃得起，医生却不让吃主食。

家人了解了我不能吃主食的事，都非常支持。母亲叮嘱我多吃肉蛋蔬菜水果，千万不要营养不良。父亲接连转发微信，详述各种蔬菜水果所含营养。弟弟说有同事通过不吃主食减肥，效果好，希望我重塑以前的仙女身材。老公每次购物提醒我多买蔬菜水果。女儿也鼓励我坚持，还笑谈会监督我。

母亲节，女儿建议去吃北京烤鸭。我终于没抵挡住诱惑，破戒了。面饼卷鸭肉真是天下绝配美味。事后很后悔，仅此一例。后来结婚纪念日，女儿生日，我都没碰蛋糕和主食。纽约天气暖和，我全家周末和朋友去野餐，朋友精心做的寿司，巧手烤制的比萨看上去真可口，我半口没尝。

几天前，老公为我测血糖，居然从 125 下降到 101，变化相当显著。我也上秤量体重，才两周就轻了七磅。这减肥是不知不觉中实现的，只靠不吃主食，并没有天天大汗淋漓、累死累活地锻炼身体。最重要的是，我的身体很快习惯不吃主食，多吃蔬菜水果，生活质量非但没有下降，反而提高。

我老公受影响，吃的主食减了三分之一。他的血糖更正常了。女儿耳濡目染，开始悄然远离垃圾食品。谢谢不吃主食，让我全家的生活更健康。

管住嘴，迈开腿

几年前，爸妈发现我总口渴，喝水量大增，就坚持给我测个血糖。爸妈那时都已在吃降糖药，也每天早上自测血糖。测完我的血糖，爸妈吓坏了。老爸以为我家的血糖仪坏了，给三个人再测了一遍。爸妈的依旧在正常范围。我的还是非常高。

老妈陪我去医院看内分泌科的大夫。大夫说我血糖值太高，让我开始打胰岛素。自己给自己打胰岛素真不方便。尤其是和亲友聚会在外面吃饭，要算好时间，然后躲在卫生间打针。我于是更加认真执行大夫的叮咛:“管住嘴、迈开腿。”

以前我最喜欢喝各种甜饮料、吃甜食。自发现血糖超标，老公就严格监督，不让我沾碳酸饮料、奶茶、巧克力奶等等。有时，家人一起欢宴，看我馋饮料的样子，老公同意我喝一口，也就拿一小杯子，倒个杯子底，还未尝出味道就没了。什么蛋糕、甜甜圈等都划入禁止系列。

我超喜欢吃冰淇凌。以前，我抱着大冰淇凌桶，坐在电视前，边吃边看，一下就是半个多小时。后来，老公为我选了个没杯子口大的小碗，规定我每周只吃两次冰淇凌，每次吃半小碗。正餐的食谱也坚决限制。主食每天两小碗，肉一天不超过一副扑克牌大小，蔬菜不限，水果含糖不少，也不能多吃。

刚开始，真不习惯，觉得生活的乐趣都没了，既委屈又沮丧。可老公总恳求说，一定要把血糖降下来，搞好身体，这样才能和他白头偕老。他可怜巴巴讲，我万一早走，他绝不再娶，我难道忍心留他在这世上孤独吗?

所以，为了家人，我一反自己的馋和任性，终于管住了嘴。很快，我的血糖降低了，胰岛素不用打了，只按时吃药。爸妈、老公都松了口气。

在北京，老妈天天陪我到家附近的奥林匹克森林公园健步走一上午。到纽约，老公鼓励我天天去梅西百货，来回一小时，在里面逛一两个小时。可每次逛总忍不住买东西。我内疚得不敢再去。老公劝我继续逛，说花这点钱换来我的健康太值了。于是，在家人的带动下，我这个大懒人终于迈开了腿，达到大夫要求的运动量。

现在，我的血糖完全在正常范围。这是管住嘴、迈开腿的功劳，更得益于家人的爱和关怀。我感恩自己是个非常幸运有福之人。

看病难

年轻的时候，整年都不会进医院，不吃一粒药。人过四十，各种病都找上门来，常常要去医院。每天早中晚都白的、粉的、绿的大把地吃药。老公叫我药罐子、病西施、林黛玉。他也知我心中的苦楚：中国、美国，看病都难。

在北京，卫生部下属的一家甲级医院离我家很近。医院很大，挂号的窗口有二十个，收费的窗口有十几个，抽血的窗口也有十几个。按理说，看病应该很方便。但每次去医院，总是被熙熙攘攘的人流挤来挤去。在每个科室外等待的椅子通常被坐得满满的。无奈的我只有站着等待。高科技的显示屏会打出下一个的病人的姓名和号码。这让我大概知道我前面还有几个病人。但丝毫不能减轻我漫长等待的痛苦。

作为熟病人，我在那家大医院轻车熟路、行走自如。挂号在门诊楼外面的一个大棚子里。收费二楼、三楼都有。抽血在二楼东面的大厅。取西药在二楼北面的大厅，拿中药在再北面的大厅。

各个科室我也基本知道在哪里。比我更不幸的，是来看病的外地人。他们一个个东冲西撞，像闯进了迷宫。让我心痛的是，他们又黑又红天天在外劳作的脸庞，破旧的与大城市格格不入的服装，还有一副副焦急而无助的模样。病人的家属，很多连最廉价的小旅馆也舍不得或住不起，就在医院候诊的椅子上过夜。

刚到美国，老公听朋友介绍，给我预约了个全科大夫。同时，也预约了中英文翻译。和北京不一样，按照预约的时间，一点也不用等，医生和翻译都准备好了。医生给我做了全面体检，又开药、开了验血单、打预防针的单子。我哪里也不用去。等了几分钟，就有一位护士进来抽血、打针。楼下药房拿药。一切都很方便、很省力。我还挺开心。谁知，过些日子，老公收到医院账单。门诊费三百美元，药费五百美元，打预防针两百美元，验血费一千多美元。好贵呀！

又有朋友介绍我办表维卡。才知道，我先前去的是家私立医院，所以贵。表维医院和其他几家医院是纽约市公立医院，便宜。门诊费五十美元，药费七八美元，手术两百五十美元。我拿着收入证明、有照片的身份证明、通信地址证明，很顺利就办了表维卡。打电话一预约，一下约到了几个月后。好容易到了预约时间，我准时到了。可又等了将近两个小时。我后面来的人都看完走了。我的耐心接近了极限。终于轮到我。可我一直吃的药表维药房根本没有。

唉，在美国，私立医院贵，公立医院便宜自有便宜的原因。还是看病难啊！

拔牙记

前几天，右下方有颗牙开始忽疼忽不疼。我忍了两天。又一下子疼个不停，而且剧烈起来。都说牙疼不是病，疼起来要人命。我吃了芬必得止痛药，也没一点效果。

这世界我最不想见的人就是牙医。我这人记性不好。但从幼儿园、上学、工作，每次看牙医的经历都让我难以忘怀，都是最纠缠我的噩梦。没办法，牙疼拖延不得，还是一大早去医院看了急诊。

急诊大夫不是牙医。她给我吃了个强力止痛片。牙是不疼了，头疼、晕得厉害。她说医院的牙医预约要排在两周以后，建议我去马路对面的纽约大学牙科研究生院，那里的即将毕业的研究生可以马上在教授指导下给我治疗。我真心想一位有经验的牙医给我看牙。但等不到两周以后。劝慰自己为医疗教学做点贡献吧，就去了牙科研究生院。

起初还好，不用等待、态度很好、马上 X 光检查。两个白头发教授看了电脑屏幕上的片子都同意女学生的意见：拔牙，说是最边上吃东西用不到的牙。我早在北京就听说美国牙医不会治牙，只会拔牙。不想拔，但拗不过专家的意见。给老公打电话，他犹豫着同意，表示这就请假过来。

学生牙医同意我出门吃点东西。谁知道拔了牙多久才能好好吃饭。吃完东西回来，老公已到了。他仔细研究了拔牙手术前的同意书，交费。可要拔牙了，却不让他进手术室。打麻药很顺利。但牙却怎么也拔不下来。女牙医边用各种工具撬，边说牙活动了，活动得更厉害了。老教授一旁指挥手法该怎样。又来了个男牙医帮忙，干脆取而代之。我立刻感觉他的手劲好大。但也奋斗了半天，牙终于拔下来了。不过，旁边一颗牙的一块也掉了。

教授和学生牙医又一致说第二颗牙也必须拔掉。我感觉崩溃了。要见我老公。他也不想我再拔一颗。但禁不住专家的攻势。这颗牙拔得更痛苦了，不时要呕吐流进嗓子的血，同样是女牙医先上，拔不下再换男牙医。最后还要缝针，一针居然缝到我的舌头。拔牙工具把我的嘴角也磨破了一大块。

终于逃离了牙科研究院。压住牙齿的纱布不停地换，垃圾桶一堆血纱布，迷迷糊糊不知何时拔牙处不再流血。连续三天吃香蕉、蛋羹、土豆泥、酸奶，才又小心翼翼地食人间烟火。消炎药也吃了七天。拔牙这人生一大难关我闯过来了。

《红蜻蜓》

我八岁，离家不远的雍和宫修葺一新，开门接待客人。奶奶是虔诚的佛教徒，自然要去看看。舅舅难得来家一回，也当然要去。弟弟才两岁，不要票，也离不开母亲。于是，家里除了我，都参加大院浩浩荡荡的参观团。大院于是空空如野，非常沉寂。和我一样大的小朋友们都去参观了。那时家里穷。五角钱人民币的入场券在我家看来就是天文数字。父母跟我商量让我一人留在家中。

开始，我为能给家里节省五角钱很开心。可很快，我的情绪被失落寂寞所填满。我可怜自己，伤心地哭。这时，耳边响起《红蜻蜓》的歌声："晚霞中的红蜻蜓，你在哪里哟。童年时候遇到你，那是哪一天。"这是小学音乐课一首日本儿歌。在我最孤独难过之际，它给了我安慰、陪伴。我一遍遍哼唱着这首歌，时间过得很快。爸妈等人回到家，看到的是快乐的我。他们很是放心、欣慰。

在我这半生中，每每我陷入恐惧、低谷时，这首《红蜻蜓》都会在我耳边低声响起。它伴我走过无数次大考，经历一次次险境。好几次，出差到非洲，住在简易的旅馆里，外边街道喧嚣声、当地人彻夜大嗓门的聊天声，只要我默默地吟唱《红蜻蜓》，就会进入甜甜梦乡。

做母亲后，《红蜻蜓》是我最爱的摇篮曲。它曲调柔和，女儿很喜欢听。有时我也不知唱了多少遍，反正嗓子哑了。于是我录了盘磁带，来回给女儿放。女儿上幼儿园，我家买了卡拉OK机。她会唱很多儿歌，其中属《红蜻蜓》最拿手。

我曾见过不少回红蜻蜓。它们的身体和翅膀都是红彤彤的。比绿棕的蜻蜓要小很多，从不结伴而行，总是单独地飞来飞去。每见到它们，我都兴奋得心花怒放，像见到了久违的挚友。我也会轻轻唱起《红蜻蜓》，希望它们能听懂。

最让我接受不了的是，一些大人、小孩挥着网子扑捉蝴蝶、蜻蜓。我总是会走上前和他们理论一翻。蝴蝶、蜻蜓都是自由的，不该抓它们。它们会死掉的。如果这些人不听，我会跟着他们，见他们快扑到蝴蝶、蜻蜓，就吓唬它们，让它们逃走。

女儿学钢琴，我也偷学几手，可以边弹边唱。《红蜻蜓》是必选曲目，陪我一生。

美食

春节记忆

快到春节了，浓香的腊八粥已经喝过，一瓶子的腊八蒜也腌上，就等它们在除夕夜变得翠绿，既融入了醋的味道，又减弱了辣的感觉。吃饺子时咬上两瓣，这独有的滋味，总是勾起我片片重重的春节记忆。

我的奶奶和妈妈勤劳传统。在那个物资匮乏的时代，她们的春节筹备工作，总是早早就开始了。夏天番茄最便宜的时候，她们会买回一筐，然后把番茄洗净煮熟，切成小块，塞进从医院讨来的几十个输葡萄糖液的瓶子里，蒸出空气，盖好盖子。这样，在春节的家宴上，除了单调的冬储大白菜，我家饭桌上还有漂亮的番茄炒鸡蛋。

此外，奶奶和妈妈会在豆角、茄子、萝卜最价廉的时候，买回来切丝晒成干。那时的春节吃上这些菜干炒肉丝，我就十分满足，比起新鲜菜，我觉得菜干更筋道，更有嚼劲。

过年对小孩子的很大诱惑是可以穿上新衣服，可我小时候，这真的是奢望。那时每家买布是凭布票的，爸妈的工资也不高。有时，妈妈和奶奶会把我穿短的衣服，在下摆和袖口用别的布接长一圈。没想到，居然有同学很羡慕我的衣服，认为是种时尚。

有时，妈妈和奶奶也会把朋友大孩子的旧衣服拿回来洗净，掉的纽扣补好，破洞上面绣上小花，用铁熨斗弄得很平整，给我穿。但她们还会给我买新衣服，说：“女儿大了，有羞耻心，爱美，亏大人不能亏孩子。”但穿上新衣服的我，想到家里其他人没有新衣服穿，总有种挥不去的罪恶感。

我的爸爸是个事业型的人，算一算，在我结婚离家前，他大约有十年的春节没有在家过。这些年他一个人在外地生活，我曾因在我成长时刻缺失父爱而埋怨过他，也曾下决心要找个家庭型丈夫，每个春节厮守在一起。可等我成家，有了孩子，才发现自己丈夫正是父亲的翻版，也明白了父亲当年的许多无奈和苦楚。

后来，父亲退休了，我们一起过了很多快乐的春节。父母不喜欢在外面吃，在家总是父亲掌勺。当年的番茄酱和菜干，早被各种新鲜蔬菜和珍馐美味代替，而饭后麻将则是全家人最开心的时刻。

我来纽约已经快两个月，今年的春节不能和父母一起过了，现在还真想念父母大人。我衷心祈祷明年春节可以回北京看望他们，毕竟春节是团圆节，物资再丰富，无价亲情永远不可缺。

2014 年 1 月 26 日

榨菜丝

我不是四川人，但一天也离不开榨菜丝。在美国的华人超市，重庆制造的榨菜丝一美元六小袋，或四大袋，虽然非常廉价，在我心中，它却是世上难得的美食。

小时候，我住在北京胡同的大杂院里。隔壁邻居有位四川奶奶。她制作的榨菜丝好吃极了。她高兴时，会送给我家一小碗，很快会被抢光。爸爸就请求她传授这门绝技。开始，四川奶奶怎么也不同意，她的配方传儿不传女，更别说外乡人。爸爸不知说了多少好话，天天到四川奶奶家磨咕，替她刷碗，打扫卫生，干各种活。终于，奶奶同意教爸爸做榨菜丝。记得爸爸当时花几毛钱买了个缸和一竹筐榨菜疙瘩。也记得爸爸妈妈轮流切榨菜丝，案板叮叮咚咚的响声。

那时候，春游和秋游，家里为了省钱，大多不会买面包，只给小孩子们烙张饼。饼里只有些盐，油都很少。我带的榨菜丝成了同学们最喜欢的小食。现在回忆起来，仿佛还闻到饼卷榨菜丝的香味。我的妈妈上班时，中午同事们都带饭，把饭菜凑在一起分享。妈妈每天带的一小盒榨菜丝总是第一个被吃得干干净净。毕竟，在食物单调、缺油少肉的年代，榨菜丝能适度刺激人舌尖的触觉，提升食欲。

我长大后，曾经最爱的早点是炸油条配豆腐乳。但两样都太不健康。爸妈就不去楼下小摊给我买油条，改为每天早上蒸馒头片，夹榨菜丝。我每天早上洗漱完，爸妈已把一大碗热牛奶、三片馒头片、一小堆榨菜丝摆好在餐桌上。甚至，我对馒头片夹榨菜丝已到上瘾的地步。下午睡醒午觉，三四点，它是我的下午茶。晚上九十点，它是我的加餐和夜宵。

我也尝试和爸妈一起吃更健康的早餐，比如，泡燕麦片、全麦面包夹火腿、奶酪。但是，我们都还是吃不惯。只有蒸馒头片夹榨菜丝能让我们吃得舒心、开心。爸妈早已不自己做榨菜丝了。那个腌榨菜丝的缸早就扔了。但是，我们对榨菜丝的酷爱一点也没减少。就像作为北京长大的孩子，十天不吃糊塌子就想，半个月不吃饺子就馋。我一天也不能没有榨菜丝。

有人说腌制的食品不利于健康。但这阻挡不了我对榨菜丝的向往。因为它的味道，再熟悉不过，再亲切不过，是我永远不能忘怀的，总也挥不去的思念的味道。

2014 年 5 月 24 日

宴客记

老公的一个朋友姓杨，在美国读了物理，又读金融，还在华尔街工作了好几年，突然决定带着夫人回国发展。杨先生在我们一家刚到纽约时给了我们很多帮助。老公说为了感谢他，也为送他，要请他吃饭。我说，就家宴吧，吃得安心实惠。

老公算了算，我一家三口，杨先生夫妇俩人，他还想另外请几个朋友。可我家餐桌最多坐八个人。除非是自助餐，客人可以坐在沙发上吃。但那样气氛差些。最后，老公确定只另请三位朋友。

人数搞定，我开始为宴请这一宏大工程设计菜单草图。饮料是各种果汁。八个人就八菜一汤，加主食和甜点。一切从简。甜点就是现成的冰激凌和水果。客人南北方都有，主食就定米饭和速冻饺子。汤是我最拿手的乌鸡红枣枸杞汤，漂亮有营养，有电炖锅帮忙，做起来一点不麻烦。八菜中要有两个凉菜，最容易的生菜沙拉、芝麻菠菜。

六个热菜也不难。一个清蒸无刺的龙利鱼块，蒸前放些葱、姜丝，蒸后撒些现成的蒸鱼豉油。为防止鱼变凉，放在蒸锅里，等客人到齐，再出锅。雪花虾仁是我另一个拿手好菜。就是用鸡蛋清炒虾仁，看上去白白嫩嫩的，很有食欲。鸡蛋黄则用来炒西葫芦 / 水瓜。剩下三个一个清炒小油菜，一个肉末豆腐，还有一个是我最近从网上刚学的糖醋小排。我给老公和女儿做过两次，都很成功。

菜单制定好，老公也审阅批准了。我就根据菜单写了个购物单，让老公带我去超市采购了一番。当天上午采购、下午准备、晚上宴客。这样可以确保食材的新鲜。

因为心中有数，我不慌不忙、按步就班地把一大桌菜准备好。热菜都用另一个盘子盖好，以免变凉。我看时间还有，就去冲个澡，换上件连衣裙。人家说好老婆要下得了厨房，上得了厅堂。我也应该向这目标努力。

不出所料，我的八菜一汤两主食加甜点得到了客人们的不停夸赞。我都有点不好意思了。谦虚着："家宴没有什么鲍鱼海参螃蟹龙虾这样的高级菜，只是再普通不过的家常菜，让他们见笑了。"客人们还是异口同声地说家常菜是最好的。

客人走了，老公继续表扬我。说家宴体现了我们对朋友的真心。老公让我躺在沙发上休息，把叠得很高的碗和盘子洗得发亮，炒锅、平底锅、蒸锅、汤锅、饭锅刷得很干净，灶台擦得很白很亮，厨房的地面也拖了一遍。他说，"妻贤夫祸少。他可以在外面餐馆请客，拿发票想办法报销。但有我这个好老婆，他不会做这种事，不管别人怎么做。"我开心地笑了。

甜甜的桑葚

我是喜欢树木的人。每天走在曼哈顿岛的街道上，我会不经意地留心身边的树是什么树。桑树是我一眼就能辨认出的。因为小时候我曾养过两只蚕，天天喂它们桑叶。所以桑叶的样子早已刻在我的脑海里。

那天，我出门溜达，路过一个脏兮兮的流浪汉。但凡有人走过，流浪汉都会可怜兮兮地举起两只脏手乞讨。路人匆忙赶路，没人停下来给他任何施舍。我也假装目不斜视地从他面前走过，心里却难过极了。正在我后悔的时候，前面有几枝沉甸甸的桑树枝杈，从小花园的栏杆里伸出。绿绿紫紫的桑葚挂满了树杈。地上撒满了桑葚，很多都被行人踩碎，地面都成了紫色一大片。

我想，如果我不采摘桑葚，它就会自然掉落。如果我不捡拾桑葚，它就会被人踩扁。有点暴殄天物。于是，我轻轻地捡、摘桑葚，很快，就弄了一大把。我有些紧张地返回流浪汉的地方，把一把桑葚缓缓倒在他的手里。他竟然开心地笑了。我便又用手指着不远处的桑树枝条。他似乎也懂了，还点点头。

然后，我回到桑树下。从包里的本子上撕下张纸，卷成漏斗的形状。心里感激着上天的无私馈赠，不久就采到满满一漏斗的紫紫的桑葚。回到家，好好洗过。我大快朵颐，好甜呀！嘴巴和手都吃得紫紫的。

回想小时候，我住的大院有枣树、核桃树、槐树、榆树，只是没有桑树。我第一次吃桑葚是在小学同学家里。她家就住在离我家不远的胡同里。只是，因为她的爷爷是个部长，她家单独住在一个大院子里。记得她有个公主房，记得她家的桑树很高很大。她让爷爷的警卫员爬上树，为我们摘桑葚。当时觉得桑葚真甜，真好吃。

回到家，我问爸爸，为什么我们大院里有四十户人家，我家只有一间房子。为什么同学家的大院里只有她一户人家，她家还有厨师、司机、保姆、警卫员。这太不公平。爸爸也只是说，等我长大就明白了。我至今仍不明白，只是那第一次吃桑葚的甜甜味道仍记忆犹新。

后来过了很多年，我家搬到朝阳区，楼下有个小花园。花园里有棵小桑树。居然也挂了一树的桑葚。旁边有个小学，学生们放学围着树抢桑葚。有的拼命拽树枝，有的居然爬上小树。居委会的大妈们看不过，把学生赶走，开始戴着红袖箍坐岗看守。桑葚的诱惑太大了。不止几次，从我家的窗户窥到，戴红袖箍的大妈们正在奋力地摘桑葚。

不知怎的，紫紫的桑葚，我觉得，还是纽约的最甜。

舌尖上的人大

九零至九四年在人大本科生活的记忆，不仅深深镌刻在我脑海中、我的心里，也珍藏于我的舌尖。虽然人大食堂的伙食远远比不上家中精致可口的饭菜，更无法匹敌高档餐厅的山珍海味；虽然随着时光流逝，舌尖上的人大味道已慢慢淡忘、逐渐苍白；但是，时不时地，我舌尖上的人大味道还是会被唤醒。

记得在人大时，每天早上我都是宿舍里第一个起床的人。因为，我不像有的同学，可以不吃早饭。我习惯早饭要吃得好好的，饱饱的，否则，上课会发昏。所以，以最轻的声响穿衣洗漱后，我就兴冲冲奔向食堂。那时，食堂的人还很少，不用排队。我的早点是多年固定、没有变化的：一个煮鸡蛋、一张大油饼、半块腐乳、一盆玉米糊糊。

那时，还用粮票。所以，我的钱包里有两个用皮筋捆好的饭票，一个是钱，一个是粮票。交好钱票，打好饭，我会不紧不慢地吃我丰盛的早点。我不爱吃白煮蛋，但想到它所含的营养，也就只有说服自己一点点吞咽下去。然后，我会把腐乳均匀地涂在大油饼上。外表红红的腐乳看上去很新鲜，不仅有咸咸的味道，还有入口留香的豆味。油饼很大，是我见过的最大的油饼。有的地方完全是酥酥的，有的地方外酥内软。油饼就着玉米糊糊真的是绝配。吃一口油饼，喝一口玉米糊糊，既不油腻，又非常管饱。可以提供我一上午繁重功课所需的能量。

毕业后的很多时候，我非常想念人大食堂的大油饼、腐乳和玉米糊糊，却吃不到，只有所谓更健康、更有营养的面包、培根、牛奶、燕麦粥等等。我也只有深深陷入对人大食堂早点的忘情思念中，难以自拔。

人大有几个食堂。但是，由于学生人数太多，中午和晚上无论到哪个食堂，都要排很长的队，才能打上饭。通常，食堂还没开，门外就聚集了黑压压的一大群人。大门一开，同学们就争先恐后、像冲锋陷阵似的挤进去。记得打饭和打菜是两条队，所以同学们通常会两个人合作，一个打饭、一个打菜。偌大的食堂，拥挤的同学，打好饭菜的两个人还可能互相找不到对方。当年的人大食堂，怎一个混乱了得。

因为上完课或自习后，我总是非常饿。所以打完饭菜就不可克制地狼吞虎咽下去，觉得什么菜都很香。有时，看到或听到同学们对食堂饭菜难吃的抱怨，很同情，却难以理解。我是个懒人。只要不让我做饭，就谢天谢地。我也是个在吃的方面要求很低的人，或者说在吃上没太高品位。人大食堂的饭菜能让我吃饱，我就很知足了。我甚至一度想留在人大当个老师。这样，就可以天天、顿顿继续吃人大食堂的饭菜。

人大食堂的很多菜式都忘记了。只记得有个鱼香茄子。生茄子切成滚刀块后用油炸过，所以非常香。大师傅又放了酱油、料酒等秘制佐料炖煮茄子。最后往做好的一大盆茄子上撒入西红柿和青椒块，漂在上面。鱼香茄子块虽然很大，但软软糯糯的、入口即化。茄汁拌米饭好吃极了。可以说余香留在舌尖上，今生都印象深刻。

离开人大，我无论走到哪里，每次下饭馆都点茄子。无论是鱼香茄子、怪味茄子还是红烧茄子，都丝毫也找不到人大食堂鱼香茄子的影子和韵味。每次满怀希望能吃到人大食堂一样的鱼香茄子，却无不失望而归。没有出息的我只要一想到当年人大的鱼香茄子，馋、真馋啊！

人大食堂还有一样吃食最让我难忘。那就是大大的肉笼。有两个二两馒头加起来那么大。那时一个才一毛钱。是用烤箱烤的。外皮焦黄焦黄的，硬硬酥酥的。里面软软的，一层一层的面里铺着些猪肉末。肉末不多不少刚刚好，多一分就太油腻，少一分就太清淡。我是北方人，喜欢吃面食。人大肉笼是我半生来吃过的最美味的面食。在人大以外再也找不到。几次在北京逗留时，听完我绘声绘色、垂涎欲滴地对人大肉笼的描述，老公提议去人大食堂看看是否还有。但我还是决定保留这个遗憾。也是怕去了人大，没有肉笼，那该多绝望呀！

舌尖上的人大也包括食堂的火腿肠。一点肉味都没有，完全是淀粉的味道。但是，看到热菜的窗口排满了人，我只有不止一次无奈地走到没有人排队的冷菜窗口，随便买点青菜和我所吃过的最劣质的火腿肠。

再好的食堂也有吃腻的时候。记得人大的门外，总有卖煎饼果子、凉皮、烤红薯的小摊。都可以让同学们换换口味。记得那时学校不让同学们在宿舍使用电磁炉。但是，据我所知，基本上每个同学都有一个电磁炉，主要是用来煮方便面。宿舍楼道经常飘着方便面的香味。为了增加营养，不少同学会在方便面里打一两个鸡蛋，也加入一些小青菜。比较会做饭的同学甚至会用电磁炉炒菜。

零食也是不能忽略的。每个教学楼门口都有卖零食的小超市。总有同学在哪儿消费。学校外，也有不少水果铺，同学们可以方便地买到各种水果。

在人大，来自五湖四海的同学也会聊天、座谈，交流分享各自家乡的美食。记得劳人院人事管理专业的一同学机缘巧合与我成了朋友。她是四川人，喜欢吃辣，和我讲起的美食基本上无一不是火辣辣的。只有一样，鲜笋肉片汤。大三暑假，我和她一起坐上去四川的火车。她爸爸说给我们做鲜笋肉片汤。我们跟他到早市买了很嫩的竹笋，新鲜的猪肉。他做的这道汤我不客气地喝了好几碗。至今回味无穷。

毕业20年，我逛遍中国的许多地方，游走、旅居几大洲的二十多个国家。不说遍尝天下美食，也自觉今生无憾了。但无论怎样的珍馐，也抹不去人大留在我舌尖上的味道。因为，这熟悉而久违的味道，是我永远无法忘怀的故乡和青春的味道。

榨汁记

去年年底刚来美国时，一位要回上海发展的朋友把他家带不走的东西送了一些给我家。其中，有个约九成新的榨汁机。

在我心目中，鲜榨果汁是所有饮品中最健康的。在北京，到处都卖鲜榨果汁。我没少买。仔细看过所谓鲜榨果汁的过程，真的别提有多么惊诧和失望。鲜榨果汁里面的果肉只占不到三分之一，另三分之二包括冰块、水甚至香精。

我一直想喝喝自己榨的百分百鲜果汁。可又对所有厨房电动机器一窍不通，还心生畏惧。于是，就不断地央求老公，让他榨鲜果汁给我和女儿喝。老公看冰箱里正好有不少橙子。他允诺给我们榨鲜橙汁。

因为二手榨汁机没有说明书，老公研究了半天，才搞明白榨汁机的操作原理。又是叮叮咚咚一通，老公端出四杯橙汁。我、老公、女儿和她的朋友一人一杯。女儿尝了一口，做了个大鬼脸，再不肯喝，我小心翼翼舔了一口，又苦又酸，真不感恭维。老公也是皱着眉，把他那杯费力勉强地喝下去。女儿的朋友却说最喜欢这味道，把自己、女儿和我那杯都喝了。

老公坦白，他把整个橙子，包括皮和籽都榨汁了。他还嘴硬辩解，中医强调，水果的皮和籽都是水果不可分割的一部分。所含营养不逊色于果肉的营养，甚至是互补的。我回想起，老公吃葡萄总吃葡萄皮和葡萄籽，吃西瓜也要吃又青又硬的瓜皮。看上去，有点恐怖。

第一次榨汁失败，没过几天我又馋了。这次，我做了充分的准备。我事先问了家里三个人各想喝什么果汁，女儿要喝哈密瓜、杧果的。我要喝甘蔗的。老公要喝黄瓜的。我把哈密瓜、芒果、甘蔗都去皮、去籽、去核，把黄瓜的两头切掉。做好这些功课，又求已经很不耐烦的老公榨汁。

女儿的哈密瓜、芒果汁都很成功。甘蔗汁也不错。可我只喝了两口，老公就夺过杯子，说怕我血糖飙升，怎么也不肯让我再喝。他的黄瓜汁最难喝。谁知道有个黄瓜像黄连一样苦。唉，真应该事先尝尝。

老公一边清洗榨汁机，一边发牢骚，说只喝果汁，不咬水果，女儿的牙齿都要退化了；他半小时榨汁、半小时清洗，女儿却五分钟就喝完果汁；他还叫这榨汁机是鸡肋，“食之无味，弃之可惜。”

从此，老公再没榨果汁给我和女儿喝。每次看到榨汁机在厨房的壁柜里占据很大一块地方，我都觉得又可叹又可笑。

后来，我们终于淘汰了这个榨汁机，买了个新的，清洗很方便。

营养早餐

女儿刚出生，就是母乳喂养。她吃得胖胖的，我很有成就感。一岁多，我上班，给她断奶。谁知她什么奶粉、牛奶都不肯喝，就喝稠稠的米粥、鸡蛋羹、勺子刮苹果泥。她瘦了，家里人却不知如何是好。

转眼女儿上幼儿园，那里的早餐是煮鸡蛋，小花卷或小馒头，一小纸盒牛奶。女儿不领牛奶，多领个小花卷或馒头。因为能和很多小朋友一起吃饭，女儿吃得多，看上去不那么瘦了。

她上小学，早餐的煮鸡蛋、牛奶她都不吃，甚至说闻到蛋奶的味道就恶心，就用她的蛋奶和同学交换个小花卷或面包。后来，我担心她早饭吃不饱，就早起换着样给她做点炒饭、煎饺、速冻包子等等。看她能多吃几口早餐，我再累，心里也高兴。

初中，女儿来纽约上学。学校的早餐还是不尽如人意。女儿必须一早从家出发，才能赶上学校的早餐。她经常起晚了，到学校早餐已经结束。于是我制定了早餐菜谱，保证五天不重样。女儿最喜欢吃的缤纷蔬菜田园，各种蔬菜焯水，摆盘，胡萝卜是太阳，黄瓜是树木和蔬菜，还有蘑菇、小西红柿。菜谱有速冻包子，速冻煎饺，鲜嫩的甜玉米。水果也不能少。她最爱吃梨、又大又紫的樱桃，都去皮去核。

直到女儿高中，我都坚持日复一日、年复一年给她做营养早餐。一天，女儿朋友的妈妈和我聊起给她孩子准备早餐的经历。她说，孩子吃番茄鸡蛋面，必须先用小锅烧水，水开后放番茄，两分钟后，把开水倒掉，用冷水泡，去掉番茄的皮。然后，番茄切小块，锅内放一点油，把番茄炒一下。再用小锅烧水，放入面、炒好的番茄，最后打鸡蛋，一分钟后关火，保证鸡蛋的黄流油。一碗番茄蛋面真的很费心思。

她又说，孩子每天早上喝牛奶，不喝凉的，更不喝烫的。她早起先用小锅煮点牛奶，奶开了赶紧凉着。凉得差不多，用小勺弄点洒到手背上，感觉温度是否合适。听了这些，我真庆幸女儿不难伺候。

老公总是批评我对女儿溺爱，是害了她。可我说，我不为女儿服务，她自己就不吃早餐，对她身体不好。想起我上学时，我的奶奶也每天早晨换着样为我做早点。

清真餐厅

五年前，北京家小区门口的兰州拉面倒闭了。很快，那个小门面开始热闹地重新装修起来，开张，是一家清真餐厅。餐厅老板是彪悍的三兄弟，家里有三个戴黑印花头巾的老婆，还有四个从四五岁到十岁的孩子。孩子们经常在小区的小花园玩。很快和我、老公、女儿混熟。他们讲他们家在青海，爷爷奶奶、很多亲戚都还在青海，他们每年要坐很久火车回去探亲。

餐厅的三个孩子每天早上一起去小区的小学，一位戴黑头巾的女人不远不近跟在后面。中午他们回餐厅吃饭，吃过再上学，下午一起放学回家。支起张桌子，摆几把椅子，在小花园写作业。写完作业，他们一起玩健身器材，或者你追我跑的简单游戏。我们带女儿到小公园打乒乓球、羽毛球，也和他们一起玩。

一天，老公和女儿都不在家。我邀请餐厅四个小孩到我家玩。看得出他们洗过澡，换了干净衣服。小男孩一下子牢牢抱着女儿的一大桶乐高积木，两个比他大的女孩子跟他争了几句，大概是想共享，但男孩不愿。三个女孩就玩起几十个芭比娃娃，也十分尽兴开心。

这是我不止一次发现这家餐厅的人重男轻女。女人们在餐厅像辛勤的小蜜蜂，忙碌不停，一早就打扫卫生，窗户、地面都擦得很亮。客人来了，开票、上菜、结账都是她们。男人只是坐在椅子上，喝着饮料，吃着小菜，有货送到时站起身。

一天，我看到三个女孩伤心地哭，以为男孩子欺负她们了。上前询问才知，她们的父亲们认为女孩子没必要读太多书，让她们小学毕业就到餐厅帮忙、工作。还好，后来她们的父亲们同意她们读到初中毕业，但小学高年级就到餐厅打工，帮忙保洁、点菜、上菜。

我女儿很多衣服小了，但很新，我都送给戴黑头巾的女人。她总诚挚朴实地感谢。但孩子们从不穿裙子，说父亲不让她们穿裙子。

餐厅的生意越来越好。我在北京时，全家总去吃馕、大盘鸡、孜然炒饭。附近高校的穆斯林留学生也慕名到那儿吃。

最让我欣慰的是，餐厅的四个孩子长大得我不再认识，他们却清楚地记得我。每次见到高声叫我阿姨好。

快乐家庭餐

小时候，家境贫寒，没有下过饭馆。只有在家中来客人，又来不及准备时，爸妈会给我五元人民币，让我到外边买只烤鸡。

这也就是我对快乐家庭餐的记忆。当然，过年也是全家围坐尽享美食的时刻。对于我们北方人，每每都少不了饺子，能吃上饺子，就已经很不错。

上大学后，我自立，不要家里钱，做家教，打各种工，手里有不少余钱。开始吃零食，无非是烤鸡，烤红薯，一些膨化小吃。后来，流行吃麦当劳，快乐家庭餐改成麦当劳大餐，每人一个套餐。女生宿舍楼每间门口贴着麦当劳大薯条袋子，里面放着根铅笔头，几张小纸片，是访客发现屋内没人，留言用的。

后来，满大街都是麦当劳和肯德鸡。我年过古稀的爸爸妈妈还偏爱洋快餐。老爸尤其喜欢肯德鸡的全家桶，经常点外卖。在离我父母家不远有家电影院，旁边就是麦当劳。我常常带爸妈去看电影，看完电影一起吃麦当劳，感觉很幸福。我女儿在北京时每年生日都在肯德基过。看着她穿着漂亮的公主裙，被同学朋友围绕，津津有味吃着她最爱的上校鸡块，我真欣慰，小时候的遗憾都得到弥补。女儿还有一个抽屉，专门存放儿童套餐赠送的玩具。

到了纽约，发现麦当劳到处都是，肯德鸡很少见。我们全家开始总买麦当劳的家庭组合，十五美元，足够我们三人吃的。可过一阵子，家庭组合的优惠没有了。我们只好每人买一个套餐，我永远是一号套餐，双层牛肉汉堡、薯条、可乐；老公和女儿总是七号套餐，脆鸡堡、薯条、可乐。很快，发现麦当劳又有了新的优惠，真是物超所值。

女儿长大，不再和我们活动，而和她朋友在一起。远离在北京的父母，我和老公相依为命。周六，我们会驱车远离曼哈顿的钢铁丛林，到长岛的一个大公园，透气、散步。中午就去公园附近的麦当劳吃饭。那里韩国人很多，我总觉得女的很像我的奶奶、姑姑，男的很像我的父亲。

麦当劳等等最廉价。我却爱它们。因为总能找到家的温暖、快乐。

快乐一元餐

前不久，公寓突然贴出通知，说要修啥管道，停水一天。吓得我一早出门，来到号称世界最大的百货商店，曼哈顿中城的梅西百货，准备在那里逛一天。中午就在七层吃麦当劳。

很久没去麦当劳。发现推出了一元餐，小汉堡，就买了两个，还买了一大杯健怡可乐，也是一美元。一共才三美元。小汉堡里面很丰盛，有牛肉、奶酪、西红柿、洋葱、腌的酸黄瓜。我一口一口有滋有味，两个下肚，觉得还馋，又买了一个。吃过中饭，在麦当劳休息一会儿。下午继续逛梅西，非常开心。

晚上回到家，才知道自己搞错了，没仔细看通知。是晚上停水，不是白天。我只有自嘲一番。不过，逛梅西不仅买了几件衣服，还发现了麦当劳的一元餐，还是很有收获的。

周末，我兴致勃勃地带着老公来到梅西麦当劳，买了五个小汉堡，两杯大可乐。我俩七美元就吃个美味中饭。性价比太高了。也不由得回忆起不少吃麦当劳的往事。

记得麦当劳在北京开的第一家店是在王府井这个最繁华的商业街。每次去都排很长的队。虽然有人指责麦当劳是西方文化的侵入，不少人还是把它当作西方先进的自由民主的象征，争着去朝圣。当时进入中国的美国快餐还有肯德鸡，它的名片是位和蔼可亲的白胡子爷爷。麦当劳的牌子则是金色的双拱门和喜欢孩子的小丑。

初到纽约的那几年，全家经常利用三天的小长假在周边自驾游，如华盛顿、波士顿、千岛湖和大瀑布、费城等等。路上最常吃的就是麦当劳：快捷、可口、便宜。女儿开玩笑说，她打嗝都是麦当劳的薯条和汉堡味道。

又逢周末，老公起床后我迫不及待地拉着他去家附近的麦当劳。可惜时间未到十点半，还没有小汉堡，只有墨西哥卷饼，我以前没吃过。以试试的心态买了三个，也是一美元一个，很像老北京的春饼。薄薄的白面饼里卷入鸡蛋和肉块，好吃。老公这个南方人也爱吃。

我打算，哪天把卷饼买回家，加入豆芽、黄瓜、胡萝卜、粉丝、更多的鸡蛋。把一美元的卷饼由小变胖、提升档次。平民的麦当劳加上自己创意改良在我看来就是世界上最棒的美食。

粽香飘

小时候，喜欢过节，春节吃饺子，中秋尝月饼，最爱端午的粽子。记得奶奶每年都会包几种馅的，红枣、豆沙、八宝，用不同颜色的线捆扎以区别。奶奶包粽子的手像飞起来，很快，看得我眼花缭乱。欣赏奶奶优美舞蹈般包粽子，真是享受。粽子个个有棱有角，丰满可爱。吃过粽子，节省的奶奶会辛苦地洗净晾干粽叶，次年再用。

长大后，奶奶回故乡和叔叔姑姑们一起生活。每逢端午，特别想奶奶，思念她包的粽子。我和弟弟此时会去看望父母，总到附近一家餐厅吃团圆饭。餐厅会在餐后为顾客提供免费粽子。也是那时，第一次吃到南方的咸肉粽、咸蛋黄粽，觉得真美味。

再以后，离开父母在海外生活，每年到了端午，无论学习工作多忙，总会到唐人街的华人超市买一袋速冻粽子，用蒸锅蒸熟解馋。肉粽一个三美元，素粽一个两美元。老公和女儿也爱吃粽子，即使不是端午，他俩也常想吃。还好，超市平时有卖。

辞职回家，我有空余时间。看到纽约超市有卖干粽叶、糯米，就想试试自己包。干粽叶很轻，体积不大，我随手拿了两袋。回家要用水泡发，发现什么锅碗瓢盆都装不下，太长了。灵机一动把装米的大塑料储物箱腾出来，泡粽叶正合适。一夜泡好数数，一袋粽叶居然有一百四十片。

根据网上提示，糯米也用大不锈钢盆在清水里泡一夜。打开家里现成的红豆罐头，准备好剪刀和一团白线，我开始包粽子。把两片粽叶重叠折成漏斗形，用小勺放六粒红豆，放两大勺糯米，然后用两端的粽叶把口封好，用线扎牢。我包粽子的技术不济，粽子形状不一，我只关切得捏箍紧，不要煮漏。

一边听音乐，一边慢悠悠包粽子，一天时间很快过去。我居然包好七十个粽子，分三次用大蒸锅煮，每次先大火烧开，再小火煮三小时。煮好的粽子留几个给老公和女儿晚上吃，剩下的晾凉，放入冻箱制成速冻粽子，可以吃很长时间。

老公晚上下班，说出电梯门在楼道就闻到粽子清香，尝了更是夸赞。我无比满足。美好生活很简单，让我也分外怀念我的奶奶。

2018 年 6 月 18 日

摘草莓

纽约又一年六月初夏，老公说周末几个朋友要带家人结伴去农场摘草莓。我非常期待，很多天前就开始查天气预报。

当天，我们先去新泽西一家中餐厅吃了自助餐。然后，驱车直奔农场。一路开着车窗，呼吸着比曼哈顿新鲜得多的空气，任清风吹着头发，心情无比舒畅。来农场采摘的人很多。停车场里的车塞得满满当当，人们拿着大纸箱，都喜笑颜开地满载而归，尤其是小孩子们，分外快乐。

在去草莓园的路上，不晒的多云天气忽然下起毛毛雨。让人想起王维的“渭城朝雨浥清晨，客舍青青柳色新”的诗句，别有情趣。老公轻声唱起《走在乡间的小路上》《垄上行》《采蘑菇的小姑娘》等几首应景的老歌。我则贪婪地闻着青草的味道，享受着大自然野花的淡淡香味。

到了一片草莓地，我们找草莓多之处蹲了下来，小心翼翼地采摘，生怕弄伤草莓枝叶和周围还未成熟的绿草莓。地里的草莓比超市卖的要小很多，有的只有一个小手指尖大。我忍不住尝了一个，哇，好甜。看来，草莓不可貌相，虽小却很甜，味道也浓郁醇正。

周围手能够到的采摘完，就站起来换一块地方蹲下采摘。然后再站起来换地方蹲下。这样的站起蹲下动作做了很多次，真的很累。看着纸箱里慢慢多起来的草莓，不由得感慨“粒粒皆辛苦”。后来，我和老公分工，我负责蹲着边走边摘，他站着拿草莓箱。俩人合作省力不少。

最后，我们摘了五磅多，收银的女孩特别朴实乐于助人，建议我们和朋友们一起结账，采摘的越多价格越低，果然节约了些钱。回到家，晚饭不准备别的啦，就是草莓大餐。一家每人一大碗洗干净的草莓。

劳动的成果连着两天早晨都是几杯鲜榨草莓汁，代替豆浆和橙汁成为早餐的亮点。草莓还剩下很多。我上网搜一下怎样自制草莓酱。先洗净、切去绿蒂、刨成两半，用水煮直到非常软糯，沥干水分，成功了。次日，给老公的早点面包上抹上草莓酱，他说比外边买的还好吃。

在农场，我们看到了樱桃、桃子、苹果树。老公说等成熟，会带我去采摘。时光如梭，我也期待明年再去摘草莓。

2018 年 7 月 5 日

在纽约吃中餐

纽约是美食者的天堂。这里什么口味的餐馆都有：意大利、西班牙、法式、土耳其、俄罗斯、泰餐、墨西哥等等。但我还是最喜欢吃中餐。

曼哈顿岛上的川菜馆很多，家附近就有“麻辣东村”“麻婆豆腐”。但我是北京长大的，吃不了辣。所以来自江西、很爱吃辣的老公为我做出牺牲。我们从不光顾川菜馆。有家湖南菜馆，叫“湘水山庄”，我俩常去。老公点个辣菜，我点个免辣菜。我最喜欢吃那里的陈皮牛肉、酸豆角肉末、酸菜鱼。

中餐最物美价廉的是西安名吃。我点两个猪肉夹馍，老公点一大碗面皮。一共不到二十美元。小店总是人头攒动，据说在纽约开得很成功，已开了好几家分店。

家附近本来开了家北京烤鸭。我总是点半只烤鸭，鸭子烤得很香、切的刀工也好，小饼、甜面酱、黄瓜、葱丝都地道，让我想起在北京吃的烤鸭。老公不爱吃烤鸭，他就点个特价午餐，尖椒牛柳或鱼香肉丝。由于量大，我俩午饭吃不了，总打包回家晚饭继续吃。可突然有一天，饭馆倒闭了。让我和老公深深遗憾。

有两家上海菜馆离我家也不远。到了那里都不用看菜谱，就可以点上几道爱吃的菜，比如烤麸、红烧肉、狮子头、鳝鱼丝。只是鳝鱼丝经常没有。菜馆的价格也稍微贵些。

唐人街的中餐馆很多，但很难找到停车位。所以只有老公坐在车里，我一人出来买外卖回家吃。曾经有家小馆，每次去排长队，一美元可以买一张大葱油饼，或四个大煎饺。两美元一碗馄饨。

后来这家馆也倒闭了。我们就随意找家馆，女儿总点扬州炒饭，我点鳗鱼饭，老公点宫保鸡丁或猪排饭。

法拉盛的中餐馆也不少，只是更难停车。我们在《世界日报》广告上看到一家在法拉盛附近的自助餐，就决定去试试。自助餐门脸貌不惊人，里面的菜品很丰盛，不仅有中餐，也有日餐、西餐。各种饮料、沙拉、肉、菜、主食、甜点、水果，很快就吃得饱饱的。

离开北京很久了，但乡土之情却割舍不断，甚至越来越浓。能每个周末去吃顿中餐，真是个很大的安慰。家里遇到谁过生日，或其他喜事，更是要一起吃顿中餐庆祝。

在纽约逛菜市场

在纽约，买东西很方便。我在百货商场淘到不少衣服、包包。当然，我最喜欢逛的还是菜市场。

每周六上午，是我和老公雷打不动的买菜时间。我们总会先去个华人超市，再去个会员制当地人超市，两家都有免费超大停车场。也曾尝试两周去买一次菜，但存在冰箱里的菜会不新鲜，甚至烂掉，所以还是坚持每周去。遇到天气极其恶劣，只有将买菜时间提前或推后。

我会提前将要买的菜、肉、水果名称写在小纸片上。到了超市，拿出来，保证不会忘记一样。我会走在前面挑选，老公推着购物车跟在后面。家人的嘴都被宠得比较挑剔。苹果只吃大富士，橙子只要加州产最大的，其他都嫌酸。每周还要买香蕉、葡萄、樱桃、牛油果、奇异果。夏天买大西瓜。

要买的蔬菜品种更多。在华人超市买土豆、红薯、洋葱、萝卜、大白菜、茄子、葱、姜、蒜、豇豆、豆苗、蒿子杆、香菜。在当地人超市买番茄、生菜、豆角、菠菜、蘑菇、黄瓜、辣椒。水果和蔬菜来自世界各个国家。生活在纽约真的非常幸福，可以一年四季吃到种类很多、全球物美价廉的蔬果。我买的种类丰富，数量少，避免浪费。

在华人超市，还要买豆腐、豆奶、速冻饺子、馒头、葱油饼，各种调料：料酒、老抽、生抽、耗油、醋、芝麻酱、甜面酱、酱豆腐、韭菜花、火锅底料、麻辣香锅料等等，米、面、油。肉食每周必买排骨、五花肉、鸡腿、鸡翅、鸡胸、肥牛、香肠、午餐肉……

有时，选择太多，也费时费心。就说鸡蛋吧，红皮的、白皮的、散养鸡的、有机的，每个包装数量不一。大小也相差很多。有的只比乒乓球大些，有的比鸭蛋还大。的确要好好比较挑选。还好，家人对鸡蛋吃不出区别，我就凭感觉，每周买不一样的。

考虑得得再周全，还会丢掉一两样，幸亏家附近有家超市，我就周四到那里买点东西。周五总是做很多菜，这样周六就可以买新的了。周五晚上剩的，周六中午买菜回家热热吃。

过了中年，对人生没有大追求、宏伟目标或理想，只希望过好小生活，每周六开心地和老公去买菜，做个称职的家庭主妇。

绿茶

经常收到关于绿茶多么有益于人体健康的微信、消息：防癌、减肥、降血脂、延年益寿……我第一次喝绿茶还是工作后。当时有同事从黄山归来，带来几罐龙井。我学会要用透明的玻璃杯泡茶，欣赏茶叶先悠然浮起，又轻舞般地坠落在杯底。那龙井的清香一直留在我记忆里。

柴米油盐酱醋茶，居家过日子，茶叶放在最后，显然对老百姓是个奢侈品。小时候，家里能保证我们的温饱就很不错了。中学时读《红楼梦》，里面饮茶到极致的可谓是妙玉。我其实并不喜欢她，感觉她太清高、瞧不起人。当然，还是为她最后的悲惨结局伤心。

后来，家里富裕了，经常光顾北京的杭州菜馆，龙井虾仁是我们必点的一道菜。家人吃虾仁，我吃龙井茶叶。女儿喜欢吃抹茶蛋糕、泡芙，淡淡绿茶的颜色。我总会凑上去，瓜分几口。

旅游到杭州，朋友带我参观茶叶园，看采茶女辛苦工作，目睹茶叶的炒制过程。觉得茶农真的很不容易。就多买几罐茶叶，自己喝或送亲戚朋友。

我爱喝茶，但并不讲究。不论是明前茶，还是经年陈茶，我都可以接受。很多人看不起装满碎末末的袋装茶，我不嫌弃。我不喜欢过度包装的茶叶，觉得太不环保、太浪费。我也不赞成对茶叶的过度炒作。毕竟茶叶是锦上添花，而不是雪中送炭。饮茶不是附庸风雅、而是以茶会友。饮什么样的茶是次要的，交什么样的朋友、谈论什么话题更重要。

在纽约的华人超市，什么品种的绿茶都买得到。我在当地人的超市，还见过一种绿茶浓缩汁，非常小巧，只有鼻烟壶那么大，每次挤出几滴，加水，就是一杯茶，可惜，加了蜂蜜、柠檬，味道不纯，颜色也不对。

到纽约中餐馆就餐，通常热茶是免费的。热茶也一般是绿茶。有人还是要点付费的绿茶。我只喝免费的绿茶，因为这是平民的味道。

每次驾车自由行，我会提前准备些吃的在路上备用，绿茶鸡蛋是不可少的。家人都爱吃，感谢其中的绿茶味道。

白开水、汽水、可乐、雪碧、蜂蜜水……人们各有所爱。绿茶是我的最爱。它平凡清淡、暗香徐来。

火锅

第一次吃火锅是几十年前，家住在北京胡同的大院里。从内蒙古来北京出差的叔叔给爸爸带来十几斤羊肉。在那个食物凭票供应、缺肉少荤的年代，这些羊肉可是很稀罕的。爸爸热心地招呼左邻右舍来我家一起吃火锅。

当时，家里并没有管道煤气，也没有专门的涮锅。爸爸就把煤气罐，大蒸锅装半锅水拿到房间。将羊肉化冻，但未完全变软时，细细切成一盘盘薄片。一会儿，家里聚齐大人小孩一大群人。东家拿来芝麻酱、大白菜、豆腐、粉丝，西家带来韭菜花、土豆、红薯、萝卜。孩子们都是第一次吃火锅，兴奋极了。

正吃得兴致高，煤气罐没气了。爸爸冒着严寒，推着自行车，到煤气站换煤气罐。我们在家等。还好，爸爸没在路上耽搁太久。我们继续吃好了火锅。这美好的往事永远留在童年的记忆里。

以后基本没在家吃过火锅，可能是爸妈嫌麻烦吧。上了大学，会和同学们一起到外边饭馆吃火锅，无论是老北京的铜锅，四川的麻辣锅，还是南方一人一个的小锅，我都吃得很享受。老公是江西人，很能吃辣，我俩吃火锅一定吃鸳鸯锅，一边辣，一边清汤。我很爱工薪阶层的小锅，二三十元人民币一个套餐，吃得饱饱的。

刚来纽约，朋友介绍我们到法拉盛去吃一家自助火锅。二十美元一个人，包含锅底、小料、荤素涮食。每种涮食都装在一个小小的盘子里。我不解，这样多麻烦，羊肉就要点好多盘。店里的女老板说，这样一来避免浪费，二来客人可以多吃几样食材，有益于健康。后来，我们发现曼哈顿岛上一家日式海鲜自助也提供火锅服务，并不额外收钱。又多了个吃火锅解馋的地方。

老公看我这样爱吃火锅，就从网上给我买了个电火锅，像脸盆那么大，黑底、红盖。我喜欢得不得了。于是，只要可以，我家每周末都吃次火锅。华人超市可以买到各种底料、芝麻酱、韭菜花、酱豆腐、肥牛片、羊肉片、虾仁、鱼丸、蟹棒、豆腐、粉丝、各种蔬菜，特别是蒿子杆。

我爱吃火锅，一家人围坐，边聊边吃着一直热腾腾的食材，没有炒菜的油烟，寓意着红火的生活。

2018 年 3 月 30 日

中秋月饼圆

中秋节又要到了。圆圆的月饼印在中文报纸的广告栏，摆上华人超市的货架，勾起我无限回忆和遐想。

三十多年前，我家住北京胡同的大杂院。中秋，一家人和几家邻居在我家葡萄架下围坐一桌赏月。因为蚊子特别喜欢咬我，妈妈总会提前用花露水涂满我的全身，还让我穿得很严实。就这样，也还是要被咬得到处是包。不过，我只当这是中秋和家人、朋友赏月的代价吧。我只吃些自家产的葡萄。月饼没有，我不要；有，我不吃。

当时的月饼，因为吃公有制的铁饭碗，月饼厂工人工作积极性不高，所以产品单一、质量很差。记得只有叫一点红的和五仁两种月饼。月饼别提有多硬了。不是笑话，是真事。月饼不小心掉在砖地上，居然把砖砸了个深坑。所以，当时牙口不好的人，真不敢吃月饼。月饼的馅料也不怎么样，只有糖块，一种仁也没有，偶尔有，也通常是有哈喇味的。

小学四年级的时候，班主任老师心血来潮，要在中秋当晚在学校办个中秋晚会。更要命的是，他要求每位同学晚上自带一块月饼。他不知道，很多同学家里没有月饼，也没有钱买。幸好，妈妈医院发了两块月饼，她让我拿一块交差。当晚，中秋晚会结束回家不久，后院就传来打骂声、号哭声。同学小胖偷偷到废品站，卖了他爸从单位拿回家的报纸，换钱买月饼。此后好几天，小胖屁股肿得只能在教室里侧着坐椅子。唉，都是月饼惹的祸。

不知从哪天起，月饼变软、变得五花八门了。我才慢慢知道月饼原来还分很多种类：苏式、广式、京式、宁式、潮式、滇式；甜味、咸味、咸甜味、麻辣味；各种馅心也层出不穷。更有了冰激凌月饼、果蔬月饼、茶叶月饼、无糖月饼等等。

去年，我们一家三口、我父母、我老弟六个人难得在一起在父母家过中秋。老爸把我们都叫到阳台上看月亮。除了天上的月亮，阳台的玻璃窗上反射出两个月亮的影子，一共有三个月亮，真是神奇有趣。老弟还带来一个超大月饼，有十二寸比萨那么大，又有点像一个矮矮的生日蛋糕。那是我吃得最圆最香的月饼，过得最开心的中秋节。

今年中秋，我们一家三口在纽约，与在北京的父母和老弟遥遥相望。苏轼说：“人有悲欢离合，月有阴晴圆缺，此事古难全。”圆圆的月饼，说不出、道不清世上多少离人的思念、辛酸和无奈。我早早开始虔诚祈祷：“全家人中秋明月明年一处看。”

葵花子

正月过去一大半了。我家茶几上的过年小吃依然丰盛。成碗的各色新鲜水果，有樱桃、蓝莓、红提子、绿葡萄。八宝盒里满满的腰果、榛子、山核桃仁、开心果、夏威夷果、大杏仁，还有两个格子是葵花子。比起前六种干果，葵花子在价钱上低了好一节。老公建议我把葵花子换成更有档次的巧克力糖和松子。被我拒绝了。

小时候，我平时根本吃不到葵花子。就盼着过年。每家发一斤生葵瓜子、一斤生带皮花生、半斤水果糖作为过年小吃。妈妈炒葵花子时，我会眼巴巴守在旁边。就等炒得差不多的时候，妈妈会给我一两个尝尝，看炒熟了没有。葵花子炒熟后，我不可以吃，因为这要摆在盘子里，留给过年上门的客人先吃。

如果爸妈带我去朋友家做客，会叮嘱我不要贪吃葵花子。所以，我到了主人家，也不敢吃葵花子。有热心的叔叔阿姨会在我临走时往我的衣服兜里装上一小把葵花子，这就是我儿时最开心的时刻。

年过了，没有拜年的客人上门，妈妈才同意我吃葵花子。我总是开始计划每天吃一点点葵花子，可以吃上几天。但我一吃起来就上瘾，一次就吃完了。虽然我已经很小心，吃得很慢。吃完了，才发现，爸爸、妈妈、奶奶都一颗葵花子也没有吃。他们还说，葵花子是小孩子吃的零食。

后来，老弟长大一点。我也不吃葵花子了，改为嗑葵瓜子给老弟吃。看着他渴望的神情，我也十分满足。老弟吃葵花子有股豪迈的男人味。他喜欢用小手积攒十余个葵花子，一下子放入嘴里，边嚼边发出很大声，脸上洋溢幸福的微笑。

我家那时门前有块小菜园，种豆角、茄子、苦瓜之类。一年，爸妈种了一株向日葵。我几乎天天量它的高，数它的叶片，写观察日记。后来它长得比我高很多。一天，爸爸把它的头砍下来。他让我拎着它，感觉它的沉甸甸。他也让我抚摸排列得整整齐齐的葵花子，体会它的饱满。

我老爸有个葵花子情结。他对我和老弟讲了很多次，没有葵花子，他很小就失学了。是一个点心厂长给了老爸一份工作：砸葵花子仁。他就是靠用小石头砸出一颗一颗的葵花子仁，才攒够学费。我想我也有个葵花子情结，感激上苍，我这个连葵花子也吃不起的馋丫头，长成各种美食都吃得起的馋鬼。

2014 年 3 月 2 日

一扫而光

老公身上有很多特有的品质和优点，值得我深爱。其中有一条，就是他吃饭从不浪费，总能弄得盘清碗空，把所有菜饭消灭干净。这和我很对脾气。我讨厌剩菜剩饭，倒掉浪费、可惜，留着是鸡肋。

“锄禾日当午，汗滴禾下土。谁知盘中餐，粒粒皆辛苦。”这首诗我是从课本上学的，它教会我要爱惜每一粒粮食。而老公却是从小就在稻田里亲身体验的。他至今提及干农活的辛苦还唏嘘不已，总感叹世上千万种职业，农民是最累、获得回报最少的。“四海无闲田，农夫犹饿死。”自古有之。老公小时候没少忍饥挨饿。他深知粮食的来之不易和可贵。

我的父亲也出身寒门。兄弟姊妹多，吃饭时，谁不小心掉了个饭粒，爷爷的木筷子就会重重打在他头上。父亲因此留下后遗症，掉了饭粒在桌上，会快速地捡起来吃。妈妈是医生，为此和父亲争辩了几十年，说这样不卫生。但父亲还是照旧，吃完饭，桌前干干净净。

我带老公第一次见父母，在外面饭馆吃饭，点了简单的四菜一汤。每人还点了一碗饭。我吃半碗就饱了。老公饭量大些。我父母问是否给他再加碗饭。他说不用了。接着，很自然地端起我吃不下的半碗饭，吃得一粒米也不剩。此后十几年，老公从不怕别人笑话，我的剩饭，无论什么场合，他都照吃不误。

我的母亲有点迷信，每次出去吃饭到尾声时，她总提醒我们，要“有余”。她希望，每样菜剩余一点，不要都吃光。可她在我家是绝对少数。我父亲、老公和我总会把所有菜打扫一光。甚至菜里的葱、姜、蒜也不剩。父亲吃葱、老公吃姜、我吃蒜。我家出去吃饭总按照分量点，避免点多。有时，饭馆菜量大，吃不完，一定打包回家。

我家的冰箱经常清理。老公希望，每周末去超市采购前，冰箱最好是空的。去采购前，我要精打细算，这周几天在家吃饭，需要买多少米、肉、菜等等，还要写个详细的采购单，防止忘记买某样东西，更是要避免在超市头脑一热，买些不需要的东西。我在家做菜，每次都琢磨半天，又要够吃、好吃，又要能吃光、一点不剩。

我以为，老公和我已经是节约的典范。谁知，不久前，我俩小巫见大巫了。我们和两个德国人一起吃饭。到最后，已经吃得毫不浪费。这时，一位德国人向服务生要了两小块面包。俩人一人一块，掰碎了放进盘子，把盘子的菜汁蘸得一干二净。那两个盘子一尘不染，就像新刷过的，闪着亮光。我和老公当时震撼得哑口无言。事后，我们都感慨，德国人的一扫而光真的是光啊！

2014 年 8 月 25 日

豆腐情结

在纽约，我和老公每周末利用半天时间采购一周的吃喝。要去当地的超市买很多东西，也要去华人超市买些特有的东西：小葱、活鱼、皮蛋、粉丝、木耳、香菇、黄花菜，当然还有豆腐。

在家里吃饭，老公没有大米不行，女儿缺肉不可，我则三天无豆腐就馋。无论是拌豆腐、红烧豆腐、白菜豆腐粉丝汤，都是我的最爱。

小时候，什么吃的都缺。冬天顿顿是主食加一盘加盐的清汤大白菜。偶尔豆腐厂派一辆三轮板车来我们胡同卖豆腐，人们奔走相告、蜂拥而去，队伍从胡同这头排到那头。记得一次奶奶让我去排队，我接过钱、饭盆飞跑过去。漫长的等待后，我前面的人买到了最后一块豆腐。空手而归的我到家大哭一场，不是站队腿脚酸痛，是心里内疚没能让全家吃上豆腐。

后来生活好了。离家不到百米有个菜市场，里面有位大嫂天天卖豆腐。她的豆腐又厚又嫩，冒着热气。都是回头客，生意好极了。顾客主要是老大爷、老大娘。我去买豆腐总听他们念叨："人老了，牙口不好了，就爱吃口豆腐。""白菜豆腐保平安。"

父亲老家在内蒙古。那里的冻豆腐是一绝。冻后的豆腐形成天然的小孔洞，烹饪时很容易入味。而且更加筋道耐嚼。老公的家乡在江西，那里的余干豆腐我百吃不腻。方方正正的老豆腐炖得很醇香，让人大快朵颐、相当过瘾。里面还有青蒜、猪肉片。

刚工作不久，我骑自行车上下班，单程要半个多小时。有时加班到很晚，通常同事们会一起在外面聚个餐再散。附近的饭馆小常州是我们爱去的地方。每次都点鱼头豆腐汤，特别是冬天。鱼头很鲜，鱼汤比牛奶还要白，豆腐浸透了鱼汤的美味。我总是喝上好几碗，心满意足地说:“这下有力气和热量骑车回家了。”这句话后来居然被同事们传诵，成了我的笑话。

百叶结烧肉，我更喜欢说成是豆腐结烧肉。上了家里餐桌，油浓酱香、分外诱人，女儿吃肉、我吃豆腐结、老公肉汤泡饭。客家酿豆腐，也是必提的美味。豆腐与肉末本是绝配，精致的袖珍豆腐盒包着小肉丸子,上面再撒些青葱,旁边摆几根翠绿的青菜。一盘客家酿豆腐，加一碗白饭，就是既有营养又可口的工作餐了。

这般如数家珍，还是漏了很多，比如豆腐脑、豆腐干、麻婆豆腐、豆腐乳、臭豆腐、毛豆腐……我想，今生的豆腐情结都会牢牢地系在我心里。

2015 年 2 月 14 日

迷你菜园

我从小没干过任何农活，也从未侍奉过花花草草。都是到了美国，朋友见我天天在家赋闲无聊，热情鼓动我在家阳台上建个小菜园，还给了我几小袋菜种、十几个花盆、两大包营养土。

我到超市买了个浇花壶，向女儿要来她在沙滩上玩沙子的小铲子，准备播种了。我先清理花盆土上的枯叶枯枝，用小铲子彻底地松松土。我不知种子要播撒的深度，只有凭感觉挖个坑，小心翼翼把种子撒进去，一边念念有词："你们可千万要发芽呀。"然后，把土填平。最后，再用浇花壶浇透水。给十几个菜盆播种真是体力活。不过，当这些还光秃秃的菜盆摆满阳台，我已收获了劳动的快乐。

此后，我每天都在阳台上仔细观察菜盆。它们的土干了，就浇水。中午太阳暴晒的时候，土都烫手，就给它们挪挪位置，让它们在阴凉处歇歇。早上、快晚上，太阳还温和的时候，就让它们晒晒。很快，每个菜盆都冒出绿芽。刚开始，我记不得种了什么菜，分不清谁是谁。过了几天，我会除杂草了。因为每个菜盆我只种一种菜，所以在所有菜盆都出现的是杂草。

再过几天，小青菜已经长得和菜种包装袋上的图片一模一样，可以采收了。采收完，洗洗，马上清炒。这是我第一次吃自己种的菜，也是第一次吃现采现收的菜。也许有心理暗示作用，我觉得这小青菜太新鲜太好吃了。接着成熟的是大叶香菜。香菜炒鸡蛋真的很香，吃完以后嘴巴里的余香久久不会散去。

最晚收获的是小辣椒。开花的时候，老公担心它的授粉问题。我灵机一动，用手轻轻地把两朵辣椒花的脸贴在一起蹭蹭。老公当时还将信将疑。没过几天，小辣椒花谢了冒出绿色的小辣椒。再两天，一个菜盆的两株就结了十余个小辣椒。老公比我开心，他最爱吃辣椒，说采摘后，给我做个辣椒炒肉。

辣椒还没采收，小青菜已收获了三拨。大叶香菜也要采摘第二拨了。迷你菜园不辜负我的期望和辛苦，给了我最大的回报。不仅是新鲜的青菜，劳动锻炼身体，也帮助我修身养性。陶渊明说："采菊东篱下，悠然见南山。"我家就在曼哈顿东河边。我天天"种菜南窗下，悠然见东河"。

2014 年 8 月 27 日

番薯佬

天下美食，我对番薯情有独钟。无论是烤番薯、蒸番薯，还是番薯干，我都一吃上瘾。我还尤其喜欢吃清炒或蒜蓉番薯叶子。

老公说，在他老家，城里人吃得起大米，瞧不起吃不上大米、天天吃番薯的农村人，叫他们番薯佬。番薯叶子农村人很少吃，是用来喂猪的。我回答他：我就是猪，我就是番薯佬。

我妈妈的老家在河北农村，自己种番薯。我小时候，每年收获季节后，要么是我姥爷，或者是舅舅，或者是我表哥，背着一个装满番薯和番薯干的大包，送到我家。在那个粮、肉、蛋都凭票供应的年代，这些番薯真的很宝贝。感觉饿的时候，嚼上块硬硬、甜甜、很有韧劲的番薯干，好幸福。

我和一位小学同学有着美好的番薯情谊。她家经济条件好，她有零花钱。我没有钱买零食。路过卖烤番薯的小摊，她经常买一块烤番薯，分给我一半，坚决不要我一分钱。她常到我家和我一起写作业，我也和她分享我的番薯干。一次做数学题，她不理解游泳池里放进大铁块水的高度升高。我其实也不明白为什么游泳池要放大铁块。但我灵机一动，找个玻璃杯当游泳池，番薯干当大铁块。她很快明白水面高度的问题。

我怀女儿时，通过家政中介找了个从陕西贫困农村出来的小保姆辽子。我问她在家乡吃得怎样，她说，早上吃“羊”，中午吃“鱼”，晚上吃“蛋”。我一怔。她笑了，说她们那里天天、顿顿吃洋芋蛋，就是土豆。我深深感慨，天下居然有连番薯都吃不到的地方。刚来时，辽子怯生生地说没吃过鸡蛋。我说给她煎鸡蛋，管够。我煎一个，辽子吃一个。可怜的孩子吃了至少一斤鸡蛋，我的眼泪忍不住流下来。

在北京念大学时，每天晚自习中间我会出教学楼锻炼会儿身体。回来时，我会在教学楼门前买上一块烤番薯。为了不影响其他同学自习，我总是吃完烤番薯再回教室。无论刮风下雨，卖番薯的大姐都会出摊。她跟我混得很熟。她的家境不好，老公身体很差。全指着她一人养家。孩子多又小，但她很阳光乐观。她看我天天早出晚归地自习，贴心劝我别压力太大，要顺其自然。称好分量，她总要把零头抹去。我则坚持一分也不少地给她。

来美国后，我很关注中文报纸上超市的广告。一看到有番薯在特价，我就急不可耐地跑过去买回一大包，或蒸、或烤。然后，细细品味。遗憾的是，我的牙不行了，咬不动番薯干了；这么长时间，没见过有番薯叶子卖。我并不羡慕什么海鲜佬、牛排佬、高档酒店佬。我很开心做个番薯佬。

2014 年 4 月 16 日

学和面

我是北方人，从小吃惯各种面食。在北京，每个超市、菜场、到处都有主食食堂。什么面食都买得到，物美价廉。到了美国，我吃不惯西方的比萨、面包、意大利面条。只有在中国超市买速冻饺子、饺子皮，速冻的烙饼、葱油饼。但速冻的饺子馅料和葱油饼太油，机器制成的饺子皮又厚又硬。我决定自己学和面，做面食。

刚开始，没把和面看得很难。不就是面粉里放水，搅和搅和，按几下嘛。那么多复杂的化学实验我都不在话下。那么多大考小考我都全部拿下。和面是小菜一碟。谁知，和面真不简单。第一次，我和面做饺子。可放的水少，面和硬了。擀饺子皮很费力。右手擀得又痛又麻。只有换不灵巧的左手擀。很快，两只手掌都“擀残疾了”。只有换十根手指推着擀。后来，不仅手痛，腰和背也痛得厉害，好几天都没缓过来。

于是，我注意面一定要和得软。水不能一次加，要分几次，一点点加。我努力回忆奶奶、爸妈和面的情景。要先用筷子搅，免得手上都是。我想起，奶奶曾多次说，和好面，面盆里、手上都是干干净净的，一点面也不浪费。

我也在网上查和面的小窍门。竟然说，面要和得筋道，至少要揉五分钟。这下，我深刻体会了爱因斯坦的相对论。如果谁说等人时间过得慢，那就让他揉面试试。厨房里压面机、粉碎机、榨汁机、豆浆机，应有尽有，就是没有揉面机。如果市场上有，不管多贵，我会买回家。

我很快熟能生巧，和的面软硬适中。用我和的面擀出的饺子皮，不像超市卖的，而是中间稍厚一点，四周略薄一点，向上卷着，很像莲叶。这样包出的饺子皮薄、不容易破。我也尝试和五彩面，用菠菜汁、胡萝卜汁、葡萄汁、番茄汁、橙汁分别和面，擀五彩皮，煮出五彩饺子。

由于身体原因，我吃的一种药要求密切监测药在血液里的浓度，每月抽血。我的血管埋藏比较深，每次抽血，几个护士轮番上阵，针头阵阵乱戳。她们看到我就皱眉，我看到她们就害怕。有一天抽血时，破天荒地一针见血。护士问我是否参加健身俱乐部，运动了胳膊。我也纳闷了一下，才想出，该感谢和面、揉面和擀面。

我现在每周至少和三次面，做饺子、葱油饼、肉饼。我下一个要挑战的目标，就是发面，做馒头、包子。比起升官发财、治病救人、报效国家、拯救地球，我的理想好像有些寒酸。但我心里坦荡荡，觉得自己的志向不输给任何人。那就是：让自己和家人吃好。

2014 年 4 月 10 日

一斤扁豆

春节已是第二个年头回北京休假，看望久别的父母。父母早早准备了许多我爱吃的：茴香馅饺子、嫩嫩的香椿苗、现烙的很多层的大饼、豆腐脑、油条、大红富士苹果、奶油草莓等等，塞满了冰箱。除了和父母聊天，打麻将，和亲朋好友大吃大喝，我一定要去逛逛家旁的菜市场。

这是个玻璃大棚。中间长长的买菜人的过道。两边是卖菜人的摊位。卖菜人都是外地来北京打工的。春节菜价比平时高，为了能多赚些钱，一多半人没有回乡。各种菜被细心摆放得很整齐。

走到菜市场尽头，我被一位开心大姐打动了。她看上去那么幸福满足。穿戴得整齐得体。摊前的菜应有尽有。我选了纽约吃不到的顶花带刺的黄瓜，叶叶饱满的平菇，还有又平又宽的扁豆。我注意到，有两个孩子，分别坐在两块砖头垒成的小凳子上，认真写着铺在膝盖上的寒假作业。

我心里感叹孩子们艰苦的学习环境。大姐好像读懂我的心思，她快语道："这俩孩子一直在大山里和爷爷奶奶在一起。去年刚接他们过来。虽然日子很艰难，我已经很感恩了。"告别大姐，我忍不住想，在孩子们最需要父母的时候，父母的缺失会给他们造成什么影响？

让他们更坚韧，还是留下创伤？据说中国大陆留守儿童有650万。让我心痛的数字。

迷迷糊糊快离开菜市场，才发现手里拎着的菜只有平菇和黄瓜，豆角不见了。我也懒得回去找，就在另一摊位上又买了一斤。然后就忘了这件事。

过了十余天，我一时兴起，又去逛菜市场。到大姐摊位时，她很兴奋地拿出我买的那斤豆角。说，我那天落下了。她也是后来才发现的。她每天用新鲜的豆角换塑料袋中的豆角，保证塑料袋里的是最新鲜的。她一直盼着我再来。

我哽咽了。我知道，她们夫妻俩每天凌晨三点就要去批发市场上菜。她一家住在很远的拥挤的一间小平房或地下室，她的生活真的不富裕，但她却如此讲求诚信。我从包里掏出给女儿买的北京小吃：艾窝窝、豌豆黄、驴打滚，放在摊位上。说："送给孩子的。"然后拿起那斤豆角，急匆匆地逃走了。

一斤豆角，让我认识了这位好心的卖菜大姐。我深深祝愿，她全家万事如意。她的孩子们长大后能冲破贫困的束缚，让大姐过上更好的生活。

2016年3月3日

纽约感想

星条旗无处不在

早知道美国人特别热爱自己的国家，其中包括国旗：星条旗。来美数月，对此感触很深。

在纽约街道上走，不少街道两边都飘满星条旗。众多星条旗在风中飞扬的样子，真的非常壮观。有的大百货公司挂的星条旗又大又多，像一排整齐的美国国旗队列。

纽约的东河、哈德逊河、周边的湖和海上，行驶着大大小小、各式各样的船，绝大多数上面都飘着星条旗。所有在城市和郊区飞驰而过的校车、公共汽车的车窗边，无一例外地端端正正贴着星条旗。地铁的每节车厢的两侧，都有星条旗，一列地铁的星条旗连接起来，就好像是一条星条旗的长龙。

去学校给女儿开家长会，教室里、运动场内，到处都挂着星条旗。超市、杂货铺的显眼位置也摆着质量很好的星条旗，小的只卖七十五美分，大的不过十美元。我觉得这价钱收不回成本，猜不知是否有政府补贴，或者有人赞助。

美国人的衣服、饰品，到处充斥着变化莫测的星条旗。衬衫上的星条旗有长方形、正方形、菱形、圆形、心形、蝴蝶形等等。无论是冬天的厚靴、春秋的皮鞋和旅游鞋还是夏天的凉鞋，都能找到星条旗的影子。帽子、头花、围巾、手绢、项链、手环、耳坠、胸针、小坤包、大背包，只要可以穿戴在人身上的，星条旗无处不在。

美国人爱星条旗，不仅是独立日才人人举着旗子在大街上、公园里、海滩上四处狂欢。只要有公众游行，有庆祝活动，美国人就会带着国旗外出，兴奋地摇动。那时的户外，星条旗一浪接着一浪，甚至让人感到有排山倒海的力量。

一天，我见到一位无家可归者，穿得破旧邋遢肮脏。可他的手推车上，插着一面崭新的星条旗。随着他的手推车向前缓缓行进，星条旗也迎风飘扬。我当时莫名其妙地为之震撼，觉得这场景传达了一种坚定的信念。在美国所见到的国旗也有很旧的，但其充满沧桑感，更令人肃穆。

星条旗曾被送上月球。更被美国军人高举挥舞在世界各个地方，历经无数战争，多少人牺牲生命，多少人流血受伤。星条旗上有肉眼看不到的血染的风采。美国平民，传教士、人道工作者，同样为星条旗增光添彩，到处救死扶伤，传播美国自由、民主的文化。

星条旗提升了美国人的国家荣誉感，使得美国人越来越热爱自己的国家，也提醒美国人要牢记自己国家的历史、思索未来美国在世界的使命、探寻履行个人的定位和责任。

纽约梦

在北京上大学时，看了姜文、王姬演的电视剧《北京人在纽约》，觉得干吗要削尖脑袋去美国受苦受罪。当同学们忙于考托福、申请美国大学时，我准备着公务员考试，期待一份安稳工作。

世事难料、阴差阳错，我这个做梦都没想过要到纽约的人，却因老公的工作调动，两度在纽约共生活了八年。知道我在纽约，身边不少亲戚朋友很羡慕，都说我有福气，能到世界第一大都会，而且赋闲在家，没有任何工作压力。

抵达纽约，基本都在肯尼迪机场。车行至皇后桥时，曼哈顿岛上钢铁森林般密密的摩天大楼景象总让我为之一振，甚至有些热血沸腾。这个城市竟如此兼容并蓄，稳重老成，充满青春活力。建筑如此，人也一样。无论何种肤色、何种衣着装扮、高矮胖瘦，都自信地走在大街上。

纽约的日子快捷方便。我家住在东中城，窗户可以看见东河，一出门望见帝国大厦。旁边还有两个小公园、运动场。周围有公交站、地铁、码头、医院、超市、电影院、图书馆、书店、百货商场、饮品店、各式餐馆等等一应俱全。女儿已上高中，自理能力强。我的家务负担不重，有足够时间天天逛逛玩玩。每个周末，一家人活动都安排很满，植物园、博物馆、中央公园、周边景点等等。

在纽约的生活质量比在北京高。空气好，气候湿润。超市东西物美价廉，百货商场名牌多、折扣大，出行办事休闲方便。这应该是我对平凡小康生活的梦想成真，梦美得甚至是我不曾梦过的。老公看我天天开心的样子说，我一定会在夜里做梦时咯咯地笑醒。

可是，最近我却常做噩梦。有时找不到小时候在北京胡同家的钥匙，书包、衣服口袋翻了几遍，还没有，我会哭醒，枕头湿一片。有时在回北京新楼家的路上，一大群巨型恶犬拦路，一只只伸着大红舌头，嘴里吐着白沫，眼光邪恶凶狠。我会尖叫着惊醒，好半天才恢复平静。还有时，提着礼物去看父母，却怎么也找不到他们住的楼，最后找到了，进了单元门，发现不对，楼道变得很窄。

我终于明白，纽约再好，也挥不去心底浓浓的思亲思乡梦。

2018 年 4 月 16 日

纽约客

今生两度在纽约共生活了八年多。从开始新鲜陌生，到渐入佳境，再到今天如鱼得水、轻车熟路。我早已把纽约当成第二故乡。

每每有亲戚同学来访，我都自豪地带他们在曼哈顿到处玩，给他们做导游讲解。

我一般安排朋友先参观曼哈顿岛最南端的炮台公园。从那里可以远眺自由女神像。如果时间充裕，就坐船近看女神像。不用花钱，到斯蒂文岛的轮渡免费，来回可以把女神看得很清楚。紧挨着炮台公园，是有名的华尔街，那头大铜牛静静等着和游人合影。往北走几步，是世贸双塔的遗址，两个大方黑池子，四壁不断有清水下流。池子四周，刻着“9 · 11”罹难者的名字，每次去，都有人在名字上插着白玫瑰。

岛中城有趣的地点很多。天气好，可以登上帝国大厦。最佳时间是傍晚。在厦顶，先看白天的景观，后看壮美的日落，再看灯火辉煌、震撼人心的夜景。大厦旁边，就是世界最大百货梅西商场。大厦出来，可以逛逛著名的五大道，有大名牌店，也有小旅游纪念品店。

联合国在中城的最东端，在东河的西边。里面有各个国家送给联合国的礼物，像个国际博物馆。联大、安理会等会议厅最吸引小朋友。花园里有不少雕塑，玫瑰园盛花期美不胜收。从平台上，还可以看到有约百年历史、在很多好莱坞大片中出现的皇后桥。

时代广场也必去，其实，广场很小，只有些闪亮的大屏幕广告。但那里人气很旺。附近的布莱恩特公园我也强烈推荐，旁边的纽约图书馆值得一看。

中央公园、大都会、自然历史博物馆也是纽约地标。这三个地方至少要拿出一天时间。双层巴士也很棒，可以坐一天，随上随下，很方便。如果再有半天，一定要坐环岛的游船。天气不冷，在甲板上倚着栏杆，吹着海风，好不惬意。

纽约的景点太多，难免漏掉很多。听着我如数家珍似的介绍，朋友们经常问我是否准备移民，我则总是坚决否认。我爱纽约，想到有一天得离开，真的千千万万的不舍。但是，我的父母在北京，心在北京，落叶终有一天要归根。不管在纽约多少年，多么喜欢纽约，我只是这座城市的客人。

看美国电影

有生第一次看美国电影在高中，《出水芙蓉》，歌舞优美、幽默诙谐，一直记忆犹新。在大学我读的专业是英美文化，美国电影是必修课，看了个过瘾，《飘》《魂断蓝桥》《卡萨布兰卡》《证人》《野战排》《杀戮场》《闻香识女人》《阿甘正传》……

从此，看美国电影是我最爱的休闲活动之一。在北京，开始只有中文版本，看着怪怪的。后来，才有了英文原版。我基本每周末都会泡电影院。当时，街上有出租录像带的小店，我也是光顾的常客，把美国电影拿回家看。

到了纽约，家里电视英文电影频道有三个，不时放很新的电影，我还是喜欢在电影院看超大屏幕和3D的，可惜老公看这两种都头晕。我俩一起就只有看普通的。

我们每个周末几乎都去看场早场电影。只要电影在中午十二点前开始放映，票价都只是下午和晚上的一半，只8.5美元一人。放映厅人也少，基本不到十个，有时只有俩三个。

通常，头天晚上，我会上电影院的网站，查查都有什么片子，剧情、人物、音乐介绍、时间等等信息。也让老公看看，预知一下。

第二天，我俩会提前半小时到电影院。因为大屏幕上的广告和预告片也很好看，不容错过。放映厅的座椅都很宽敞，比飞机头等舱还舒适。扶手上有放水的地方，有两个按钮，一个可以把椅子完全放倒，像一张床，一个可以让椅子轻松收起，恢复原位。

我和老公对电影各有所好。我喜欢动画、歌舞、文艺、喜剧片。他爱看战争、间谍、恐怖片。但我们相互迁就，一起涉猎各种电影。

我俩最近看过的片子有《寻梦环游记》《马戏之王》《星球大战七》等等。看电影时，我俩都安静，不出声。电影结束后，我们的话匣子就打开了。一起讨论人物分析、经典台词、最感人之处、何地有抄袭之嫌，等等。通常，我们一边讨论一边吃午饭。

有时能达成共识，有时激烈争辩。

孔子说，三人行，必有我师。对我而言，每一部美国电影都是一位老师，不仅让我了解美国的人与事，也教会、启发我独立思考，用心感受生活的意义。我爱美国电影。

2018年4月2日

好大的南瓜

在北方长大的我自小没见过大南瓜。三十几岁来美国，第一次见到橘黄色的大南瓜，兴奋得像小孩子似的又叫又笑，如同南方人到北方头遭见到下雪一样吧。

老公看我忘形的样子，说我少见多怪。他说，在他的江西老家，有比美国还大的南瓜。他小时候，家里种南瓜，做菜、熬粥。因为吃得太多，他闻到南瓜味道就没胃口。家里急用钱的时候，他和父亲两人一人一副扁担，挑着南瓜走很远到城里去卖。本来南瓜就很廉价，卖不了几个钱。天色近晚，为了不把南瓜再挑回家，还会干脆半卖半送。大南瓜总会勾起老公对极度贫困、单一饮食和辛勤劳作的童年的痛苦回忆。

我深深同情老公，但对大南瓜的喜爱没有改变。我觉得，大南瓜是丰收的象征。它的颜色可以说是橘黄色，代表吉利；也可以说是金黄色，寓意富足。美国人用大南瓜做鬼脸灯，幽默感十足。而且，我想象，南瓜鬼脸一定是全家其乐融融、共同雕刻、合作完成的作品。这既加深了家人间的亲情，又提高了孩子们的动手能力。

女儿小时候有一本大南瓜的英文图画书。记得每页都画满南瓜，配着读起来像小诗的简单英文：大南瓜、小南瓜、圆南瓜、方南瓜、长南瓜等等。相信作者也和我一样深爱着南瓜。在我眼里，大南瓜是美国文化的重要组成部分。

离万圣节还有一个月，很多超市里都摆满了喜人的大南瓜。每次走到南瓜前，我就挪不动步，情不自禁地看看这个，望望那个，比比哪个最大最圆。老公终于说："买个回家吧，让你看个够，玩个过瘾。"我和老公都没雕刻过南瓜鬼脸，但我从网上学习了怎么做。我期待一家三口能一起雕刻。

每个人所梦想的最浪漫的事不同。有的想与爱人乘帆远航，有的想周游世界，还有的想在薰衣草花丛、油菜花地照相留影。我想，等老公退休，我俩回到他的江西老家，租一片地，种南瓜，在地边的大树下，搭一个小草棚，住在里面。我俩每天夜里数天上的星星，田地里闪闪飞着的萤火虫，听蝈蝈蛐蛐叫。等南瓜长大了，我们请当地学校的学生来免费采摘，还教怎么雕刻鬼脸，送蜡烛，让他们回家和父母一起刻南瓜鬼脸灯。

我爱伍德博瑞

我不是购物狂，但很喜欢去伍德博瑞（Woodbury）。两百多家名牌工厂店聚集一堂。想买啥有啥、物美价廉。

出曼哈顿岛，下华盛顿桥，几分钟就是个观景点。可以看到哈德逊河两岸的美景。初春，河水灵动、岸上一片嫩绿和娇媚的花朵；盛夏，灿烂阳光照得河水闪着银光，树叶闪着金光；深秋，两岸红叶黄叶连绵起伏，与河水中倒影相映成趣；冬季，经常是恍若走入圣洁皑皑的冰雪世界。最美时是在淅淅小雨中，到处弥漫着轻雾，仿佛仙境一般。不止这观景点，一路车窗外风景都一眼也不忍错过。

到了伍德博瑞，就置身于一个购物天堂。可以在访客中心领到地图，问询要买的东西在哪里。人行路交叉口也有清晰的地图。去年刚来美国，我想买几个碗。问询处工作人员熟练在地图上标出三家卖餐具的店，很容易找到。美国制造的晶莹剔透玻璃碗让我爱不释手。销售人员热心地说这是优质玻璃制品，还打折，一包装四只碗，买二送一。我买了十二只碗，合一只 1.5 美元。好用好刷，一年了，还像新的一样。

在伍德博瑞我家人买得最多的是运动鞋、衣裤。那里的阿迪达斯、耐克、哥伦比亚、匡威等每次必逛。我并不知道太多大名牌。

但这些牌子的东西我懂。品质上乘、实用舒服、打折的商品价优、同时质量有保障。在北京，给女儿买了两双匡威的帆布鞋，共花了七百人民币。在伍德博瑞，女儿又买了两双，一共才花三十八美元。看上去没大区别。

每次去伍德博瑞总会买到物超所值的东西。女儿一双名牌短黑皮冬靴，穿着特合适、漂亮。原价一百三十美元。莫名其妙地减到三十五美元。 我和老公在一鞋店一人买一双超棒的纯牛皮皮鞋。第二双半价，总价多于八十美元又减二十。减来减去又出乎意外地便宜。有时觉得去伍德博瑞不是花钱了，简直就是去挣钱了，买得越多挣得越多。

女儿是宅女，不去公园、博物馆，但一提去伍德博瑞就兴奋不已。她精力充沛，逛不累。她爸和我几个店下来就瘫坐在长椅上休息了。女儿会继续血拼，然后拿回一袋袋从小的擦手油、蜡烛、钱包、袜子、水晶手链……到大的牛仔裤、毛衣等的战利品。看她开心的样子，我比自己买了多少东西都高兴。感谢伍德博瑞。我爱伍德博瑞。

埃博拉风波

前一阵，埃博拉在西非肆虐。世界其他地方也发现了病例，一时人心惶惶。有专家预测埃博拉很快会传播到中国、印度，甚至美国。想想纽约这个国际大都市，每天在机场抵达的国际旅客，特别是来自西非的数不胜数。自然是防不胜防，只有听天由命了。

不久，纽约果然出现了一位埃博拉病患。他是刚从几内亚来的无国界医生工作人员，被发现后马上转到埃博拉定点医院：表维医院。这立刻在我家平静的湖面惊起了涟漪。曼哈顿的表维医院只有一所，离我家只有六条街，十分钟路程。我每星期几乎都会去，看医生、拿药。女儿上学、放学也和小朋友一起从医院门前走过。我们岂不成了高危人群？

老公笑我们杞人忧天。他说，埃博拉并不像“非典”那样通过空气传播，只是由体液传染。只要我们手上的汗液不和埃博拉病人的接触，就不用担心。既然是定点医院，一定会很专业地做好隔离和防护工作。但第二天一早，女儿同行朋友的妈妈坚持孩子们上、下学绕远走二马路，避开一马路的表维医院，怕她们路不熟，还接送了两天。

我吃的一种药没了，必须去表维医院药房取药。虽然理论上应该没事，但我心里还是打着鼓。远远就看见医院门口停着新闻采访车。走近，看到记者正在访问一位医院负责人还是专家。医院门口进进出出的还是熙熙攘攘、如织的人流，甚至不少和二人匆匆擦肩而过，但没人多看记者和被采访者一眼，或听他们的谈话，更无人围观。

我走进医院，与往常没有两样。排队交处方的门厅仍然是一条长龙；等待取药的房间还是堆满了人，连坐的地方都没有。看来，埃博拉病人没有吓跑一个病人。唯一的不同是，出院病人取药的小窗口以前是开放的，现在用个纸板挡住了。可能是为防止埃博拉病毒进入。每次病人敲纸板旁的玻璃，纸板拉开，领了药，纸板又合上。

后来，我又去表维医院取了两次药，如约带女儿去做例行检查、打疫苗。我几乎忘了医院还住着位埃博拉病人。一天去见罗伯特医生，突然想起，就问医生那位埃博拉病人怎样了。罗伯特说已经出院三天了。我没有如释重负的感觉，只微笑着说:“太好了。”

表维医院门前的新闻车早就撤了。女儿上、下学不用多走路了。感谢那些冒着风险拯救埃博拉患者的医务工作者，让我们这些普通人的生活又恢复如常。

我爱纽约图书馆

四年多前来到曼哈顿，没有办理电话、信用卡、医疗保险、各种证件，先去办了借书证。只需要一个写了我名字和地址的信封，证明我住在纽约即可。纽约的公立图书馆接近一百个，分布在各个社区，一张证可以借五十本书。借书卡一个像信用卡大小，放在钱包里，另一个更小巧，可以挂在钥匙链上。卡上是鲜亮的红蓝色，上面有只狮子头像。

这狮子就是立在纽约最大图书馆门前的两只石狮。这个图书馆位于曼哈顿岛中城，著名的布莱恩特公园东面，早已是纽约的地标和旅游点之一。游人们很爱和石狮合影，或坐在台阶上，以高高的石柱为背景照相。可惜，这图书馆的书不让外借，借书在馆内阅读的手续也很复杂。通常，人们把它作为自习室。我很少光顾。

离它不远，有个可以外借图书的图书馆，我常去。那里还有个电影放映厅，每周都放两场老电影。我总是最忠实的观众。开始也会在那里读书。但我有个习惯，读会儿睡会儿。可不知为何，图书馆有规定，不让打盹。每次我刚把头埋下，就被工作人员残忍叫醒。所以还是把书借回家，舒舒服服地阅读。

距我家更近，还有个小图书馆，一层是成人书籍，二层是儿童和青少年书籍。我总在二层随便找几本绘图版读。因为有家长在给孩子琅琅读书，所以不太安静，但我并不介意。二层也有个放映厅，经常给孩子们放动画片，也组织孩子们做游戏、唱儿歌。我都能参加就参加。

为准备考特殊高中，女儿报了个辅导班，就在法拉盛图书馆对面。每次我接送她，都会在图书馆等她。那里的书很多，有日语、法语等各种语言书籍的中译本。我最喜欢看的是艺术画册，看每一本画册，就像参观了一座博物馆，心情非常愉悦。图书馆还举办很多免费活动，如诗歌鉴赏会、瑜伽班、文艺汇演。我曾在图书馆看过一个文艺演出，不久在林肯中心又看了同样的演出。

很早，终身学习的理念就深入人心。文凭已不再那么重要，人们需要不断学习。图书馆就是最好的场所和媒介。我喜欢在图书馆闻淡淡的墨香。图书馆是我的精神家园。

“恼人”的图书馆

暑假，女儿上特殊高中考试辅导班，我每周一到周五坐地铁从曼哈顿到法拉盛送她。她十二半点到三点半上课。这三小时，我就到旁边的皇后区图书馆待着等她。有冷气、卫生间、有水喝，还有座位坐、有书读。

图书馆的书不少。个别热门书都快被翻散架了。无论书的题目和作者多么吸引我，只要书旧书脏，我是绝不会读的。可能是我太挑剔了，但是读一本新书的感觉就是不一样。到图书馆看书也是很无奈的事，我更喜欢去书店读书。只是缅街上没有看到大书店。

图书馆的人真多。好不容易才找到个座位。可旁边的女士一直在玩手机游戏，她还不调成静音，很扰民。我客气地求她把音量放低，她假装不懂我说什么。我最后难以忍受，跑到工作人员那里告了她一状。在工作人员那里，都能听到她的手机游戏声音。工作人员于是用对讲机呼唤了警卫。过了好久，一位穿警服的男子现身了。女士暂时关了手机，等警卫一走又照旧玩起来。我只有惹不起，躲得起，离开了。

周二，送完女儿到图书馆，发现门口堆了一大群人。一问才知，周二下午一点才开门。我于是开始逛起图书馆周围的大小市场。估摸着到一点了，回到图书馆门口。图书馆里面有人出来了！外面的人群开始骚动。谁知，那人并没有开门，只是在门上贴了几张纸条，上面都写着："修水，延迟开门。"

无比失望的人们议论着，不知何时图书馆才开门。家近的打道回府了，家远的只有耐心等待。一个看上去七八岁的小男孩从他手机的网络上查出，两点开门。当他激动地宣布这个消息时，大家有点将信将疑。不过，事实证明，他是正确的。两点钟，我们这些在桑拿天热气里熏蒸的人们终于进入凉爽的图书馆。

我来到图书馆里的一个大会议室外。探头探脑以为有什么讲座。结果被一位热心义工招呼进去，说不是讲座，是坐在椅子上伸伸胳膊，动动腿。我环顾会议室，绝大多数是老年人。反正没事，我就尝试下这个椅子上的运动吧。没想到，这一小时椅上运动半点不轻松。我累得腰酸胳膊腿疼，不好意思不坚持下来。看看那些拄着拐杖的老人，运动完就像没事人，我真是惭愧。

在北京的大小图书馆，我都是看看书，若犯困，就伏在桌上睡上一小觉，醒了再看书。可皇后区图书馆却不让人睡觉。我刚低下头，就有工作人员敲我的桌子。真不明白，打个盹，妨碍谁了？为什么在图书馆可以制造超级噪音，就不能安静地小睡一下？

图书馆是有个别小小“恼人”的地方，但终究是我所依赖的避难所、休息站。

复活节彩蛋

早在复活节到来一个多月前，我就开始准备了。打鸡蛋时不像以前磕成两半，而是用叉子的一个尖轻轻敲鸡蛋的大头。敲出一个比小指甲略大的孔后，把鸡蛋液一点点倒在碗里。把空鸡蛋壳里外都洗净、晾干、备用。很快，我攒了几十个空鸡蛋壳。

最想做的是线蛋。我曾在一家商店见过用不同毛线缠的彩色鸡蛋。我家里有一小袋多年未动的织毛衣剩的毛线团，终于可以派上用场。刚缠的时候，不管我从哪个角度，怎么缠，都会散掉。过了半天，我才想明白，一定要用强力胶粘住毛线的头和尾，才能固定。于是，我跑到小建材商店买了一小管强力胶。毛线鸡蛋终于做成功了。我把它们放在小竹篮里，摆在客厅茶几上，别有一番情趣。

我家里有个像盆一样大的玻璃碗。我把它里面盛些水，放在窗台上。平时，我在外面捡到掉在地上的鲜花，会拿回家放进玻璃碗。没有鲜花，我会折个纸船放进去。有了空蛋壳，我把它们放进碗里。这些水蛋像小船一样漂浮着，无论用手怎样按住，总要浮起来，不会沉没。

我还喜欢画彩蛋。工具就是女儿扔掉的彩色蜡笔。我画有主题的彩蛋，像花、像地球、像自由，我也随性画无题目的彩蛋。

没想到这轻轻弱弱的鸡蛋壳竟禁得起我蜡笔的深深笔触。这些彩蛋三分之一放在小藤筐里。和小竹篮里的毛线蛋做伴挨着，家里一下很有复活节的气氛。

彩蛋的另三分之一做鸡蛋插花。这是我从一家书店学来的。先找个废的玻璃饮料瓶，把商标都撕掉，清洗干净。到公园捡几根长短适度的细树枝。回家后，把树枝插入玻璃瓶，再把彩蛋壳倒蛋液的孔一个个插入树枝顶端。比起鲜花插花，彩蛋插花经济环保，而且美观上也不逊色。

最后三分之一的彩蛋，我装在空冰淇凌纸盒里，送给女儿。也送她几个小空纸盒。我教她怎样和小朋友们玩隐藏和寻找彩蛋的游戏。她先有些疑惑着接过我给她的彩蛋和纸盒。过一会儿，我去楼下小公园，看见她已和小朋友们玩隐藏和寻找彩蛋的游戏玩得不亦乐乎。

简简单单的鸡蛋壳可以给我们带来很多快乐。复活节不仅是孩子的节日，也是人到中年还保存童心的我的节日。

2014 年 4 月 24 日

花帽子游行

纽约复活节每年花帽子游行据说有近一百五十年历史。过去几年，我因故错过。今年暗下决心，一定要去看看。我准备了一顶帽子，粘上几朵花，想好要穿的裙子。周日上午，拉着老公，早早出发了。

到了五大道圣派特里克教堂外，人山人海，花团簇拥。很多人穿着鲜艳的节日盛装，戴着千奇百怪的帽子。我的打扮真是小巫见大巫。一位女士身着蓝绿长裙、化蓝绿浓妆、头顶个大大的蓝绿地球，上写着"拯救我"一位男生一身都是粉碎机吐出的白纸条，他无声呼吁着人们爱护节约纸张。两位男士头上戴着大大的蜘蛛网，经线用铁丝、纬线用细绳做成，上面卧着泡沫塑料做的蜘蛛，真是心灵手巧。

大多数人的装扮体现着复活节的主题，帽子、衣服上装饰着可爱的兔子、缤纷的彩蛋。所谓游行并无人组织，大家自由，要么缓步向前，要么原地晃动。遇到可爱的造型，大家围着争先与之合影。得到人们的肯定追捧和照相，是花帽子们最大的快乐。他们笑着摆姿势、配合。

游行队伍中有男女老少，更少不了萌萌的宠物。它们被主人打扮得花枝招展。大犬安静温顺，紧紧跟着主人；小狗眼睛大大，坐在婴儿车或儿童车上。它们比人受欢迎，到哪儿都掀起欢乐高潮。

游行街边有不少小摊，最红火的是卖兔子耳朵发卡的，五美元一个，很多人给孩子买，自己也戴。其次是帽子摊，不少人慷慨解囊。当然，卖小吃的小贩也忙着大声叫卖。还有平日在时代广场、联合广场、中央公园等旅游点的街头画家、艺术表演家、小丑都聚拢来，增添很多热闹。游行也给五大道两旁的名品店带来商机，店里堆满了来游行和看游行的顾客。

游行到下午四点，狂欢一直持续。我和老公在附近吃了午餐，回到游行地点，发现有的花帽子已经离开，又有新来的花帽子加入。我兴致勃勃地要求与花帽子们合影，老公不辞辛苦一张张照着，第一时间发给在北京的父母。谁知把爸妈从夜里吵醒。他们好像对古怪新奇的花帽子们不以为然，只说我看上去很开心。我心里蹦出一句话：每逢佳节倍思亲。

在纽约坐地铁

我不喜欢，而且尽量避免坐地铁。在北京坐地铁人挤人，车厢里像沙丁鱼罐头。有真实的笑话说，一个人挤了几次，都挤不上车。终于挤上了车，到站了却挤不下来，只好坐过站，再坐回来。

到纽约后，我很少坐地铁。可是，女儿暑期要从曼哈顿岛上到法拉盛上辅导班。要是我能开车接送她最好，但几年前我出了个小车祸，胆子吓破，不敢开车了。老公又要上班。所以从周一到周五，只有我每天坐地铁送接女儿上辅导班。

我和女儿从家走到地铁站要至少十五分钟，坐六号线一站地，到大中央车站，换乘七号线，坐十多站，到七号线的终点，法拉盛缅街。其实没有很远，但让我没想到的是，七号线地铁好慢呀。纽约速度和北京的地铁天壤之别，像老牛拉破车。我家到辅导班学校半小时车程，地铁则要一个多小时。

开始，我真的对地铁的慢有点心生抱怨。但想一想，多少地铁、火车出事故，都是因为超速，开得太快。我于是不那么在乎纽约七号线地铁的慢，还学会享受悠闲的咣当咣当的旋律。最让人高兴的是，纽约的地铁一点也不挤，从来不用站着，总有座位。我爱坐着，小腿和脚很放松。如果在地铁上站着，我回家后小腿和脚肯定会酸痛。

七号地铁出岛，到了皇后区，很快就自地下钻到地上。可以尽情观赏沿途风景。开始可以看到曼哈顿岛上各个摩天大厦，从南边在世贸双塔废墟上拔地而起的蓝色的自由之塔，到联合国大厦、帝国大厦、茂密的钢筋水泥的森林让人内心感到莫名的震撼。在皇后区，地铁两边有很多不高的楼房，墙壁和屋顶上遍布多彩的涂鸦。我很努力，但看不懂这些涂鸦，却还是被它们感动。当然，我最喜欢的是快到缅街的一个没有被开发的湖，四周是自然的树木。真想在湖边树荫下坐上一整天。

在地铁上，女儿一直在摆弄她的手机。我也不寂寞。同车厢的乘客每个都那么有特色。我用眼睛的余光扫着他们，比如他们的文身、服饰、背包、手机、看的书籍的题目。我最喜欢看的是小孩。看他们吃什么、喝什么、玩什么。卖艺人也常走进车厢，抱着吉他或拉着手风琴，哼唱一曲。曲毕，他们拿着帽子绕车厢走一圈，总会有些收获。

纽约的地铁很少像北京的地铁有扶梯，都要爬上爬下。每次我气喘吁吁，心里安慰自己，我在锻炼身体。慢慢地，我发现，有点喜欢坐纽约的地铁了。

外出如厕难

在家千日好，出门一时难。就拿去卫生间这事，真的是一言难尽。

我喜欢逛大百货商场。有时一逛一天。我早早了解到女卫生间都分布在商场的哪一层的什么地方，可以乘坐哪个电梯或扶梯到达。如果其中一个洗手间排队，我又怎样以最快速度去到另一个洗手间。我也清楚知道在去百货商场的路上有几个卫生间，分别在星巴克、优衣库等等。

法拉盛的缅街人山人海。接送女儿上辅导班的我，不得以加入这拥挤的人潮。很快，我发现，在这里使用卫生间必须变相地交钱，就是购买店里的食物、饮品。一般饭馆的卫生间门上写有大字，“非本店顾客不得使用”。麦当劳干脆装了一把特制的大锁。只有购物，才能从服务员那里拿到可以开门的小金币。

在曼哈顿岛上的中央公园，到了夏天的时候游客很多。路过的每个洗手间，女卫生间外都排出一条长队。要用下卫生间，很考验人的忍耐。偶尔遇到找借口不排队、加塞的人，也要平气、宽容。

春天去新泽西的小溪公园看樱花。访客中心里的女卫生间外排成长龙。我从龙尾终于排到龙头。这时，走进来一个拄着拐杖、走路颤巍巍、看上去老态龙钟的老奶奶。她老老实实地排在队尾。长龙里的各色人没有一个提出让她不排队，直接到队前的。我心里实在不忍，把我的位置让给她。我没有再重新排队。出了访客中心，到外面的移动厕所解决了。虽然远不如室内的干净，但我的心很快乐。

六月，我们一家去长岛琼斯海滩看飞行表演。高速路还有好几个出口就已堵得一塌糊涂。半小时才走一英里。在这难堪时刻，老公非常担心我和女儿想去卫生间。还好，我们都一直坚持到目的地。回想一下，还有点心有余悸，有些后怕。

美国独立日，我们一家和朋友去大瀑布旅游。路上，看到一个休息区的牌子，车就拐出来。谁知，早有两辆旅游大巴停在那里。有人说粤语，有人说韩语。不大的女卫生间里外排满了人。不知过了多长时间，终于快排进卫生间了。不知从哪儿冒出个老头，大叫“没水了”，要把排队的人都赶出休息厅。我不知哪来的勇气，竟溜进卫生间。还好，他没冲进来把里面的人赶走。

快到纽约，又遇到大堵车。老公决定出高速、加油、吃晚饭。加油站很多车排队加油。里面小卫生间的队弯了几个圈，看了觉得很恐怖。女士们还把男卫生间也占领了。可队仍然很长。我于是带女儿到附近找了一家饭馆，卫生间竟没有人排队。我们接着就在那里吃了晚餐，还不错。

出门难，第一难在上卫生间。就没有科学家、发明家、建筑师、聪明人想到好办法吗?

2014 年 7 月 22 日

无奈的公寓

我们一家三口能住在曼哈顿中东城的高层公寓，面积一百多平方米，两厅两卧两卫一厨，尤其是女儿的卧室有两扇大窗，可以看到东河美景，老公上班的地方几分钟就走到，我出门办事、玩逛很方便，应该知足。可是，我还是有苦水想倒一倒。

马路对面是纽约大学医院，日夜急救车的声音很刺耳。附近还有消防车队站，分不清医疗救护车，还是救火车，总在鸣叫。我刚入住纽约公寓时真不习惯，深夜经常被惊醒，感觉自己睡在大马路上。搬入公寓已经几年了，楼下天天在修路。总是刚修好又钻开。周末也不休息，早上七点准时开工。辛苦的老公和女儿周末想睡个懒觉也办不到。

最让人受不了的噪音是一位高邻家震耳欲聋、咚咚咚的剁饺子馅的声音。这家肯定非常爱吃饺子，天天剁饺子馅。想象着那位勤劳的主妇，挥动着大刀，不停地剁着饺子馅，听着令人厌烦的噪声，真不知所措。老公建议我调高电视或广播音量，可不奏效，压盖不住剁饺子馅声。我也只有"三十六计走为上"，惹不起，躲得起。每次这邻家主妇开始习练刀工，我马上换衣服，逃离公寓。

我以前住哪里都喜欢开窗透气。可现在的公寓只能在早晚外边车不多的时候开一会儿窗。外边车多，尤其是堵车时，飘进家的空气带有浓重的汽车尾气的味道，别无妙计，只能关窗。

从楼道进入家里的味道就更多味杂陈、一言难尽。邻居有人爱吃鱼，炸鱼煎鱼腥乎乎的味恶心得我要吐；有人爱吃中药、做艾灸，我家就变成中药铺。公寓一层有六户人家，像三十年前北京大学青年教师的筒子楼宿舍。绝大多数人家还不关门，门上挂个半长的布门帘，据说可以方便楼道的冷气和暖风进入家里，节约家中用电。当然，更利于散去家中不喜欢的味道。我家不挂布帘，还试图在门里用硬纸板和胶带贴住门缝，没效果，各种味道还是照样飘入。

让我最难忍受的是烟味。公寓楼明令禁烟，可总有人在楼梯间吸烟。每当我闻到烟味，就会冲出门想看看这位不自觉的瘾君子是谁，却从未被我抓住。

老公说我娇气，这无法忍耐，那受不了。公寓总是有优点，有缺点。我只有尽量多想想好处，拓宽自身的忍耐空间，把无奈的公寓变成美中不足的安乐窝。

温暖

二零一八年刚到，就传来巨大暴风雪“炸弹气旋”将袭击纽约的消息。家里吃喝都有储存，不必担心。可想到有种药快没了，等暴风雪过后再去拿，就接不上了，提前去取，还不到时间，医院药房只配发一个月的药。药还有三五天吃完才再给。

没办法，也只有抱着试试看的心情到医院跑一趟。药房排队的人很多。轮到我，还没等我解释完，药剂师就从电脑看出我的情况。她甜甜地说：“不用担心，我们懂的。”她没有坚持以往的规定惯例，审核通过了我的药。我连声说着“谢谢”。她回答：“在家好好休息，穿得暖和点。”

回到家，发现并不像往常暖和。我穿着棉服，摸了摸空调出风口，居然在冒冷风。我赶忙向公寓的物业报修。很快，物业就派人来看。很奇怪，空调一会儿好，一会儿坏。物业员工不辞辛苦来了几次。最后，说大家都开空调，超负荷运转。公寓里的人知道了，都很自觉只有人在房间时，才开空调，没人在房间，空调关上。家里空调终于冒出热气。

在温暖如春的客厅里，我想起公寓旁有个流浪者。他在公寓暖风出风口用纸箱子、塑料布搭了个窝棚，不知能否抵御得了这场严寒。我和老公商量，能否给那人送床暖被，每天送壶热茶。

老公犹豫说不知人家是否愿意接受。不过，他可以问问。老公回家，像心里一块石头落了地。他说那窝棚不见了。流浪者一定是被接到政府的收容所，吃着热饭菜，住着暖和房子，或者正洗着热水澡呢。

我于是安心了。最开心的是四号女儿学校放假一天，老公也算在家办公。我于是计划好早上给他们煮菠菜鸡蛋热汤面，中午做排骨海带汤和几个小菜，晚上吃火锅。一家一边赏着窗外的雪景，一边吃着热气腾腾的火锅，很满足，也很感恩冒雪在外奔波、辛苦的人们。

吃过火锅，我开始翻箱倒柜，找出女儿和老公最暖和的衣物。他俩的围巾、毛衣、秋裤、毛裤、毛袜。我埋怨自己没给女儿买件最暖和的加拿大鹅的羽绒服。女儿说：“街上很多这牌子的羽绒服，得杀死多少鹅呀。”女儿很爱动物。她的慈悲激起我心中一股暖流。

参观纽约动像博物馆

纽约这个文化大都市不仅有世界著名的自然历史博物馆、大都会、各类艺术馆，还有数不清的专业博物馆。最近，我参观了位于皇后区的动像博物馆，票价才十五美元，玩了三个小时，还未尽兴。

馆里有三台电脑，显示着每部电视、电影幕后的工作人员，部门有十几个， 各种职业者有几百。原来电视电影结尾的工作人员表只是其中的一部分。真长见识。在一个走廊，仿佛是时光穿梭通道，从最早的巨型摄像机到新型的小型机，诉说着电影电视拍摄的历史变迁和技术进步。馆里的电子游戏也包括了古老的台式机，一直到高科技的各种新玩意儿，非常有趣。

博物馆非常人性化，到处都有座椅，供人休息。有个埃及风格的小剧场，滚动播出着木偶剧、木偶剧的变迁、制作方法等。在比较黑暗的过道还有个棺木，有个线绳拉手，一拉下来，棺木缓缓打开，里面躺着一具木乃伊，有点吓人。除埃及厅，还有芝麻街、星球大战等专题角落。看到很多我熟悉的人物。

在一个台子上，有个木偶的光头。周围放着好几个假发，一堆鼻子、眼睛、嘴巴。可以自己设计木偶的造型，套假发，贴鼻子、眼睛和嘴巴。我设计了几个造型，搂着它们照相，对它们吹口气，感觉它们都活了似的。有几台电脑，可以自己尝试给电影配音，很喜欢这种互动。

博物馆还有个专门供小朋友动手玩的地方。我也进去掺和了一把。一大桌的乐高玩具，一大桌的各种印好的画，彩笔，可以涂色，一大桌的外边软绒内细铁丝的彩色丝，可以弯成各种各样的怪兽、动物等。我弯了个小白兔，工作人员很欣赏，留在那里做展示。我还弯了翡翠色的手环和戒指，一直戴着，成了我参观博物馆的免费纪念品。

我们一行五人，还发现了个可以录像的地方。一次五秒钟。我们每人，又集体录像。出馆前，在礼品店，能查到我们的录像，打印出来，裁剪成小页，订成一本还没有巴掌大的小书。快速翻书，根据视觉暂留原理，我们在书里活了。又一样珍贵的纪念品。

依依不舍地告别动像博物馆，我和朋友们都说，一定找时间再来。

参观纽约间谍博物馆

印象中，间谍很多是大英雄，拯救世界。可能是我被间谍电影洗脑了。从《零零七》《碟中谍》《王牌特工》到《真实的谎言》等等，关于间谍的电影真不少。里面的间谍武艺超群、会多国语言、可以出入高级派对场合、也能承受各种委屈和冤枉。听朋友说，纽约 2017 年年底就开了所间谍博物馆，我很想去参观。

老公在网上订票，不便宜，39 美元一人。周末我俩拿着打印出的电子票，来到曼哈顿中城的博物馆。一进门，每人就被套上个黑色手环。馆里有很多台柱，刷手环，就能做各种测试：情商、智商、性格、抗压能力等。工作人员告诉我们，离馆前，可以到评估处，机器根据测试结果，判断我们能否成为有何长处的好间谍。

我们乘坐一个巨型电梯，大屏幕上介绍说，每个人的邮件、微信、在网上留下的任何痕迹都逃不掉追踪，手机更是直接的监控装置等。我想起乔治奥维尔的小说《1984》，里面的预言都成了现实。接着看到的是各种密码的演化、创造、破译等。我对此不是很感兴趣。

下个主题是测谎。厅里展示着各种测谎仪，还有十几个格子间。在里面，机器要求我回答问题时要说谎。好玩的是，机器回放我刚才说谎的样子，忍不住笑、频繁地眨眼等等。不知道，经过特殊训练的间谍是否能逃过测谎仪的火眼金睛。我发现格子间的设计有点不足。从外边看不出里面是否有人，我推开几扇门，才发现个空的。

博物馆最大的缺陷是基本没有座位可供休息。回答问题都要站着。我的小腿和双脚很快酸痛。我想我完全不适合当间谍，体力太弱。于是，我半途而废，没做完测试。我也没发现好玩的间谍电影里的高精端豪车、武器。老公还在慢慢参观，我一个人先到咖啡厅找个座位待着了。

过了好久，老公才和我会合。他也很失望，说博物馆收集了大家很多私人信息。他很想挣脱黑色手环，却紧紧地绑在他手上。我的不知为何很容易脱下来，他随手扔到垃圾箱里。到家第一件事就是扔掉他的手环。我笑他有了后遗症。我俩都认同，间谍博物馆不去不知道，一去就足够。

纽约自然历史博物馆

数年前看电影《博物馆奇妙夜》，我了解纽约有个神奇的自然历史博物馆，也是世界上规模最大的自然历史博物馆。几年前来到纽约，终于有幸得以去参观。朋友有年度家庭会员卡，可以免费领取门票，也能领票观看科普纪录片。

一进门的大厅里，四周都是非洲的草原动物标本。它们栩栩如生，令我忘却自己是在纽约，仿佛来到东非大草原。除此之外，还有北美、亚洲动物厅。海洋生物厅我最喜欢，爱在里面一发呆就是很久。其中蓝鲸模型高达二十八米。我人胆小。从来对野生动物园望而却步，也晕船，不曾坐船看鲸鱼、海豚。不赞成人类去打扰动物的生活。更反对人类囚禁动物，用动物园、海洋馆赚钱。

所以动物标本就是我了解动物的最方便的途径。

小朋友最喜欢的莫过于恐龙展厅。孩子们常常流连在长十二米、高五米的巨大恐龙骨骼下，发出惊叹声。我也很感动，赞赏那些无名的古生物学家，常年离家，在荒野中，一点一点挖出恐龙的骨头，拼好；还有，恐龙那么庞大有力量的动物，最终也难逃灭绝的结局。博物馆里还专门有个供孩子们玩耍的挖掘恐龙化石的地方。土里埋了一些化石。他们挖出来很开心、有成就感。然后再填埋起来，让后来的孩子们游戏。

有个宝石展厅也让我感到眼前一亮。各种颜色、种类的宝石很惊艳。只是，它们埋在地下好好的，却被贪婪的人类无情地挖了出来。在某些人眼里，它们是无价之宝。可在我心里，它们其实华而不实，不能吃、不能穿。我不爱宝石，也觉得自己并不需要它们。

纽约自然历史博物馆真的太大了。据说，藏品一共有成百上千万件，展厅四十多个，布满四个楼层。我去过几次，一遍还没看完整。我也带上中学的女儿去过几次，可是她对科学都不感兴趣，她只喜欢博物馆里的几个商店。里面货品五花八门，女儿每次去都给自己买个小纪念品。

博物馆是个教育基地。常常遇到学生团体在老师、讲解员的带领下参观。博物馆也是学术科研者的殿堂。听说对来自世界各地的研究者开放，体现着科学的无私和包容。

美国华人博物馆

我和老公常常去纽约曼哈顿岛唐人街华人超市买菜。几次路过小小门脸的美国华人博物馆。不去看看总觉得遗憾。终于有一天，我找到些时间，走了进去。

博物馆很小，里面展厅只有一层。我以为会有很多当年华工在美国修铁路、淘金的内容。可只看到最早就是二十世纪八十年代的展览。一位华人摄影师的一幅幅黑白大照片。他的关注对象都是华人街的小人物，平凡得不能再平凡的人，如各种劳动者，很多满脸皱纹、笑容灿烂的老人，天真的孩子。看着他们简单的生活、纯净的眼神，我默默感动着，心情变得安详宁静。

还有一个展厅的墙上，都是杰出华人的头像和介绍，包括李小龙、李安、赵小兰、马友友等等，数数有几十位。他们在美国是各界的精英和成功人士，他们的故事成为今天华人移民和移民后代的励志榜样。我敬佩他们，希望以后会有更多的优秀华裔出现。我也感慨，要多谢美国提供了一个相对更自由、更平等的社会，华人才有机会得到充分发展。

下一个展厅都是华人的老物件，有精美的瓷器、五彩细致的绣品、古色古香的书籍、各式各样的旧烙铁。今天，我们用着方便的家用小电器，甚至都不知发明者是谁。老物件让我们感恩，也勾起我儿时美好回忆和对亲人的思念。妈妈曾经就有个一样的铁熨斗，操作起来需要很高技术。奶奶喜欢刺绣，针线活总不离手。

下面展示的主题是信息时代。有华人为发明汉语打字的不懈努力。玻璃柜里摆着一台台大大小小、有的锈迹斑斑的打字机。一张屏幕显示着汉字从甲骨文到今天汉字的变化历程。汉字不会因为信息时代的来临而被淘汰，华人热爱自己的文字，就像热爱自己的文化，会代代相传、不断更新，适应时代的变迁。

博物馆本身不可能将在美华人的故事讲得完整清晰。我短短的参观更是走马观花、管中窥豹。我相信，华裔在美国将越来越受到尊敬和重视。个别人对华人的歧视虽然会继续存在，但华人只会把这当作成长和奋斗的动力。几年后，再回到博物馆，期待有华人杰出成就的更新。

布莱恩特公园

曼哈顿中城的布莱恩特公园比中央公园要小很多，名气更不怎么响亮。但是，这个公园人气很旺。四季都非常热闹。

冬季，一棵巨大的圣诞树就坐落在公园里，有三层楼那么高，身上挂满大大小小的各色彩球。游人们耐心地排队和大树合影。

圣诞前后，公园还架起密密麻麻的小白棚，卖着热饮、糕点、帽子围巾以及花花绿绿的圣诞礼物等等商品。公园里冬天还有个露天冰场。我喜欢坐在冰场边上的椅子上，一边听着圣诞音乐，一边喝着热巧克力，一边看着人们优雅、开心地滑冰。只要自带冰鞋，滑冰不收费。我给女儿买了双白色冰鞋，希望她多和朋友来公园高兴地滑冰。

春天，公园大喷泉的冰融化了。灵动的水唤醒着大地、天空、人们的心。公园里大小花坛盛开着黄水仙、多色郁金香、蝴蝶兰等等，树木抽出嫩绿的新芽。虽然圣诞树、圣诞市场、冰场都撤掉了，但是气温回暖还是带来满园喜气。沉睡一冬的旋转木马揭开了外套，开始迎接大小朋友。浪漫的音乐、木马缓缓地升降、转圈，总吸引我驻足，看个没够，也坐个没完。

炎热夏季，是我最常去公园的时光。喷泉的水雾人工降温，在喷泉边，感觉到一丝丝凉意。高高的梧桐树为公园洒下浓浓阴凉。树下，有露天的儿童图书馆，我爱坐在小凳子上，翻看一本又一本英文儿童书。夏季夜晚，公园里有丰富的文化活动：芭蕾舞剧、音乐会、话剧，都是免费的。夏天如果下雨，可以到公园东面的纽约最大公共图书馆躲雨。顺便参观图书馆的美丽穹顶。

秋季，梧桐树叶渐渐变红。一场秋雨一场寒。踏着满地落叶，并不觉得伤感。虽然叹息时光如梭、匆匆流过，也赞美大自然的神奇和力量，感恩自己能自由地经常来公园游玩。期待着并不寒冷的冬天的到来。无论风多大，气温多低，女游人们还穿着飘逸的裙装。我也尽量把自己打扮得漂亮时尚，才配得上这个美丽的公园。

在曼哈顿，高楼林立，街道狭窄，很多地方只能看到细细的一条天空。布莱恩特公园提供了难得的一小块绿地、净土。我爱在公园里呼吸难得的新鲜空气。

纽约中央公园

很久以前，就听说过曼哈顿岛上寸土寸金的中心地带，有个中央公园。第一次看纽约地图，真是震撼，中央公园不愧是纽约的绿色心脏。五年前到纽约后，每到周末，就让老公陪我去中央公园。

公园的人气很旺。春夏秋冬都有慢跑者、快走者、骑车的、轮滑的，在公园里锻炼身体。不少家长带着孩子，在里面几个专供小朋友玩耍的小公园欢闹着。沙子坑、喷泉、滑梯、秋千、攀爬绳索等，四季都人声鼎沸。

公园有个两三层楼高的大石头滑梯。每次去，我都像小孩子一样登上石阶、排队，然后尖叫着、兴奋地滑下来。重复几次。老公总是笑着看我童心未泯的快乐样子，把滑到地面上的我轻轻扶起来，问:“还要滑一次，还是玩够了? ”

中央公园有好几个雕塑，我总要摆姿势和它们照相。爱丽丝漫游仙境常常爬满大小游客。静静坐着读书的安徒生和他脚下的丑小鸭也经常有人排队照相。我要么站在安徒生身后，扶着他的肩，要么蹲在丑小鸭的身旁。在我心里，世人哪一个人没有经历过丑小鸭的孤独、不合群、被排斥的时期呢? 当然还有清教徒和一些我不了解的雕塑。

公园的水域面积不小。有一个小湖，专门让大人孩子玩遥控小帆船的。这里是电影《精灵鼠小弟》的拍摄现场。有个湖可以荡舟，不少情侣坐在船上，非常浪漫。还有个大湖，可以在湖边健步走很久。公园有个叫大绵羊的草坪。晴日里，很多人在草坪上晒日光浴。可能是中西方文化的差异之一吧，我想躲在树荫下、阳光下撑把阳伞。

公园里有几个卖画人，其中有华人。他们风雨无阻地在凭手艺挣钱，很不容易。还有个华人拉二胡。路人很少有人驻足细听。他不受影响，自我陶醉在音乐中。还有个小丑，总能吸引很多观众。小孩子围坐在他面前，家长们站在后面。他与观众的互动非常成功。公园还经常举办免费的文化活动，比如夏天有莎士比亚话剧节，复活节、万圣节有小孩子的活动。

公园里有观光马车，马儿都高大威武干净，也有人力三轮车。我虽从未坐过，并不遗憾。

中央公园是我在纽约的精神家园。

大都会

作为世界上最有名的国际大都市，纽约的旅游必去之地很多，其中就有大都会。虽然写着成人一张票二十多美元。但可以以捐款形式自愿购票，只要一美元就能换一张票。我有朋友办理了大都会的年度家庭会员卡，一百美元，每年不仅自已、家人、朋友等都可以拿会员卡换票入门。真的非常价廉亲民。

在纽约的过去五年里，数不清逛过多少次大都会。没事就去，来了朋友也乐此不疲地做导游。大都会里的餐厅就有几个。从高档的三楼西餐厅，到既能看到古欧洲雕塑群，又能观赏中央公园绿色景致的咖啡厅，还有游客熙熙攘攘、喷泉流水小桥的地下员工餐厅。价格都适中，味道也很好。可以在大都会泡上一天。边吃中午饭，边歇歇脚。

大都会的展品里，我最爱梵高和莫奈的画作。梵高的画总能激起人对大自然的热爱、对平凡人们不凡生活的感动。他笔下的树、稻田就像燃烧的火焰。他的那双破皮靴、邮差夫人捕捉到的真实，远胜于给其他贵族的画像。莫奈的池塘好像有魔力，总吸引我坐在它们的面前沉吟半晌。淡淡的色彩、光影、明暗，在他的笔下都活动起来。

大都会里，有个中国的江南花园。镂空的太湖假山石肃立着，硕大的芭蕉树依靠在其旁。坐在木制的棕色长廊凳子上，面对这美景，感觉自己穿越到烟雨江南。博物馆里，还有个埃及厅，有不少货真价实的埃及文物。其中一个城门是一块砖一块砖解体，运到纽约，又一砖一砖堆砌好的。

大都会还有古罗马、古希腊、印加文化、美国现代艺术厅，难以详述。除了常年固定的展览，还经常办特展。我看过的就有中国秦汉展、日本和服展、西方画家素描展等等。每次去大都会，看曾经看过的，有新体会；看特展，更有不一样的感触。

大都会很重视普及艺术教育。每个作品旁，有详细的介绍，作者，时代背景等有关信息。也可以租借有声的展品介绍。提前打电话预约，还可以有真人的专业导游。经常有成群的小、中、大学生到大都会参观，也有艺术类学生在里面写生。说大都会是艺术的学堂和天堂一点不过分。

我爱大都会。

永别了，劳神

曼哈顿岛五大道，38至39街的劳神（Lord & Taylor）一直是我的最爱之一。虽然它的东西比不远处的梅西百货要贵，但买东西人少，更清静高雅。卫生间打扫得非常干净，我不止一次看到打扫的工作人员或顾客坐在里面舒服的大沙发上吃东西。我没事去时代广场、布莱恩特公园等地方逛，都到劳神歇歇脚，去下卫生间。

它的东西也有打折力度很大的时候。我曾买过几条裙子，质量非常好。也买过羊绒衫，带回国送人。老公在店里买过七八套西服，都是意大利百分百纯羊毛，名牌，原价近七百美元，折后一百多美元一套。他也在里面买过十几件正装衬衫，原价七十美元，折后十几美元。

一八年中旬就听说这家劳神要关门，店面已经卖出去了。工作人员有几种选择，包括到几家位于新泽西的劳神上班，提前退休等。我心里莫名地难过和失落。以后逛商场、买东西、休息，又少了个去处。不过，也充满期待，可以借此机会多买些便宜东西了。

关店甩卖从最高层十层开始，里面摆满各类东西，逛了两次，没有物美价廉的，就没有买。过几天去，九、层和十层都空了，逛逛一到八层，还是没什么收获。又过了两周，六层以上没东西了。我忍不住买了几件衣服。

再去，店门外有几个人举着“关店甩卖”的大旗子。里面人山人海。试衣间、交款处都排大队。不少人拖着拉杆箱，一大抱一大抱地买。我知道，到该出手时候了，否则过这村就没这店了。给老公买了条皮带，真皮，意大利制造，原价一百美元，现价二十五美元。买回家，打开包装，仔细看，真不错。想给爸爸、弟弟、朋友多买几条。可再去店里，已经卖光了。

我家里裙子春夏秋冬都很多了，可还是忍不住买了几条。一条海军蓝的裙子原价七百，现价七美元，感觉捡了大便宜。晚礼服后来都十美元，虽然穿的机会很少，还是买了几条。都不去试衣间排队，只看号码合适、比一比，就果断买。回家，给老公时装表演，真开心。

最后几次去，商场开始倒计时，还有几天开门。东西后来只一层零散有一些。我心里默念，“永别了，劳神。”

其他

冬天里飞舞的蝴蝶

上周末，我们一家三口去了美国自然历史博物馆的蝴蝶展。早听说，那里有个暖棚，飞满各式各色的漂亮蝴蝶。

暖棚并不大，里面鲜花绚烂，泉水叮咚。百余位蝴蝶仙子或优雅地翩翩起舞，或在花蕊间吮食花蜜，或在花叶上静静休息。感觉到了童话世界、世外桃源。很多小朋友都直直伸出个手指头，等待有蝴蝶落在上面。有位小姑娘特别虔诚，口中念念有词，请求上帝让蝴蝶落在她手上。这时，一只很大的蓝莹莹的蝴蝶落在她头上。她竟毫无察觉。她的爸妈赶紧给她照相。相照完了，蝴蝶飞走了，小姑娘还在祈祷。我不禁感慨，很多时候请求上帝完成心愿，其实上帝早已赐福我们。

一只蝴蝶落在一个四五岁的小男孩裤子上。他怕惊吓了蝴蝶，一动不动。很久过去了，他保持一个姿势有点累。他妈妈要用手赶蝴蝶，被他制止。最后，他爸爸请来工作人员，轻轻抖动他的裤子，蝴蝶无恙飞走了。多么热爱动物的小朋友啊！我小时候，可干了不少残害动物，包括蝴蝶的事情。我有一个竹竿、铁丝、豆沙布做的网。捉来的蝴蝶，用细线一头缠住它的肚子，另一头我手拉着。蝴蝶飞，我跑，觉得很拉风。我也用硬纸板、大头针做过些蝴蝶标本。

我心里正忏悔，热情的工作人员走过来，问我们有什么问题。我就问怎么看出一只蝴蝶是雌是雄。她说雌的比雄的大。于是，才觉得自己的问题好愚蠢。为什么要分出雌雄呢？能有幸如此近距离地看到这么多蝴蝶飞舞、进食、小憩，就抓紧时间好好看吧，不想其他。

我却还是思绪万千。小时候受的教育是：蝴蝶不好，懒惰贪玩；小蜜蜂好，勤劳团结。长大后，有了自己的独立思维。我不再喜欢小蜜蜂，觉得它们是小奴隶。我喜欢蝴蝶，认为它们个性独立，是自由的天使。有一位朋友曾向我传教，她说信教前我们就像毛毛虫爬来爬去，只有在上帝的帮助下，才能破茧成蝶，获得真正的自由。

冬天里飞舞的蝴蝶是世上稀罕的，也是令人深思的。

人鸟情

父亲爱鸟。在北京家阳台的一角，摆放一碗清水、一盆小米，每天更换。总有喜鹊、麻雀来喝水吃食。父母坐在家中沙发上，透过窗户，看着鸟儿们跳舞、听着它们啼叫，心情舒畅。

父亲提起残害鸟儿的往事，感慨万分、唏嘘不已。他说自己小时候顽皮，经常爬树掏鸟蛋。青年时代，赶上“除四害”运动。人们到处制造噪音、挥动红绸，惊吓麻雀，不让它们落脚，一直飞，直到累死。运动中，上千万只麻雀丧生。人们不知麻雀吃粮食，但更吃害虫。这一愚昧和破坏生态平衡导致惨痛代价。在接下来的三年大饥荒中，难以计数的人被饿死。

记得我小学时，课本里有篇鲁迅的文章《少年闰土》，讲述如何在雪天抓鸟。我也仿照：用棍子支起个大竹筐，下面放些馒头屑，有鸟来吃，就拉动绑在棍子上的绳子，还真捉住只小麻雀。我特别高兴，可给它喂水、小米，它都不肯吃喝，最后还没等我下决心放生就死掉了。很多年来，我为此十分懊悔。

在纽约，我喜欢喂鸟，虽然不明白为什么很多地方都有写着“不允许喂鸟”的牌子。我还是会到没明确标明不许喂鸟的地方，带着家里吃不了的面包、馒头、比萨，趁着四下无人，把吃的弄碎，喂鸟。连通大海的咸水河边有海鸥，把吃的抛向空中，看它们优雅地滑翔着咬住，真美。在小公园，则有成群的鸽子、麻雀、黑毛黄嘴的鸟，以及其他不认识的鸟儿。我爱看着它们吃食发呆。

由于多年的刻苦读书写字，造成我严重的颈椎病。尝试过按摩推拿、贴膏药，都不见效。近几年，我经常坐在树荫下，抬头看鸟，特别是听着悦耳的鸟叫声，不辞辛苦地仰着头努力在繁茂的绿叶中寻找站在枝头的鸟儿歌唱家，找到了，我会开心地讲电影《阿凡达》中那句经典台词："我看到了你。"仰头找鸟动作居然把我的颈椎病治好了。

走在曼哈顿的马路上，每当遇到别人丢弃的面包、饼干、比萨，我会上前用脚把它碾碎。同行的老公开始不解，嫌我耽误时间。我解释说，把大块的吃的弄成小块，方便鸟儿们啄食。老公也被我的爱鸟情感动，称赞我善良。

兰花展

在布朗士的纽约植物园正在举办兰花展。慕名而去，果然惊艳震撼。

没想到，野生兰花就有三万多种，人工培育的品种又上万种。就是再高明的画师，也调和不出兰花的各种颜色，更描绘不出兰花的千姿百态。白的纯洁，黄的妩媚，粉的亮丽，橘的明亮，绿的清新，蓝的高贵，混色的神奇。或垂，或弯，或直，或散。大的比手掌还大，自由奔放，小的比小指甲还小，暗自娇羞。

观赏兰花展的人潮中，有拄着拐杖、坐着轮椅的耄耋老人，有含着奶嘴、躺在婴儿车上的小娃娃。暖棚里所有人都忘情地沉浸在花的海洋里，吮吸着兰花的幽香，品味着美的盛宴。

对于兰花，我并不陌生。小时候，我住在北京胡同的大院里。我的一位邻居伯伯的业余爱好就是种花，他养的花很多，他的最爱还是君子兰。常见他用水、再用啤酒轻轻擦拭君子兰的叶片。他还用马掌水给君子兰加肥，真是臭气熏天，人人唯恐避之不及。而君子兰开花时，全大院的人都会去赏花。一般人认为，君子是清高、不谈柴米油盐、天天吟诗作赋的书生雅士。我却认为，伯伯就是君子。虽然他是一名厨师，天天和生肉打交道，烟熏火燎，但他以君子之道修身养性、持家、待人接物。无论他受了多少教育、从事何种职业，我都尊他为君子。

大学毕业后，我曾去新加坡留学。那里的兰花遍地开放。我也注意到，系里小个子、瘦瘦的女秘书。她真的很辛苦。每天，她一早到系里开门，晚上，她最后一个锁门走。她不仅分信件，还分发厚重、油腻腻的报纸。由于工作太多，她经常上卫生间都跑着去。有人建议再招聘一个秘书。可系主任却熟视无睹、不闻不问。女秘书从不抱怨，依然满面笑容、充满热情地快走着工作。每次想起新加坡，想起兰花，总想起如兰花的女秘书君子。

我妈妈的家乡在河北遵化叫小东沟的乡村。那里的小山丘有潺潺泉水溢出，泉水边有野生兰花生长，是个山清水秀的地方。我曾想挖一棵兰花回家养，却怕养不活，反而害死兰花，作罢了。谁知去年来美国前去小东沟，那里发生了翻天覆地的变化。亲戚们都富了、不务农了。有的是矿主，有的是矿工，还有的在矿上洗衣、做饭。山丘被铲平，大地到处坑坑洼洼，满目疮痍。我深深怀念和悼念泉水边的野生兰花。

相信兰花展会激活每个人心中对于兰花的种种记忆。相信人类中的君子类型远远超过三万种。也相信人们有一天会认识到保护野生兰花多样性的重要。

小半块橡皮

去年全家初到美国，新学期刚开始。女儿每门功课的任课老师都有开出一学期所需的文具单。我去文具店，照单买文具。从各种笔、纸、本子到夹子、计算器，总共花了一百多美元。回到家，女儿说，她老爸办公室这些文具都有，怪我又花冤枉钱。于是，我给女儿讲起小半块橡皮的故事。

我小时候，一次父亲去办公室加班，把我带上了。父亲在奋笔疾书，我则安静地自己玩。在父亲的桌角，我发现一块大橡皮。一半是黑色的，专涂钢笔字，一半是白色的，专涂铅笔字。能看出是外国进口的。因为当时的国产橡皮通常是两分钱的小白橡皮，三分钱的香橡皮。黑白橡皮让我爱不释手。神使鬼差，我用小刀切下了小半块。

父亲很快发现他的橡皮瘦了，也在我铅笔盒里找到了消失的那小半块。父亲和颜悦色、不厌其烦地给我讲公和私的道理。公家的东西我们一样不拿，公家的便宜我们一丁点儿也不占。要做正直、有骨气的人，只有这样，才活得踏实，半夜不怕鬼敲门等等。

在实践中，父亲也严格教育着我们要公私分明。即使家里再穷，父亲也给我买笔纸，从不让我用公家的一张纸、一个信封、一杆笔。其实，父亲单位的信纸又薄又透，母亲医院的病案纸又厚又硬。让我眼馋得不得了。可有了小半块橡皮的教训，我再不敢伸手。

但是，我经常看到邻居、朋友家小孩们用公家的纸、笔、本子。有时，他们甚至用公家的文具和卖冰棍的老太太、卖糖的小贩，换冰棍、换糖。我心里真不平衡、气不过，跑回家向父亲哭诉委屈。我当时不明白，为什么听了正确的教诲就要吃亏受苦；公私不分的人怎么占便宜都没够，而且还理直气壮。父亲只是很平和地安慰我，只要自己做的事情是对的，就要坚持，不要在意别人怎么做。

后来，我看到有人用公家的文具和进城卖鸡蛋、大米的小贩换鸡蛋、大米；我看到司机开着公家的小轿车周末载全家人出去玩我也看到厨师隔三岔五从公家食堂拿吃的回家。真是见怪不怪了，以公肥私已经成为一种常态。坚持原则的父亲是濒危的稀有动物。

我喜欢读书，父亲除了借，也给我买。我的书不知被同学的父母拿去，用公家的复印机复印了多少回，装订线松了，书都要散架了。我真是心疼。我跟父亲说，我们不占公家便宜，人家说您刻板，说您傻。父亲微微一笑：自己认定的路，走下去就好。

在机关工作几十年的父亲手中曾握有不少权力，但他从未以权谋私。如今，父亲退休了，他和母亲相濡以沫，过着粗茶淡饭、清静平凡、远离世俗、与世无争、安详自在的生活。父亲常教育我，良田千顷三餐饭，广厦万间半张床。人的幸福生活的实际需要并不多，而贪欲是无止境的。

女儿听完，找出一个袋子，走进她的房间，开始一样一样向里面装文具。我立刻明白，她这几天去了两次她爸爸的办公室，从那里拿回来一些文具。宠爱她的父亲当然对她有求必应。女儿是要退掉这些文具。希望她能给她父亲讲讲小半块橡皮的故事。

铅笔头

周末，老公和我去宜家逛。那里的布局是进门先拿纸卡和铅笔头，参观样品，用铅笔头在纸卡上记下中意商品的货架号和商品号。最后，按号到自助货架拿货，交款。从进到出，看到宜家门外地上不少被人丢弃的用过的铅笔头。老公说，浪费。我说，可惜。

小时候，我的铅笔头用到宜家铅笔头的一半也舍不得丢掉。妈妈会用纸条在小铅笔头的上方缠个纸的笔管，让我的手握着。为了爱惜铅笔头，不让它们在铁铅笔盒里撞来撞去，妈妈给我一块从破旧衣服上剪下来的软布，教我先用布把铅笔头包好，再放进铅笔盒。妈妈也再三叮嘱我，铅笔盒和书包一定要轻拿轻放。否则，里面铅笔里的铅很容易断掉。

那时候，我的铅笔头上，都刻有我的姓的拼音缩写。因为铅笔头是我的重要财产。我担心，如果没有记号，被人拿错了会很难找回来。

我刚开始用铅笔写字时，总用力太大，铅笔的铅很容易就断了。我就尝试用小力，笔迹又太浅了。为了不浪费铅笔和纸，爸爸用废木头、沙子给我做了个沙盘。我用根小木棍在沙子上练字。爸爸也教我用手写字要轻重适度。太重，戳到木盘。太轻，沙子上的字不清晰。

农家出身的老公更可怜。家里辛苦种植的粮食、蔬菜除了自己吃，剩下的不多，卖不了几个钱。父母拼命干副业，到城里收垃圾、到砖厂打工、养下蛋的母鸡。换来的钱，买完油盐酱醋，连几个孩子的学杂费都不能及时凑齐。老公小时候没有作业本和铅笔。他的老师很同情他、信任他，于是让他每天在河边的泥地上用树枝写作业。

测验和考试时，老公借他女同桌的铅笔。女同桌的父亲是村长，家庭条件好得多。她会把像宜家铅笔头那么长的铅笔说是淘汰，变相地送给我老公。那些铅笔头，在老公眼里，就是最稀罕的宝贝。他放在学校怕被别人拿走，带回家里怕父母看见追问，整天东藏西塞的。没想到，傻傻的老公在小学就与女同桌结下铅笔头情缘。不过，我对这位女同桌没有嫉妒，只有深深的感谢。

我女儿的境况优越很多。她的铅笔数不胜数，各种颜色和花纹。她根本没见过铅笔头，一支铅笔用几次就不要了。我每天给她收拾房间，不时从垃圾桶里捡到非常好的铅笔。就这些捡到的铅笔，我这辈子都用不完。铅笔虽小，却体现出女儿如此不珍惜东西。我真不知如何是好。

人是很奇怪的动物。一方面，我和老公看不惯宜家铅笔头的浪费；另一方面，我俩又骄纵着女儿挥霍铅笔。看来，我俩需要先从家里最亲近的人开始，倡导节约。

2014 年 4 月 14 日

自行车情结

曼哈顿街头，常有专用的自行车道。骑车人总风驰电掣般飞驰而过。有的穿炫亮的运动服，戴超酷的头盔；有的西装革履；有的是背着大箱子的送餐员；还有的闪着各色的灯。看到他们，我真的很羡慕。也想起很多往事。

小时候，周末看父亲擦车。父母的两辆车都是二手的，父亲的是黑色红旗，母亲的是草绿凤头。当时母亲买车家里还借了债，不得不买车的理由是公交不准时又拥挤。父亲擦车会把每个零件拆下整齐铺满一地，大到车杆、车轮，小到螺丝、钢珠。每次看电视电影里有拆枪擦枪装枪，我都会想起父亲拆自行车擦车装车的情景。父亲把自行车当宝贝一样呵护。擦车用半湿的布，也用油润泽。雨雪天尽量不骑，骑过一定小心擦干。

父亲非常聪明，去过几次修自行车摊，就偷学了技术，比如补胎、拿龙、调整总掉的链子，什么都难不倒他。遇到自行车有问题，邻居朋友都请他帮忙，父亲从不推却。看到叔叔阿姨哥哥姐姐每人都有辆自行车，我心里痒痒的，多盼望有朝一日也能骑车，自由自在地在大街小巷上穿行。

我的第一辆自行车是崭新天蓝色的金狮牌。改革开放后，家里经济状况好转，用外汇券买的。 骑到学校，吸引不少同学的眼球。对中学的回忆里，少不了我的自行车。放学后，几个同学骑车去郊野放松。暑假，骑车去遍北京景点。最难忘，夏夜骑车去天安门广场，自行车围在外圈，同学们席地围坐在里面，弹起吉他，哼唱青春旋律。

金狮车陪我进了大学，从宿舍、食堂到教学楼、图书馆，为我节省很多时间和力气。而且，有了它，才方便到校外做家教、到其他高校找朋友、去校外的各大图书馆借书。很可惜，有一天，车丢了，害我哭了一鼻子。同学们说我把它擦得太亮了。于是，我买个土气二手车，骑到毕业，送给位贫寒师妹。

工作后，基本没骑车了，坐单位班车或公交，到今天已二十多年了。周末出去玩，偶遇车库赛，发现辆肮脏挂满蜘蛛网的自行车，感觉和它有缘。买回家擦干净，是辆很棒的七十年代的施文，也是天蓝色。感谢上苍，赐给我又一辆心爱的自行车。

2015年10月19日

打麻将

第一次见到真正的麻将，我已上大学。从香港工作几年回北京的爸妈带回一副塑料麻将，藕荷和白色相间，珠玑圆润，让人爱不释手。爸妈说，在香港时，公司里一对台湾老夫妇教会他们打麻将，在他们临行前，还送给他们这副麻将。

奶奶没上过学，不识字，但很快学会打麻将。为了补上三缺一，我成了牌架子。平时爸妈工作忙，我住校，只有在周末才能聚在一起打几圈麻将。到了过年，总算有大把的时间。以前不管节目多么无聊，只能看电视。现在，大年夜，全家一定打麻将到通宵。没几年，原来只在旁边看的弟弟长大，取代我的位置。我的任务是为一家削水果，苹果、橙子等都去皮，切成很小的块，让家人用牙签扎着吃，边吃边打麻将，两不耽误。而我，坐在爸妈之间，同时看两家的牌，也自有乐趣。

又过了几年，奶奶坚持离开北京，回到内蒙古故乡小城。爸妈送给她一副新麻将，翠绿和白色相间。很快，奶奶把姑姑、姑夫、叔叔、婶婶们都教会打麻将。来北京出差的三姑夫特别为几家采购了麻将牌。

女儿很小，我母亲打麻将时就将她搂在怀里。她总是很乖，静静地看。于是，她五岁就成了打麻将的接班人。坐在加高点的椅子上，码牌、打牌很有模样。我不由得感叹，她这么小，已经掌握数学的概率，知道哪张牌和的概率更大。我们带女儿去江西看望公公婆婆，才知道那里已打麻将成风。女儿小小年纪，在牌桌上大将老成的样子，震惊了所有亲戚。

后来，我和老公、女儿到纽约，弟弟开始自己创业。爸妈只有在网上打打麻将。我为此深感内疚。还好，爸妈和他们的牙医及夫人开始打麻将。总是周末开车到北京郊区的农家院，在那儿呼吸新鲜空气，吃农家饭菜，打麻将。爸妈平时也和在公园锻炼身体结识的同一所公寓的一对退休夫妇打麻将。

感谢麻将，爸妈已年过古稀，仍身体健康，手指、头脑都非常灵活。麻将带给他们、我们和我们的家人很多快乐。一局麻将，就像一场人生，输赢胜败，要技巧，更看手气。

无论结局，只要经历努力过，就轻松一笑，凡事看淡。

“坏”小孩

春夏秋冬、阴晴雨雪，我每天都到楼下的小公园透气，慢慢地走路，静静地坐在长椅上休憩。公园的一草一木，一鸟一虫，都是我的至亲。我也很喜欢看公园里的小孩子们玩耍嬉戏。当然，个别小孩有点“坏”。

一天周末，我和老公在杨树荫下乘凉。一个四五岁的小男孩跳上儿童小屋的桌子，用力挥舞他手中的长剑，击打头上嫩绿，还未完全长大的杨树叶，大叫着：“杀光你们！”杨树叶纷纷落下，他很高兴自己战功赫赫。我坐不住了，不顾老公的阻挠，冲到小男孩面前和他理论。我说，树叶就是树的头发，你把树的头发揪下来，它会很痛的。小男孩不以为然地说，它的头发很多，弄掉几根不痛。接着，他继续打树叶，我有点急了，想抓他的剑。

这时，他的父亲现身了，为儿子辩白，说他只是在玩玩而已。我克制情绪，尽量平心静气地讲一片叶、一根发的道理；不反对他儿子轻轻用剑碰树叶，但打掉树叶我不同意。他父亲于是告诉儿子轻轻用力。但小孩子对用剑的力度掌握不准确，还是有树叶落下。于是，他父亲抱着儿子走了。一阵清风，杨树叶优雅晃动，我觉得它舒缓了口气。

一天，两个十岁出头的男孩儿闯入小公园。一边大叫我们是毁灭者，一边用粗木棍砍梧桐树干。一块块树皮被砍掉了。他俩还追打鸽子，叫嚣着，“让我们今晚吃鸽子肉吧”。我问他俩要毁灭谁？树给人类提供氧气，毁灭树就是毁灭人类自己。鸽子身上没有什么肉，会把他俩的牙崩掉。我说，我从小受到的教育是爱护树木。虽然达不到我即是树，树即是我的境界，树受到伤害，我会有切肤之痛。

还有一天，三个又高又大的小孩打一个矮小的孩子。我挡在他们中间，问为什么三个欺负一个，不公平。三个大孩子理直气壮地说小孩子是坏人。我问，他为什么是坏人。三个孩子说不出理由，只坚定重复他就是坏人。小公园多么宁静和平的地方，打打杀杀我也见得多了。

公园里的花都用栅栏保护着。有些小孩却在家长的默许下把手伸进栅栏摘花。老公让我宽容，我说不能纵容。所有人都摘花，公园里就没花了。夏天，公园里饮水喷泉是最热闹的地方。经常有小孩子甚至家长不排队，喝水、给水气球灌水。还有孩子不去卫生间，偏在这里给大水枪灌水。我都会走上前说几句。

其实，小孩子生下来都不坏，都是一张白纸。是成人、电视、游戏给了他们不好的影响。多希望小孩子们多受爱的教育；多希望在公园里玩耍的他们手里拿的不是枪和剑，而越来越多的是彩笔、气球、泡泡瓶、汽车、皮球、积木等等。

2014 年 6 月 6 日

旋转木马

在我眼里，旋转木马很浪漫。迷人音乐响起，木马缓缓上下起落，旋转。木马上有小孩子、情侣、大人，尽情享受旋转木马的快乐。

不过，我第一次坐旋转木马的经历并不愉快。记得三十多年前，在北京。我上小学高年级，弟弟还没上学。爸妈听说中山公园新开了个游乐场，有不少游乐设施，就兴致勃勃带我们姐弟俩去看看。我们一家挤两次公交，每次等车非常漫长，终于到了人山人海的中山公园。我一眼就看中了旋转木马，弟弟则偏要坐小飞机。于是老爸陪我，老妈陪弟弟。那时还没手机，就约好在一个地方见面。我和老爸排队等了几个小时，终于坐上木马，才那么三分钟，我不得不恋恋不舍离开。自此我没再坐过旋转木马。

等我做母亲了，女儿很小就喜欢坐旋转木马。那时家里条件好，有小轿车，不用挤公交。我们常带女儿去朝阳公园里的游乐场，无论玩什么，都不要排队，可能是因为相对贵，玩一次要三四十人民币。开始，我总把女儿抱上马，手扶好，脚蹬好，帮她系好安全带，然后在木马旋转时，站在她身边。不过一两年，女儿就独立了，我只有站在外边望着她。每次她通过时，使劲向她招手。女儿再大点，就单飞，和她同学朋友去游乐场，不让我们跟着。

在纽约，我和老公逛街，偶遇一公园，里面有旋转木马，勾起我久违的旋转木马情结。听完我的讲述，老公给我办了几个卡，一张十五美元，可以换十枚金币，我像捡到宝贝的小孩子一样，握着数不清的金币。一个金币可坐一回木马。我兴奋地坐个没完，白马、棕马、黑马、花马、绿青蛙、大白兔、马车，一一来过，吹着夏日的习习凉风。每次转到老公坐的位置，我俩都招手致意，他总是饶有兴致地看着我沉醉的样子。也许是喜极而泣，我偷偷垂泪，没敢让老公看到，只是在他看不到我的时候，赶紧擦拭着泪水。终于，我坐到屁股痛，过瘾得离开。

关于旋转木马，悲观的人说，我在追赶你，却永远只是一段距离，追赶不上；乐观者道，我永远在你身旁陪着你，阴晴雨雪，春夏秋冬。我相信乐观的观点。

2017 年 7 月 16 日

邮票如歌

三十年前，我在上小学。记得是一次学校象棋比赛，我拿了第二名，奖品是一本邮册。从此我就开始集邮。

那时，家里没有闲钱给我买邮票。我就把旧信封上的邮票剪下来，放到小碗里用水泡一会儿，邮票和信封纸自然分离。我再轻轻把邮票背面的胶弄掉。把邮票贴在玻璃板上，等它干了就好。很快，我对集邮有点着迷。家里的旧信封太少，来信也不多。于是我天天在邮差来的时候堵在大院门口，看到谁家来信，就厚着脸皮，苦苦央求邻居把邮票给我。通常我的请求都会得到满足。

接着，我学会以邮会友，和其他集邮的朋友互相交换邮票。

经常左右为难，眼馋别人的好邮票，又舍不得自己心爱的邮票。好不容易抉择了，又会怅然若失、悔之晚矣。为了邮票，我把心爱的弹弹珠、松紧带皮筋、蝴蝶结头花等等都交换出去了。爸妈都说我有点着魔。记得我终于集齐“红楼梦金陵十二钗”时，真是欣喜若狂，好多天在梦里都会笑出声。

看我这样热衷于集邮，爸妈并没有反对。他们引导我从邮票中学知识，把邮票当成小小的百科全书。爸妈在工作单位看到同事有信来，会帮我问问能不能把邮票给我。我的奖品邮册装满了。在我过生日时，爸妈给我了个惊喜：一本漂亮的大邮册。

后来，爸妈到外地工作几年，他们经常给家里写信。爸妈有时会不辞辛苦地跑几家邮局，就为给我买不同的邮票。再后来，我出国留学、到异国旅游、出差、居住，都会给家、给爸妈写信。爸妈也都会把我信封上的邮票攒好。这些花花绿绿的邮票，见证着爸妈和我分不开的浓浓亲情。

慢慢地，集邮变得好像很容易。只要有钱，集邮市场什么邮票都有。交给邮政公司一笔钱，全年的邮票装在册里等着提货。我却觉得，集邮失去了原来的乐趣。

到今天，大家好像不用通信了，有更方便快捷的电子邮件、微信。在美国，接到的信件都只盖着邮资已付的硬邦邦的章，看不到邮票的影子。我却还是怀旧，想念阅读手写书信的时代，痴情回忆长着无形翅膀、到处飞来飞去的邮票。

人说岁月如歌，如同一张张微型画卷的邮票，经历了岁月变迁，何尝不是一首首动人、感伤的歌?

2014 年 9 月 12 日

探访老贝斯佩奇小镇

周末，我们一家三口去了位于纽约长岛中部的老贝斯佩奇小镇（Old Bethpage Village Restoration）。就在长岛快速路的第 48 个出口，离曼哈顿只四十多分钟的车程。

走进小镇，仿佛一下子穿越到了二百年前的美国乡村。房子、旗子都是 19 世纪的样子。工作人员也穿着那个年代的服装。女的都梳着当年那种精致的头饰。

我们参观了一个又一个不同风格的家庭建筑。工作人员会边带我们参观，边详细讲解这个建筑的历史、家庭成员。有渔夫、裁缝、木匠、农民等等。农民拥有约 200 公顷的土地，他的家相对奢华。木匠后来到曼哈顿投资，成了百万富翁。裁缝的家也很富裕。渔夫的家有一间屋子装满了他的捕鱼工具。他很专业。小日子应该过得也不错。

我们到了一家杂货铺，里面摆满了各式各样的瓶瓶罐罐，墙上还挂满了农具。杂货铺里还有两把椅子，中间的小桌上放着一副棋。很像国际象棋，只是棋子矮矮的，大小也不太一样，涂着不同的颜色。工作人员鼓励我们把玩着棋子，还让我们猜，是什么做的。我拿起来一掂，很轻，看到周边不齐，知道是什么了。但我没说，等女儿开口。她果然猜出，是玉米做的。

杂货铺的柜台上摆着糖果。我给女儿买了一颗。老公开玩笑，问这糖果是新的，还是当年的，惹得我们大笑。杂货铺的门口有些儿童玩具。居然有我小时候玩过的沙包和玻璃珠。二百年前的美国人用木头挖出大大小小的洞，立成靶子，把沙包扔进大洞，把玻璃珠扔进小洞。他们也有木头圈，但不是呼啦圈，是用一根小木棒来滚，和我们当年的滚铁环异曲同工。

我们又参观了教堂和学校。那时教堂和今天的教堂没什么区别，只是那时的神父平时也要干农活。学校的课桌上都摆着小石板、石板笔、抹布。唤起我无数的童年回忆。我小时用的就是这个。女儿没见过，不知这是做什么的。工作人员替我解释，当年的纸张很贵，所以孩子们用石板。女儿很好奇，经过同意，她尝试在石板上写字，只写了："你好！"我问她："是和两百年前的小朋友打招呼吗？"

接着，带女儿到铁匠铺观看打铁。印象中打铁的都是壮年男子。可那天是位瘦弱的姑娘。她一会拉风箱把火烧热，一会儿把一个小铁棒放入火中加热，一会儿敲敲打打把铁棒最后打制成个铁钩子。就这也火花四溅，好像烟花。

最后，我们造访了酒吧，和现代的没区别，喝了凉凉的、沁人心脾的苏打水，吃了小吃，依依不舍地挥别老贝斯佩奇小镇。

参团和自由行

出门旅游大多数人的选择是，要么参加旅行团，有导游带路，讲解，安排好住宿和三餐；要么自由行，凡事自己做主，提前订好路线、旅馆、就餐点等等。

以前在北京，我喜欢参团，觉得省事，付了钱，一切事务都交给旅行社和导游。可是，每次参团，都非常受限制，没有自由。早上要起很早，说是避免堵车，实际上是司机、导游想带游客多去几个黑店购物拿回扣。一天马不停蹄，累得筋疲力尽，很晚才能回旅店休息。而且，总会发生这样或那样的不如意。让人在快乐的游途中分外扫兴。

记得去云南玩，导游从第一天开始就长篇累牍、吐沫星子乱飞地讲解云南的玉有多好、有多神。快到玉店，导游干脆撕破脸皮威胁，每位游客一会儿上车交小票，没买玉、没有小票的人不让上车。旅游车在玉店停了快三个小时。而在云南每个旅游点停留只半个到一个小时。匆匆走马观花，照相留念。

去承德旅游，导游说市内的旅馆都满了。我们被拉到一个很偏避的招待所住，还是个刚刚装修好的，屋子里残留很重的化学气味。我女儿夜里过敏、哮喘。我们打了急救电话去医院，折腾了一宿。第二天，就自己租个小车离开承德。

去张家口坝上草原避暑，旅游车看上去很好，路上前不着村、后不着店时突然空调坏了。窗户打不开。车外又热又晒。每个人汗流浃背，闷坏了。一个旅游点说是草原游乐场，导游极力推荐，大家不能不去。结果没什么项目，大人小孩都很失望。

去新加坡、马来西亚旅游，团餐很差。最好的菜就是番茄炒蛋，一上来就被抢光。所谓的八菜一汤找不出能提胃口的。就这，还得快吃，否则就没了。

今年独立日，我们一家三口和一位朋友自驾车去大瀑布、千岛湖。朋友提前做足了功课，行程安排得机动灵活，在旅游点留出充裕的时间，还安排路上参观康奈尔等大学。用餐也根据地点、网上大家的评分，事先选好。吃得也很多样，有中餐、泰餐、越餐、意大利餐等等。他订的旅店，也是通过互联网查民众给它的打分，又根据谷歌地图查它的具体位置。

行前，朋友发给我们打印好的日程安排、旅游点介绍等，比旅行社发的行程更专业、实用。车里有了小小神奇的导航仪，我们不会迷路。三天的旅途，玩得非常开心。路过好的风景，随时停车。不用听导游的号令，不用看导游的脸色，不用像小猪一样被导游驱赶，真是我的旅游我做主。自由万岁！

初夏的约会

五月，纽约的初夏到了。周末，不用躲在有暖气的家里。长岛的大公园，就是我们一家三口每周末必度过一天的地方。

我们总是上午十点左右从曼哈顿岛出发，如不堵车，半小时抵达。公园有大草坪，密密麻麻的白色绒球，毫不夸张地说，是望不到边的蒲公英的海洋。我们每次都忙着许愿，吹蒲公英，看着群群小伞种子缓缓飘走。公园有很多高大绿树。我们都贪婪地呼吸着清新的空气。公园还有各种花树，不知道名字。开花时，满树灿烂。落花时，花瓣铺满一地。有些香气淡雅，有些非常浓郁。

老公和女儿会在公园林荫路上跑步半小时或散步一小时。女儿喜欢一直走到海边，吹吹海风，闻闻海水腥腥的味道。我不喜运动。就在草坪里摘点野菜，比如野葱、野菊花、蒲公英、车前草之类。女儿一次上火嗓子疼，还真喝我的野草汤喝好了。

到午饭时间，我们会去公园附近一个自助中餐，菜品非常丰富，价格也实惠。我喜欢吃海鲜、鱼。老公和女儿爱吃猪肉、鸡肉。各取所需。我们都爱吃寿司、水果和冰激凌。每周都去，服务员早认识我们，问都不问，就把我们的饮料端上来了。

午饭用毕，我们会再回到公园。在长椅上美美地睡一觉。感觉身体里一周来在曼哈顿岛呼吸的污浊空气全部换成公园的绿色空气。此时，每个人脑子空空的，什么也不想，放松、自由、惬意。醒来后，老公和女儿喜欢看看书。我爱傻呆呆地看跑来跑去的小松鼠、飞呀飞的蝴蝶蜜蜂、蹦来蹦去的小鸟或者来到儿童游乐场，看孩子们跑跑走走，听他们尖叫、大笑。

公园里周末有时会放映露天电影。但是害怕晚上堵车，从来没有看过。总天黑前离开，是一大遗憾。如果哪一天，女儿周末作业不那么多，老公不担心加班，我想尝试全家在公园看场电影。

公园的英文名字很拗口。我就叫它我们家的秘密花园。记得那是多年前老公开车迷路，走到这公园。开始只想下车用用洗手间，才发现公园好美好大。这是天赐的缘分。从此，每年初夏，天气暖和，我家就开始每个周末和秘密花园有个约会。

康尼岛半日

今年都七月底了，还没有去过海边，心里痒痒的。选了离曼哈顿最近的海滩，康尼岛。只半小时车程就到了。虽然没赶上美人鱼游行和吃热狗大赛，沙滩的人气很旺。

游乐场的设施疯狂转动着，大人、小孩们肆意地尖叫着。我这个从不敢坐冒险游乐设施的人也深深被感染，看着他们不忍离去。美食店很多，卖热狗、炸鸡、冰激凌的店前都排着大队。和海滩平行的是长长的木板路。密密麻麻的人群穿行在路上，偶尔有一些人在音乐的伴奏下热舞。

我们到得比较早，把垫子和毯子铺在离海水最近的地方，前边没有别人遮挡。支起沙滩椅，撑起阳伞。我舒服地半躺下。不能忘记，每个人都在皮肤暴露之处涂满防晒霜。听着海浪声声，吹着凉爽海风，真的很安逸舒适。

友人孩子最喜欢玩沙子。他不辞辛苦地用小桶提来海水，浇在干沙子上，用铲子挖了一个环形的沟渠，然后很有成就感。他接着喂海鸥。每次，他把食物抛起，海鸥都会展现一个优美的滑行曲线，准确无误地叼走食物。他如此爱喂海鸥，带来喂海鸥的面包喂完了，他吵闹着要喂我们自己吃的面包，说宁可自己挨饿，也要继续喂海鸥。

友人把孩子带到海滩上，分散他的注意力。他们玩着最简单的游戏。站在海浪即将来临的地方，等海浪来的时候，拉着手向上一跳。孩子很喜欢这种与海浪互动的游戏，乐此不疲地跳个不停。再好玩的游戏也有玩腻的时候。孩子看别的孩子玩扔沙子的游戏，在沙滩上抓把沙子，跑到海里，扔进去。孩子们扔着，笑着，竟然成了朋友。

我想起见过的一幅广告，三位美女在海滩每人堆个鱼尾巴。我对老公说，我也要个鱼尾巴。他听了我的解释，用小铲子把我的脚和小腿用沙子埋住，刻画出两个鲸鱼尾巴似的尾巴，又用一个大贝壳印出一个个鱼鳞，真的很像个鱼尾巴。

玩饿了，我们拿出带来的丰盛食物，有西瓜、樱桃、葡萄，热狗、茶鸡蛋，可乐、柚子汁、矿泉水等等。都在冰桶里保温。吃过午饭，我们就收拾东西准备回家。半日康尼岛让我们的身心得以彻底放松。还没离开，已商议何日再来。

夫妻四川行

二十多年前，我和大学同学一起去四川玩过。到了都江堰、杜甫草堂、乐山大佛、峨眉山、青城山，都给我留下很深刻的印象。

老公一直没机会去四川。终于，今年回北京休假，他安排我俩去四川旅游一周。为照顾我，只去我没去过的地方。

他知道我喜欢动物，当然带我去大熊猫基地。那里的大熊猫真多，都胖胖的，多数在睡觉，个别的啃着竹子，或莫名其妙地走来走去。我很奇怪怎么大熊猫都脏兮兮的，向导解释那是它们的保护层。我们又到大熊猫幼儿园，里面有很多小小憨态可掬的大熊猫，有的挂在树上，有的散落在跷跷板等游乐设施上。

老公带我去地震博物馆。他和我都感慨在大灾大难面前，人的坚强。他希望我能学习当地人的乐观。我们也参观了雅安人重建的家园，真的很棒！

第二站是自贡，我们参观了恐龙博物馆。导游的讲解非常翔实，每一处都讲上半天，我的腿和脚都站痛了。其实，我对恐龙的种类特点、发掘情况不是很感兴趣。但看到老公兴致勃勃、听得津津有味，我只有忍了。

接着参观盐业博物馆。自贡井盐曾盛况空前。先人的聪明才智无与伦比。从井中取盐，只要工具，人无须下井。不过，我开始对老公有所抱怨，这哪里是玩，简直是在上课。比起博物馆，我还是更喜欢大自然山水。

为哄我，老公说晚上带我去个特别地方。到了才知道是自贡花会。花灯和人都很多。花灯都很大很漂亮，什么都有，让人眼花缭乱。我徜徉在花灯的海洋里，开心兴奋。老公给我买了个戴在头上的花环，上面还有一闪一闪的星星灯光，他也给我买了几样小吃，让我坐下边休息边慢慢吃。看着他如此体贴，我的气消了。

最后一站是成都，老公说宽窄巷子名气大，要去看看。到了发现不是古巷子，是翻新的，东西都很贵。走走逛逛就算见识过了。我们又去“印象成都”饭馆吃饭。都是老公点的，估计不便宜。不过，物有所值。最喜欢吃玉米叶子卷糯米。饭馆里有戏台，演着变脸、天女散花、滑稽戏。

离开四川，老公满意地说目的达到，我没有窝在沙发上，运动了一周。

宾州三日行

第一天，我们先来到慕名已久的阿米什人村庄。很久前，我看过一个美国大片《证人》，讲一个孩子目睹了杀人现场。他就是阿米什人。警察住到他村子，保护他，体验了阿米什人文化。他们拒绝现代技术。不开汽车，赶马车，不用电器。男的一袭黑衣黑帽，女的白帽黑衣，都不用扣子，熨斗都是老旧的黑铁块。女人们喜欢做用小布块拼接的被子床单，像艺术品。孩子们最开心，喂着马、羊、猪、兔。村庄有游戏场、学校，黑板上写着德文板书，还有句名言，“我可能快，我可能慢，但和自己比，我最棒。”

第二站，我们来到宾夕法尼亚火车博物馆。博物馆有一百多个不同年代的火车机车，是目前美国和世界上最完备的铁路博物馆。孩子们好像走入了火车头托迷的动画片，又似步入童话世界，忙着看讲解，像海绵吸取着知识。

第二天，我们来到州议会大厦，这里的参观是免费。导游详细介绍着各个雕塑的来历，各个会议室的功能。我英语一般，听个大概，但还是被惊人的建筑所折服。议会大厦旁有个大教堂，外边建筑非常恢宏，里面气场也震慑人的灵魂。

下一站，我们来到好时巧克力工厂。这是家百年老字号，一九七三年建立，三十多年来参观的人已超过五千万了。在这里，孩子们最开心，坐上小火车，观看巧克力从原料到成品的整个生产过程。我们还观看了一个动画片。大人们都变成孩子，互动着、尖叫着。坐过火车、看过动画片，都有好时员工笑滋滋给我们每人发巧克力。

第三天，我们来到葛底斯堡。首先，我们参观了葛底斯堡战争博物馆，了解得到一八六三年七月初，这里爆发了一场死伤无数的血腥大战，成为美国内战的转折点。战死士兵的尸体一个挨着一个、四英里长。让人唏嘘不已、潸然泪下。战斗中，南北方战士互相帮助，喂水、治伤，以同等的尊敬掩埋双方的尸体，让人感动。

我们接着参观室外的纪念公园，林肯当年在此发表演说，提出著名的“三民主义”——“民有、民治、民享”。林肯演说全文仅二百字，却流传至今。青松翠柏下，长眠数不清的烈士。

做客山中——美食

不久前，老公转了工作部门，十几个新同事来自五大洲不同国家。其中，荷兰美女有位美国老公，在纽约州北部城镇伍德斯托客有一别墅，请大家周末去玩。百度一下，才知道小镇非常有名，一九六九年，四十五万人聚集在那里的一农场，以爱与和平为主题办了盛大的反战音乐节。

曼哈顿已是盛夏，满街姑娘都穿着吊带和短裙。当天天气不晒无雨，她家住山里，我穿凉鞋、大花裙，套件厚牛仔服。老公穿厚衣裤、旅游鞋、绒衣。虽然进山感到有点凉，我的身心还是愉悦，被绿树野花、新鲜空气洗涤陶醉着，想起白居易的诗句“人间四月芳菲尽，山寺桃花始盛开”。

主人家的别墅风景真好，可以看得很远，一层层茂密的绿山，一道道蜿蜒的蓝山，直至远方的天际线。他说自己是地道的纽约人，从小就经常爬山。从山下的路到山上的路，半片大山都是属于他的财产。他家也有不少动物邻居，如鹿、兔子、浣熊、熊、响尾蛇等等。他与动物们和平共处。美国人在别墅有工作室，荷兰美女和儿子平时在曼哈顿上班上学，只有周末和假日才到别墅。别墅离曼哈顿挺远的，单程要七十英里。

主人热情招待我们，以饮料、酒开始，然后是各种小食。中午是专人提供的自助，三凉三热，都非常可口。老公同事们基本都带酒做礼物。我俩带的是五十个我亲手包的粽子。所有客人和主人都是第一次吃粽子，听老公讲屈原的故事、端午节、赛龙舟。他们都夸奖粽子好吃，还有人问我是如何让米变得这么黏。难怪，世界只有东亚和东南亚才产糯米。纽约中餐馆内也没见过粽子。

人们分几张大桌坐好，边吃边聊。和我、老公一桌的有英国人、科威特人、哈萨克斯坦人。我们的话题从吃开始。他们都让我们推荐曼哈顿最好的中餐馆。科威特人介绍中东美食。英国人则骄傲地宣称，在伦敦和英国各地可以吃到全球美食，他们把世界美食都视为英国美食。

午饭吃过没一会儿，主人又拿出水果、几个大蛋糕，提供热茶和咖啡。老公担心返途堵车，匆匆带我离开。我真不想回家，羡慕瑞典一家当晚住帐篷，次日爬山。

2018 年 7 月 14 日

做客山中二——游戏

邀请我们做客的邮件里，主人明确表示，欢迎大家带孩子们喜欢的游戏，但不允许有任何枪支模型出现，伍德斯托克可是和平之地。

当天有二十多大人，二十多孩子。大人多数在聊天。孩子们从十一个月大到十四岁不等。主人家准备了不少可以玩的：滑滑梯、荡秋千、积木、各种球、纸牌、吹泡泡的、吊床等。小一点的孩子们都有的玩。大一点的孩子们基本人手一部手机，躲在客厅玩我看不懂的游戏。

我带了"只言片语"的游戏。法国人发明的，在中国曾流行。我近几年没玩，规则都忘记了。于是边玩，边翻译，边回忆。主人家七岁的小帅哥、玻利维亚年轻夫妇、秘鲁母女跟我们玩得挺起劲。这个游戏考验人的观察、表述、想象、判断能力。

午饭时间很快到了。饭后，来自赤道几内亚的小伙子张罗着把大家分成三个组，来玩电脑猜谜游戏。每个组先选择前总统、体育明星、诺贝尔获奖者，再选分，分越高、难度越大。然后看照片、猜人名。大人们围着电脑，像小孩子一般认真，猜对欢呼、猜错或猜不出懊恼。当然，大家对最后结果一笑了之，并不在意。游戏的真髓就是参与和玩。

最受小朋友喜欢的是皮纳塔。据说起源自中国，由马可波罗带到欧洲，又由西班牙传入墨西哥，也翻译成彩陶。一面彩色硬纸糊成的大鼓，里面装满糖果，用根绳子吊在树上。孩子们早就乖乖地排好队，轮流被蒙上眼睛，转几圈，拿着一根木棒，击打纸鼓。主人为增加难度，还不断移动绳子，打鼓的孩子则有其他孩子大声叫唤提示，是否要打鼓啦。

一个孩子只有五次击打机会。然后轮到下个孩子。几个孩子都失败了。终于有个孩子运气好，把纸鼓打漏了，糖果撒落一地。孩子们蜂拥而上，都收获颇丰。有一粒糖恰巧掉到我脚边。我低身拾起，送给个姗姗来迟、刚学会走路的小宝贝。

接下来的游戏项目是爬山，主人说有处瀑布，很美。我真想去，可回家路程很长，怕堵车，我和老公先告辞了。当夜，我梦见回到很多年前，在学校登山比赛中得了第一。人生如梦，亦如游戏。

做客山中三——夸人的讲究

在老公同事山中别墅做客玩得很开心，老公说他发现我非常会夸人。其实我是个很直率的人，想什么说什么，并没有刻意恭维别人。

主人的山中别墅是那么亲近大自然，我羡慕之情不由得表现出来，感慨别墅在密密的绿树丛中，空气好、景色好。我去前做了功课，知道那地方历史上有名。主人高兴地介绍别墅的有关情况。午餐的食物好吃。其中，有一道烤小土豆。我坦白是我最爱的一道菜，说以前在超市见过这种乒乓球大小的土豆，但没买过，不知道怎样削皮。原来不用削皮，又学到一样知识。主人笑了。

山里冷，只有哈萨克斯坦一家穿得很暖和，都是有加绒的风衣。我对他夫妇俩说，我已经冻得流鼻涕啦。他们穿的最适合山里天气。夫人得意地说，她一直在查天气预报，作为四个孩子的母亲，她必须为他们做好充足准备，穿得多可以脱掉，穿得少就没办法了。

法国人的两个孩子在学汉语，他们说了几句地道的中文。我也说了几句法语。我很多年前学过法语，基本全忘了。只记得几句：我会讲一点法语，我还没去过法国，我希望去巴黎和普罗旺斯等。仅这几句就能让法国人很心花怒放，他们以法语自豪，喜欢外国人讲法语。

我总能在孩子身上发现闪光点。瑞典人有三个男孩小帅哥。我赞美他们的发型很酷，问他们是不是一个理发师剪的。三个帅哥难得地把头从手机屏幕上抬起来，望了我一眼，回答是的。聚会里最小的宝贝才十一个月。他一点不认生，谁抱都可以。我轻声问：“你不怕闹哄哄的人群吗？”她的母亲骄傲地替他回答：“他喜欢人多热闹。”

女人最爱听夸她年轻，当然得说真话。玻利维亚夫妇没有孩子。我说他俩看上去很年轻，考虑要孩子还早。秘鲁母女站在一起，我夸她们像姐妹花。法国母亲和孩子都好高，我说以前以为自己很高，现在发现原来人外有人，天外有天，她一家可以当美模了。

老公说我夸人的技巧是不笼统地夸漂亮英俊，而是有针对性地特别地夸赞。我说，我只是发自内心、诚挚、自然地夸人，没有技巧，只有真实。

现代女人的三寸金莲

西方人批判中国古代妇女缠足是丑陋的、落后的、不人道的。可在我眼里，当今世界的女子，太多裹着现代的三寸金莲，那就是尖头高跟鞋。

一天，我和老公在公园树下长椅上坐着，看到一位穿着时尚的女子走过，她的又尖又细又高的红色高跟鞋走起路来嗒嗒地很响亮，也很扎眼。老公唏嘘了一声，说好恐怖的鞋子。鞋尖和细细的鞋跟都可以当成尖刃要人的命呀！我笑问，不觉得美丽吗？

不感到性感吗？不认为优雅吗？老公回答：低俗、太不自然，让他想起好端端的五个脚趾偏要被挤成一团，变成畸形的样子。

还有一天，我和老公逛街。一个女孩从我们旁边走过。她的鞋后跟是我见过的最高最尖的。分不清到底是她的脚长还是鞋跟高。她就在用脚尖走路。老公开玩笑地说，她还不如直接踩个高跷呢。我也叹，简直是在马路上踮脚尖跳芭蕾舞。说起芭蕾舞，我真不敢恭维。因为见过芭蕾舞女脱了舞鞋，脚趾伤痕累累的可怕样子。高跟鞋也许是受到芭蕾舞踮脚尖的启示。我认为，是误了多少现代女性。

记得初中时，有位年轻的历史老师，穿着很时髦，总蹬着一双极高的高跟鞋。不过，上课铃一打，她就在讲台后面，偷偷甩掉双脚的高跟鞋，光着脚给我们上课。下课铃一响，她又赶紧把鞋穿上。同学们发现了她这个小秘密，传播得很快，当成一个好笑的事。

我个子高，所以不敢穿高跟鞋。上高中时曾经好奇买过一双跟并不很高的高跟鞋。结果第一天穿，就遭到班里好几位个子矮的男同学的严重抗议。因为不习惯穿高跟鞋，一天下来，脚有些肿，也很酸痛。那双鞋就再没穿过。

这世界无奇不有，记得见过女子穿高跟鞋赛跑的照片和视频。参与者很多。每天电视、电影里的女主人公绝大多数是穿高跟鞋的。钟爱高跟鞋的女子太多了。我认识的一位奇女，居然给自己买了二百多双各色各式的高跟鞋。

当然，我也见过男人穿高跟鞋。但鞋子并不又尖又细，跟也又粗又壮。穿高跟鞋的男子通常不高，希望通过穿高跟鞋长长高度。

女子的解放有好多次高潮，包括中国女子的不再缠足、进洋学堂，西洋女子不再束胸的运动和穿裤装的革新。我期待着，终于有那么一天，女子们和像刑具一样的尖头特高跟鞋说“永别”。

动物的牢笼

女儿学校的科学老师发给女儿一张在布朗士的纽约动物园免费门票。她兴冲冲地要我和老公与她结伴同游。

我对动物园早就没有好感，认为那是野生动物的监狱和牢笼。动物们要么无辜地被从遥远的家乡抓来，要么是世代为囚的动物后代。但是，我不愿让女儿不开心。同时，也想亲自看看纽约动物园里动物们的情形。

走进大门，首先看到的是在路上悠闲漫步的孔雀们。它们一点不怕人，对于相机镜头很熟悉。小孩子们争相恐后地喂它们。有小孩甚至把一袋子爆米花全撒在地上。不过，孔雀似乎丝毫不感兴趣。我注意到，几只孔雀的尾巴光秃秃的，而且尾巴上的羽毛也参差不齐。

让我触动很大的是猛禽的笼子，很小很小。猛禽们只能郁闷地在里面踱步，根本无法起飞、降落。它们与生俱来的飞翔本领只有退化。

深深感动我的，是动物园工作者演的音乐剧。讲述偷猎者为了象牙袭击象群，一只小象在逃亡中走丢了。幸运的是，她克服困难，找回家，回到母亲身边。不幸的是，她有几个亲人在袭击中丧生。夏天天气很热，演员们还穿着厚重的动物服装，每隔一个半小时就演出一场。我相信，他们的辛苦工作一定可以帮助人们提高保护大象和其他野生动物的意识。

老公希望女儿能加强和动物的互动。他建议女儿爬到高台子上喂长颈鹿，或者骑骑骆驼。可是，女儿不想和动物互动。她只想吃冰激凌。天气太热，老公和我很理解她。从十一点进园，到三点出园，她吃了四个大冰激凌。

女儿吃冰激凌的时候，我去看骑骆驼。队伍排得很长。原来只让一个小孩骑在骆驼上。为了加快速度，负责人改为让两个甚至三个小孩一起骑在骆驼上。可怜的骆驼只有负重前行。当骆驼走近我时，它们长长睫毛下的哀怨眼神让我心酸。场子边上还有一头小骆驼，我很怕负责人让小骆驼驮人。还好，我看见小骆驼一直在休息。

参观完动物园，我问女儿，有没有看到一个动物是快乐的。女儿一怔。从老虎、熊到大猩猩；从各种鸟，蛇到各种鹿；在我眼里，它们都是不快乐的。老公问，子非鱼，焉知鱼之乐也。我答：吾虽非鱼，犹感鱼之不乐也。因为，在专家拍摄的野生动物纪录片中，动物们是快乐的。它们与动物园里的动物不同，享受着大自然的宽广空间和无限自由。

我期望，有一天，动物园不再是动物的牢笼，展示活体动物，而是造些动物的蜡像，播放些 4D、5D 的动物电影。当然，还有音乐剧、小话剧。那一天的到来，将是野生动物们的造化和福气了。

晒网打鱼

成为一名作家，一直是我的理想。学生时代，我的作文总能得到老师的青睐，作为范文在课上宣读，传阅。当我信心满满地对父亲说我要当作家，父亲笑道，那不就是天天坐在家里吗？父亲深知写作路的艰辛，他希望我研究生毕业，有一份稳定的办公室工作。可在职场逛了几年，更加肯定这不是我的追求。于是辞职，当了坐家。

我开始雄心勃勃，构思一个以我奶奶、姑姑、叔叔、父亲这个家族为原型的长篇小说。我给自己定下每天三千字的目标。可进展并不顺利。常常呆坐在电脑前，不知如何进行下去。很多事情我也只是听奶奶、姑姑、父亲提起，并未亲身经历。我想象力丰富，但不能无中生有。于是，这个长篇搁浅了。

我想起高中语文老师常和我说的厚积薄发，要经过漫长的积累素材的过程，才能写出好文章。就像打鱼，也要先织好一张网。来到纽约，我喜欢翻阅《世界日报》，并注意到家园版里面的文章言简意赅、寓意深刻、真情实感、风趣诙谐、信息量大。这不就是我可以尝试使用的网吗？于是，我开始投稿。很快收到会留用的答复。真是谢天谢地！

我给自己制订打一天鱼，晒六天网的宏大计划。就是一周一篇八百字小文。可这很难实现。来了灵感，我可以一周写七篇。没有灵感，一个月甚至一年也写不出一篇。不过，比起长篇小说，小豆腐块还是很容易写的。只要想到题目，文章基本成型。

开始，我为找不到素材烦恼，后来，想开了，不打鱼时，自由轻松地“晒网”。去看场电影、泡会儿咖啡厅、书店、逛商场，不经意地寻找“大鱼”。当然，整理文稿也是重要工作。每次文章发表，我会逐字逐句对照我的原文看编辑的改动，好好琢磨，争取有所提高。

涓涓细流汇成大河。经过快五年笔耕，我发表的小文有八十余篇，再算上那些未被采纳的文章，约有一百八十篇，十余万字。也许我是个懒惰、低产“坐”家，但凡事贵在坚持。我感恩上天赋予我的灵感，老公一贯的鼓励，尤其是编辑们的赏识和抬爱。我将永不放弃。

后记

我的经历

从中国人民大学本科毕业二十年，突然想梳理一下走过的路、遇到的人、曾经的努力和尝过的酸甜苦辣咸。这像要把散乱的一千片拼图一点点重新拼好，又像要把许多大小漂浮的冰块聚拢凝结重塑成一座冰山。就此献丑。如果读者有耐心读完，我就感激不尽了。

一、实习在人大

大三开始，经旅行社的朋友介绍，我从简单的接机、送机，到带团去西安等外地的全陪（主要由当地地陪安排接待、讲解），到在北京接待少数人的散客，最后到接待三四十人的英、美大团。我在第二外国语言学院培训，考取了临时英文导游证；天天轻车熟路穿行于故宫、天坛、颐和园、长城间；曾创下一周挣了五千元的纪录。有点飘飘然。

但是，旅游业当时的运作混乱。旅行社请我接团不但不付劳务费，还收取每人十元的人头费，算把客人卖给我。当然，人头费很容易赚回。带团去一家黑店，黑店就给导游和司机一位游客十元停车费。记得黑店很多，玉器、画店、景泰蓝、刺绣、中国礼品大超市。进门先给每位游客贴个小标，说是打九折，实际是为区分不同的团。前面客人买东西，后面休息室导游和司机就拿到 30% ~ 50% 的回扣。为此，司机总要我在车上多卖力做黑店广告，甚至带客人少走几个景点，省出时间多去几个黑店。

大四，一同学介绍我一起去中国大百科全书出版社实习。记得非常喜欢这份工作，自由、不用坐班。只到在百万庄的出版社领取厚厚的稿件，拿回家慢慢校对，校对完稿件再送回出版社。但是，当时毕竟年轻气盛，不甘心默默无闻地在校对人生中老去，总希望我的未来更精彩。

二、大一学生的英语老师

我在人大本科毕业被保送语言学硕士研究生，并提前一年毕业。读研期间，我带了农业经济大一新生班的英语课。我注意自己少讲，多让学生开口。班里总有出色的学生，不知疲倦地把手举得高高的。我不忍心打击他们的热情，但又必须照顾到每位学生。站着我讲课对我很艰难，下课后小腿和脚肿痛得厉害。于是，一有机会我就坐下。心想，当老师好辛苦。

记得一好友说，我太单纯，没心眼，说话直，容易得罪人。留在大学这座“象牙塔”里最适合、最安全。她了解我，对我的评价和建议是对的。可我想，就算是株没见过风雨的温室植物，也渴望体验室外的新鲜空气。走出去，就是被太阳晒化，被洪水冲走，也无怨无悔。就这样，我参加并通过外交部的各门笔试、口试、面试和三个月的新兵训练。

三、外交部的小萝卜头

想象中的外交部工作是一手拿报纸，一手拿茶杯，很悠闲。实际上完全不是。每天我总有干不完的工作。马不停蹄，连上厕所的时间都没有。开个内部协调会，我和处里另一个新入部的小伙子负责沏茶倒水。来了二十多个单位的小四十人。我俩争先恐后地一人四个大暖壶一趟趟从楼下水房爬六楼提水到会议室，不停歇地为每位与会者沏茶续水。那晚回到家，我手酸腿软浑身疼得睡不着，很想哭，但还是对自己说要坚强。

三个月后，处长带我出差去温哥华，途经旧金山。处长的熟人带我们游览了旧金山名胜。在温哥华，会议组织者也安排我们参观了很多地方。此后，我开始单飞，作为外交部的代表，参加科技部、人事部、地矿部等部组的团。去了泰国曼谷、印尼巴厘岛、韩国首尔、马来西亚、文莱等地。每到一处，热情的东道主都招待周到。第一次协调会，外部领导说让外交部的同志发言，我措手不及，客气着掩饰惊慌，赶紧说出几句不痛不痒、听着贴切的话。很快，我混成个“会油子”，到处得心应手、游刃有余。

在外交部的最大收获，是遇到我老公。我们同司不同处。开始觉得他既淳朴又儒雅。后来听说他是北大地球物理专业毕业，也担任过北大学生记者团团长。那年北大校庆一百周年，出了本书《北大往事》。上面有他的文章。读罢，我彻底被他的思想和文采折服。不久，司里年轻人春游。爬山时，我落在后面，只有他不离不弃。渴了，递上水；流汗了，送上纸巾；看他时，总能撞到他温柔、关切、鼓励的目光。我知道，就是他了。很快，我们结婚了。

四、新加坡的留学生

不久，我被公派新加坡国立大学攻读公共政策硕士（MPP）。院方强调，这专业的三根支柱是政治、经济和统计学。我在大学没有学过数学，如果跟不上，要退学。班里印尼法学博士老大哥对我说，我们班是个集体，绝不允许院方把我退掉，让我很感动。开学才发现，我的数学是班里最好的。泰国小妹妹连正二移到等号另一边变成负二都不明白为什么。因为学业压力太大，印尼老大哥退学，回国当他的系主任了。

我在新加坡学习各科成绩名列前茅，被选派代表国立大学到新西兰参加学术交流活动。记得专门写了论文，和各国的大学生分享；坐大巴穿越新西兰，参观了很多地方；和土著人联欢、碰鼻子。当时，老公在悉尼留学三个月。我借暑假转道去悉尼，在那儿和老公度过一个多月的甜美蜜月。真是一生中最快乐的时光。

五、纽约的中国外交官

女儿还不到一岁，我和老公先后被派到纽约常驻。我在政治组主管非洲问题。刚开始参加安理会专家磋商，塞拉利昂问题的协调员英国专家看我新来又年轻，欺生，不搭理我的关切和主张。她不知遇到的是外交磋商的老兵。我绵里藏针、表面耍太极，实际上狠狠地敲打了她一通。从此她再不敢小看我。我在专家组也树立了威信。

人说外交只有国家利益，没有朋友，但我还是在纽约结交了不少好友。爱尔兰的姑娘最实在，像知心大姐。当她决定留职三年，和老公周游世界，临别聚餐时，好几次我的泪要掉下来。德国的莫妮卡也很朴实，她总有一种可以依靠的感觉。挪威的帅哥汉斯，是索马里问题的协调员，也是我的偶像。作为非常任理事国，挪威满两年要离开安理会。英国想接索马里问题协调员。但挪威还是把指挥棒交给了中国。

这可是中国有史以来第一次担任安理会某个专题的协调员。我乐于这项新挑战。认真起草新闻稿、主席声明等；与秘书处专家沟通后，发第一稿给另 14 个安理会成员有关专家；订会场；主持安理会专家会议；调整、发第二稿给另 14 个成员专家。如必要，组织第二次专家磋商。14 个成员的专家们都很信服我的专业、公平、高效。

为了显示安理会重视索马里问题，我们专家还组团，访问了埃塞俄比亚、厄立特里亚、埃及、吉布提、也门、意大利、肯尼亚等周边和有关国家，受到热情接待。通过实地考察，与各方代表交流，我们都加深对索马里问题的了解。我自己也开阔了不少眼界。在罗马的那晚，我几乎整夜未眠，和同事们踏遍各个名胜古迹，赏夜景，第二天蒙蒙亮，又继续游览。

这时，我在秘书处认识的朋友调任联合国驻利比里亚维和特派团政治部主任。为联合国、为世界上最穷、最需要帮助的人工作，对我很有诱惑。思量再三，我决定从外交部辞职。在朋友的帮助和努力下，从三千多申请人中脱颖而出，任联合国驻利维和特派团政治部官员。

六、西非的联合国职员

饱经战火的利比里亚人民生活困苦，很多人一天只能吃上一顿饭，住在漏雨漏风的贫民窟，干净的饮水也是一种奢望。联合国职员却住在有高高围墙、电网、24小时警卫的沙漠绿洲中，走进公寓感觉还是在纽约，应有尽有。因为上司曾是我的朋友，他对我很关照，让我调整休息。谁知，同事们竟在背后叫我是“上司的宠物”。

利比里亚的报纸有十多份。一个同事天天作报摘。正巧他病了，赶上安理会通过对利比里亚个别人的制裁决议。我迅速浏览了所有报纸，摘抄了重要反映，得出结论，制裁决议受到利比里亚各方欢迎。这一页的报摘破天荒地很快送到特派团“一把手”的手里。又马上出现在当天参加高级别国际联络会议的各国驻利大使手中。

记得当时每天要收到一百多与工作有关的电子邮件，我笨鸟先飞，每天早上第一个到办公室。我很快发现，特派团没人关注利当地的非政府组织。于是，我采访了多个草根组织，写了他们的现状、对和平进程和特派团看法和建议的调查报告，被刮目相看。我还主动出击，列席有关橡胶园问题的会议，去橡胶园考察，会见那里的前作战人员，从政治角度解除他们的顾虑，鼓励他们重返社会。

当我在利比里亚渐入佳境时，上司调回纽约。新上司对我更好了。他让我和另一个同事一起担任总统府的联络官。于是，我成了总统府的常客，主要是听取利内阁会议内容的通报，记录并报告特派团领导。总统府也常办招待会，有各种美食。与会者要么西装革履，要么花枝招展。想起贫民窟，我的心情就很复杂。女总统去地方都坐联合国飞机。我陪同她几次到外地，深深感受她的政治鼓动能力。

在特派团，我也交了不少好朋友。日本姑娘住我隔壁，天天晚上弹吉他、唱歌赞美上帝。她每周日拉我去教堂，去孤儿院。韩国女孩毕业于神学院，住在船上，上面的医生护士都是志愿者，给非洲病人带去福音。她说刚上船住底舱，英语不好，天天刷碗。现在她住有单独卫生间的海景房，做村庄社区建设顾问。还有一位尼日利亚女孩，我们同吃同住，她还来北京玩，住我家。后来才知道她是前尼日利亚总统的孙女，父亲做过驻美等多国大使。

忘不了，在利比里亚大学从总统手中接到教授中文的聘书；乒乓球赛后特别代表为我挂上奖牌；联合国日国服展示我穿着紫红旗袍走出场时的轰鸣掌声……在利联合国工作的日子应当是我事业的巅峰。但是，也付出巨大的代价，那就是想念女儿，每晚辗转反侧，难以入梦。我每三个月可以休两周的假，都一定回北京看女儿。坐联合国飞机到加纳，再坐商用飞机到欧洲，再转机飞北京，旅途十分劳累。反复考虑，为女儿，决定离开利比里亚。

七、UNDP 里不称职的处长

我通过几次面试，入职联合国开发计划署（UNDP）驻中国办事处，担任防治艾滋病处处长。处里还有两个人，其中一个美国人，是医学博士，又是男同性恋者，可以说是艾滋病防治的圈内人。他在北京 UNDP 艾滋病防治处工作了好几年，本来众望所归，要提升他当处长。谁知，不知什么原因，我从空而降，取代了他。

他开始非常不合作。我很注意和他沟通，约他谈了几次。但他对我的戒心还很大。虽然我很快熟悉了业务，和各方建立了关系，还亲自起草了有关项目书，顺利度过三个月的适用期，但自我感觉和下级美国人的关系总是不畅。如果他是我的领导，可能一切都好了。但是作为他的领导，我真不胜任。因为这点自知之明，我决定把本来就属于他的处长位置还给他，主动、潇洒地辞职了。

当抱着盛满个人用品的纸箱站在东三环路边等公交，又坐在回家的公交上时，我的心情异常平静。虽然和以前的辞职不同，这一次，没有下一家在等待着我。但我没有悬在空中要摔下来的恐惧。我自信，可以很快找到一个适合我的职位，等待我的是崭新的希望。

八、绿色和平里的政府关系官员

绿色和平是我一直十分敬仰的非政府组织。在家休息没多久，我顺利应聘成功，做了一名政府关系官员，主要工作是促进绿色和平和中国政府的关系。入职后，我应上司要求，查阅大量资料、档案，采访很多人，对绿色和平和中国政府的关系做了翔实的回顾、评估和展望，写了密密麻麻几十页的英文报告，制作了专门针对中国政府官员的绿色和平宣传手册，寄发各个相关部门。还编制了有关政府部门官员的联络簿。

我被选派参加在荷兰阿姆斯特丹绿色和平总部的培训。与来自世界各地的绿色和平同事一起听讲座、交流。记得有一天，老师拿出很多污染环境的图片，让每人找一张最受打动的讲一讲。我选了张中国小女孩坐在电子垃圾中的照片，说要游说政府官员改变经济增长模式为环保可持续型。一位女士亮出一张被石油污染的海洋动物的图片，动情并哽咽着说，今生要做不会讲人类语言的动物的代言人。

绿色和平的总干事不久访华，我安排并陪同他与各个政府部门官员见面、会谈。最后，他还让我参加了内部的高级会议。但是，朝九晚五的工作让我身心俱疲，每天奔走、拥挤在地铁里，我的心情很糟糕。老公劝慰，咱们不缺钱，小富即安。让我好好在家休息。

九、茫茫写作路

提前退休回家，我想圆自幼的写作梦。以前工作时曾向报纸投过稿，还有不少文章见报。但真的想做个专职作家倒难了，总苦于没有灵感。在家几年，诗写了几百篇。但每次给《诗刊》投稿，均石沉大海。老公提议自费出几万元，买个书号出本诗集。我犹豫着拒绝了，因为更在乎写作的过程，而不是结果。

二零一三年年底，老公第二次到纽约常驻。我这次是随任。除了料理家务，又开始向当地的华文报纸投稿小文章。快五年，发表了八十多篇。老公说，等四年后回国，可以出一本散文集。他连题目都想好了，《东河侧畔随笔》。我说还是《闲人小文》好。

相对于以前的职业，我更喜欢写作。因为它最安静、最自由、最展现创意，也最令我体会到小小的成就感。向未来望，重重的迷雾一片。我对自己没有任何要求和目标，且行且看。就像那首台湾歌曲唱的:“跟着感觉走，紧抓住梦的手，蓝天越来越近越来越温柔，心情就像风一样自由……希望就在不远处等着我……梦想的事哪里都会有。”

回首二十余年，我的人生轨迹一点都不稳定。没有按部就班在一条职业道路上坚持走下去，更没能一级级爬在狭窄拥挤的升迁梯子上。向往自由、享受自在、顺其自然，我不后悔曾经的选择和决断。

* 本文曾刊于人大90级毕业20周年纪念册《遇到你 真好》中。